나는 안미자입니다

나는 안미자입니다

홍혜문 소설집

도서출판 북인

작가의 말

고정된 사고의 틀 벗어나 맞을 새벽을 기다린다

작품을 탈고한 후면 저녁 하늘을 올려다보며 자전거를 몰고 나선다. 둥글게 이어지는 남강 둑방길을 따라 달려보기로 한다. 어둠이 배어들면서 주변의 사물들은 경계선을 잃는다. 달빛이 비친 산과 강, 나무들이 둑 아래 하천에 검은 그림자로 비친다. 끝없이 줄지어 선 비닐하우스도 검은 얼굴로 나를 쳐다보다 바람 속에 스며든다. 어느새 나의 페달과 자전거 바퀴도 넓은 대양을 따라 흘러간다.

가끔 19살 때 서울로 가출을 했을 때가 떠오른다. 부모가 대학을 보내주지 못한다고 하자 내가 직접 돈을 벌어서 해외 유학을 가겠다고 결심한 것이다. 나는 신문 광고에서 본 버스안내양 모집 쪽지를 들고 친구와 함께 강남의 한 합숙소로 찾아갔다. 그런데 면접에서 친구는 붙고 나만 떨어졌다. 결국 혼자 허탈하게 마산행 버스를 타고 내려올 수밖에 없었다.

20대의 무모함처럼 나의 소설 쓰기 역시 함께 시를 공부하던 한 친구의 권유에 무작정 시작한 길이었다. 문학은 해외 유학보다 더 매혹

적으로 다가와 나를 흔들어놓았다. 시작은 했지만 길은 험하고 가팔랐다. 소설의 정상은 나지막한 언덕의 건너에서 손을 흔들었고 그것을 넘으면 그 너머에서 날 잡아보라며 매번 속삭였다. 긴 글에 마침내 마침표를 찍고 나면 높은 산을 정복한 것처럼 기분이 좋았으나 돌아보면 허점투성이였다.

글쓰기에 지친 어느 날 캄차카 반도로 날아가 빙산 체험도 하고 설산과 화산 유적지에 오르기도 했다. 또한 핀란드로 건너가 만년 숲을 걸으면서도 마음은 늘 소설을 쓰고 있었다. 그러나 나의 작품은 매번 신춘문예에서 떨어졌다. 그럴 때마다 아르바이트 현장에 달려갔다. 재래시장의 도로변 가로수 아래에서 새벽시장에서 경매받은 생선을 흰 눈을 맞으며 팔았다. 소설 쓰기가 따분해질 때면 고속도로 휴게소에서 하루 12시간씩 라면을 끓이기도 했으며 요정 같은 고급 한식집 주방 일을 하기도 했다. 피곤이 온몸을 짓누르며 나를 잠식할 때면 뿌듯하고 충만한 기분을 느꼈다.

그러나 소설로 다가가 부족한 점을 메우기 위해 많은 시간을 건너왔다. 나이가 들고 보니 그것도 욕심임을 알았다. 대단한 작품을 쓰겠다는 것도 비워야 제대로 된 글이 나온다는 사실을 느낀 것이다. 그때부터 글을 쓸 수 있다는 사실에 감사하기 시작했다. 나의 눈과 손가락에 고마움을 가졌다. 그러면서 편한 작품, 8편을 골랐다. 이 작품들이 나를 대변하는 것들이라고 할 수 있을지는 모르겠다.

처음에는 제목을 '워터 히아신스'로 하려 했으나 출판사에서 '나는 안미자입니다'로 하길 권했다. 이 작품은 좀 부끄러운 작품이기도 했다. 노병을 겪는 내 어머니를 모델로 한 작품이기 때문이다. 나는 소설을 쓰면서 당신의 삶을 이해하게 됐고 많은 어머니가 가족을 위해 희생하는 삶을 살아왔지만 결국은 자식들에게 부담스러운 존재가 되어 버려진다는 사실을 확인했다. 당신은 똥 만드는 기계로 전락한 자신을 너무나 수치스럽게 생각하고 있었다.

그 사실은 문학을 외면하는 독자들에게 소설을 발간하여 읽어달라고 강요하는 듯한 내 모습과 오버랩되었다. 생각해보면 소설은 예술의 기초가 되며 많은 드라마나 영화 등 상상력을 현실화시키는 데 필요불가결한 요소였다. 그러니 나의 어머니가 자신을 온전히 희생하여 오늘의 나를 생산하고 이루었듯 이제는 내가 나의 모든 것을 완전히 바쳐 새로운 글(나)로 거듭나야 한다는 사실을 실감한다.

자전거를 잠시 세워 밤하늘을 올려다보며 새로운 새벽을 꿈꾼다. 이 시대에 소설가가 해야 할 일이 무엇일까를 거듭 고민해본다. 우주는 인간에게 자신을 돌아보고 스스로를 초월하며 신으로 거듭날 수 있는 무한한 능력을 주었다. 그러므로 작가는 어렵고 힘든 체험을 통해 끊임없이 새로워져야 하며 세상을 넓게 보는 안목과 통찰력을 가져야 하리라.

밤이 깊었다. 이제 집으로 돌아가기 위해 나의 페달은 둑방길의 마지막 모퉁이에서 유턴한다. 나를 가장 아프게 하고 힘들게 한 사람. 혹독한 평을 해준 사람. 그분들이 있어 나는 겸손을 배우게 됐고 조금이나마 덕을 갖추게 되었으며 나의 고정된 사고의 틀을 벗어날 수 있었다.

감사해야 할 분들은 열거할 수 없을 만큼 많다. 지지와 응원을 보내준 남편과 나의 사랑스러운 아이들, 경남소설가협회 식구들과 사랑의 채찍을 주신 선생님들. 그리고 도서출판 북인. 모든 분께 두 손 모아 감사의 마음을 전한다.

이제 용기 내어 부끄러운 작품을 세상에 내놓는다.

부디 사랑으로 읽어주시길 바랄 뿐이다.

2021년 12월

함안 윤산동 작업실에서

Contents

해저터널

해저터널

태국은 굳어가는 직육면체의 긴 함체를 한참 동안 바라보았다. 철골을 촘촘하게 박아 특수성분을 섞어 치밀하게 제작된 함체는 잠자는 공룡처럼 누워 있었다. 그는 아기의 손과 발을 만지듯 굳은 회색 시멘트벽을 손으로 만지작거렸다. 함체 안에는 네모난 두 개의 터널이 뚫려 있었다. 그곳으로 이차선 차도가 양쪽에 그어질 예정이었다.

태국은 새벽이면 차를 타고 현장으로 나와 녀석의 긴 몸 곳곳을 살폈다. 바닷속에 길을 만들기 위해 열여덟 개의 함체가 서로 붙어서 바닷길을 낼 것이었다. 터널형의 긴 함체를 해저터널 입구까지 운반하여 그것을 바닷속에 가라앉힌 다음 함체의 앞뒤를 붙이는 일은 쉬운 작업이 아니었다.

바다 밑으로 계속 내려가면 압력이 세지므로 호흡이 힘들어졌다. 무엇보다 손이 무뎌져 작업이 어려웠다. 팀장인 태국은 산소통을 메고 일하는 작업자들에게 물속에서 위로 올라오는 시간을 넉넉히 계산할 것을 누누이 강조했다. 그러나 압력이 워낙 세다보니 작업시간은 예정보다 길어져 다음 작업에 차질이 생길 때가 많았다. 태국은 다음 할일을 위해 제시간에 완성하는 것에 더 주안점을 두었다. 그렇더라도 함체를 서로 연결하는 일에 인명사고가 일어나는 일은 없어야 했다.

해저터널 입구에 통영에서 당도한 긴 함체가 보였다. 바닷길을 만들기 위해 설계에서부터 시공까지, 콘크리트가 굳은 것을 이곳 가덕도로 옮기기까지 태국의 온몸이 눈이 되어 모든 부분을 하나하나 확인하고 살폈다.

멀리 해변으로 여러 대의 크레인들이 하늘을 찌를 듯 위용을 드러내며 빙 둘러 줄지어 있었다. 신항으로 연결된, 그 끝에 해저터널 입구인 가덕도가 보였다. 가덕도 너머로 바다가 햇빛에 반짝였다. 바다 한가운데에 몇 개의 섬이 거제도까지 솟아 있었다. 가덕도에서 첫 번째 섬인 대죽도까지가 해저터널이 놓이는 곳이었다. 대죽도를 빠져나온 터널은 중죽도를 거쳐 저도와 거제까지 길이 이어졌다. 그 길에 주탑이 솟은 세 개의 사장교가 공중에 반쯤 걸쳐져 있었다. 태국의 시선은 반대쪽의 바닷속을 꿰뚫었다. 출렁이는 물속으로 수심 사십팔 미터의 공사가 바다 아래에서 진행 중이었다. 해저터널이 놓이는 지점을 한동안 바라보던 태국은 가덕터널로 가기 위해 고가도로로 차를 몰아갔다.

널따란 만에서 약간 솟아오른 곳에 입구가 보였다. 그곳에는 좌우, 두 개의 긴 터널이 입을 벌리고 있었다. 태국은 해저터널 입구에 들어설 때면 모세가 지팡이로 물길을 내듯 바닷속에 긴 터널이 나타날 것만 같은 느낌을 받았다. 그는 이곳을 찾는 사람들에게 마치 모세가 된 듯한 전율을 전하고 싶은 마음에 긴장했다. 해안도로를 따라 해저터널 공사현장으로 향했다. 컨테이너를 이층으로 올린 간이사무실과 군대막사처럼 생긴 임시건물의 사무실 본부가 나란히 입구 반대

편에 자리했다. 차가 들어오는 도로 입구에는 바닷속 그림을 넣은 간판을 설치할 예정이었다.

어제 오후 태국은 하르케와 함께 긴 함체 안으로 차가 달려가는 모습을 대형 화면으로 보았다. 또한 물속의 부력이 작용하여 앞으로 연결될 함체에 뜻밖의 사고나 충격으로 해저터널이 흔들리는 영상까지. 소소한 지진이나 뜻밖의 충격이 터널에 어떤 영향을 주는지를 3D영상으로, 바닷속의 함체의 안과 밖을 돌려보며 만에 하나 생길 문제들을 컴퓨터로 예측해보았다. 아직까지는 큰 문제가 없다,라는 게 그의 결론이었다. 그럼에도 하르케와 태국은 한참 제자리에 앉아 있었다. 하르케가 갑자기 태국의 손등을 꽉 잡더니, 눈을 보았다. 그의 눈 속에 출렁이는 바다가 보였다.

태국은 언덕 아래 해저터널 공사현장 사무실 앞의 넓은 주차장에 차를 세웠다. 임시건물 벽은 각종 유무선으로 연결된 수십 대의 커다란 모니터가 각각의 공사현장을 일사불란하게 비췄다. 하르케가 태국을 지나 은회색 자동차 앞으로 바쁘게 걸어갔다. 그는 태국을 알아보지 못한 것 같았다. 상황실 한편에는 하르케와 태국의 자리가 있었다.

태국은 습관처럼 휴대폰을 열어봤다. 하르케를 보니 정화가 떠올랐다. 그녀에게서 온 문자는 없었다. 점심시간 식당에 들렀을 때 그녀는 연두색 스카프를 쓰고 활짝 웃으며 다가왔다. 정화는 바쁜 와중에도 태국을 바라봤고 그를 설레게 했다. 가족을 네덜란드에 두고 온 하르케의 어깨가 축 처져보이던 것이 생각났다. 언젠가 주말에 같이 술이라도 하지 않겠느냐고 제의하던 그의 웃음 띤 눈동자가 떠올랐다. 태국은 손을 비비며 이번 주말에는 창원 삼성병원에 입원해 있는 아내에게 가야 한다는 사실을 떠올렸다. 작년이었던가. 병실에서 태국을 쳐다보던 아내의 말간 눈동자가 생각났다. 병실을 떠나는 그에게 아내는 애매하게 미소를 지었다. 차에 오를 때까지도 그를 쳐다보는 말간 눈이 그대로 따라왔다.

아내가 입원한 병동은 종합병원의 본관 좌측에 있었다. 신축된 본관은 빌딩식 고층건물이었지만 호스피스병동은 넓은 정원이 보이는 건물의 3층에 있었다. 이곳에 오면 태국은 병실에 바로 들어가지 못했다. 정원 벤치에 앉아 큰 도로 건너편 건물을 바라봤다. 병원 지하 주차장에 차를 주차한 후 본관 건물에 올라가자마자 담배부터 한 갑 샀다. 정원을 거닐며 담뱃갑을 꺼내 만지작거리다 담배를 연거푸 입에 물었다. 벌써 세 개비째였다. 그는 아내가 입원하기 전까지 담배를 끊고 지내왔었다.

큰길 육교 건너편의 약국들은 이미 불이 꺼져 있었다. 그 아래 길에는 사람들의 왕래도 잦고 현란한 빛이 번쩍거렸다. 화려한 옷을 입은 한 여자가 꽃집 앞에서 엉덩이를 흔들며 웃었다. 사람들의 왁자지껄 소란스러운 소리가 병원까지 들려왔다. 축제 분위기의 거리와 활기찬 사람들을 보면서 태국은 만감이 교차했다. 그는 다시 한 개비의 담배를 꺼내 물었다. 병원과 음식점들은 도로를 사이에 두고 있지만 불과 열 발짝 정도밖에 되지 않았다. 이미 낮이 물러갔다는 사실을 의식하며 태국은 자리에서 일어났다.

병동 안으로 들어서자, 소독약 냄새가 코를 찔렀다. 태국은 아내의 병실을 찾았다. 그녀의 이름과 병실은 아직도 낯설고 어색했다. 하늘색 조끼를 입은 간병인이 일어났다. 옆에 있던 처형이 태국에게 다가왔다.

"어휴, 담배 냄새. 병실에 오면서 웬 담배. 선희 생각도 좀 해야지."

처형은 손부채로 바람을 일으키다 손부터 잡았다.

"시간이 나던가. 많이 바쁘지?"

아내보다 아홉 살 많은 처형은 산뜻한 단발머리에 붉은색의 머플러를 두르고 있었다. 아내의 머리카락에도 같은 색깔의 머리핀이 꽂혀 있었다.

태국은 아내의 침상에 걸터앉았다. 마스크 같은 얼굴이었다. 코와 목구멍에 줄을 달고 테이프를 붙이고 있었다. 멀건 눈만 뜨고 있어서 도무지 아내라고는 생각되지 않았다. 태국은 아내의 얼굴을 쳐다보기가 거북했다. 가는 손목을 잡아보았다. 온기가 있었다. 그는 쓰다듬기를 계속했다. 뭐라고 말을 해야 하지만, 딱히 떠오르지 않았다. 말을 한들 아내가 알아듣기나 할까. 태국은 말간 눈을 가진 아내의 이름을 두어 번 불러보았다.

태국이 침대에서 물러나며 처형에게 말했다.

"얼굴이 좋아진 것 같네요."

"조금 전에 따뜻한 수건으로 얼굴과 몸을 말끔하게 닦았어."

처형의 말에 그가 겸연쩍은 듯 미소 지었다.

"죄송합니다. 뭐 필요한 거라도."

태국은 처형에게 아내를 맡겨놓고 자주 찾아오지 못한 것이 미안했다.

"자네가 건네준 카드 잘 쓰고 있어."

선희가 방사선 치료를 포기하기로 했다는 태국의 얘기에 처음에는 혼절하다시피 슬퍼하던 처형이었다. 이제 그녀는 언제 그랬냐는 듯이 아내 옆을 지키고 있었다.

선희가 입원할 때 그린 그림이 병실 창가에 놓여 있었다. 아내가 말하던 북유럽의 자작나무가 잎을 떨군 채 바른 나뭇가지로 눈을 맞고 있다. 수행자의 모습처럼 경건하게 다가온다. 나무는 텅 빈 모습으로 차가운 눈을 받아들이는 듯하다. 아릿하다. 그림을 한참 보고 있는데 처형이 다가왔다. 아내가 입원할 때부터 그린 것들은 대부분이 나무에 관한 것들이었다. 태국의 눈길이 나뭇잎 말풍선에 가서 머물렀다.

"너 괴로운 거니?"

"표정이 왜 그래."

"말하기 싫으면 안 해도 돼."

"힘들게 해서 정말 미안해."

"난 언제나 네 편이야."

"사실은 당신 회사에 찾아갔었어. 그런데 그게 아니었어."

자작나무의 말풍선에 적힌 말 하나하나가 태국의 가슴을 찔렀다. 회사에 찾아갔었다니. 저 글들은 아내가 정신이 혼미한 상태로 적은 말들일까.

태국은 큰형 밑에서 막내로 자랐다. 학교에서 집으로 돌아오면 남들이 내다버린 물건을 뚝딱거리며 시간을 보냈다. 어린 그에게 그런 말투로 말을 해준 사람은 아무도 없었다. 들과 바다만 쳐다보며 성장기와 청년기를 건너온 그였다. 아내가 쓴 말풍선 속의 대화를 읽고 나니 마음이 아릿해졌다.

휴대폰이 울렸다. 노 반장이었다.

"팀장님, 사정을 모르는 건 아니지만 다급해서 말입니다. 현장사고입니다. 짜이또 녀석이 물속에서 너무 오래 작업을 하는 바람에…."

"숨은 쉬나?"

"산소호흡기를 끼고 있는데 의식불명입니다. 부사장이 저희에게 욕을 퍼부으며 남 팀장님을 찾습니다."

어느새 처형이 옆에 와 있었다.

"한시도 선희 옆에 있게 놔주질 않는구먼. 어서 가봐야지."

태국이 주춤했다.

"어쩌겠어. 일이 중요하지. 안 그런가?"

"괜찮습니다."

처형은 천장을 보며 목이 메는지 말을 멈췄다. 태국은 고맙다는 말이 입 밖으로 나오지 않았다. 오래 전 장모와 장인은 태국이 무뚝뚝해서 선희가 상처를 많이 받을 것 같다며 끝까지 결혼을 반대했다. 아내와의 혼인을 부모가 끝내 승낙하지 않자, 태국은 망설여졌다. 그런데 아내와 식을 올리려 했을 때 부모님도 결국에는 용서할 거라며 처형은 격려해주었다.

태국이 아내의 이마를 쓰다듬었다. 오래 전 〈홀씨〉라는 문학동아리에서 아내를 처음 보았을 때의 느낌이 남은 곳은 다문 입술과 턱뿐이었다. 예전에 아내가 말을 꺼내려다 입을 다물곤 할 때 태국은 그 턱을 쳐다보곤 했었다. 그녀의 조용한 입과 목언저리를 보고 있자 처형이 한숨을 쉬며 다시 말했다.

"그만 가봐. 자네가 여기 있어도 별로 할 게 없어."

짜이또는 사흘 만에 깨어났다. 병원에서 일어난 그가 미안하다며 싱긋 웃는 사진을 보내왔다. 소리소리 지르던 부사장은 기자들이 오면 어떻게 하느냐고, 회사 이미지에 먹칠한다며 한바탕 난리를 피우더니 잠잠해졌다. 말레이시아에서 온 짜이또는 물속에 들어가는 일을 겁내지 않았다. 태국은 어떻게든 함체를 제자리에 착상시키자고 했다. 그런데 일을 해야 할 곳이 지하 48미터이다보니 압력이 의외로 셌다. 예인선에 끌려온 함체 안에 바닷물을 주입하여 뚜껑을 닫고 가라앉혔으나 해저에 솟은 바위들로 인해 지형이 까다로웠다. 노 반장이 수중작업의 애로사항을 말했다. 그러나 태국은 기간 내에 제자리에 착상시키지 못하면 함체와 함체를 연결하는 다음 일이 미루어진다고 토로했다. 노 반장은 한참 생각하더니 알았다고 했다.

문제는 전날 야근을 한 짜이또가 다시 물 속에 들어가게 된 것이다. 노 반장도 그 사실을 체크하지 못했고 짜이또도 압력이 세므로 충분히 휴식한 후 작업하러 들어가야 한다는 사실을 인지하지 못했다. 노 반장 말에 의하면 그는 다시 물속에 들어가며 싱긋 웃었다고 했다.

태국은 하르케에게 전화를 해 그가 압력이 세다는 사실을 이해하지 못해 사고가 났음을 설명했다. 하르케의 전화를 끊고 짜이또에게 전화했다. 짜이또가 휴대폰 속에서 부은 눈을 껌벅이며 웃었다.

"두 번 일하면 절대 안 돼. 노우,라고 해. 정말로 큰일나."

태국이 짜이또에게 영상통화로 말하자 휴대폰 속에서 애매하게 그를 쏘아보았다. 그 표정 때문에 태국은 마음이 심란했다.

새로 만든 함체에 눈을 주던 태국이 하르케를 따라 사무실에 들어갔다. 하르케가 모형 함체를 하나하나 수족관에 가라앉혀 붙였다. 그가 손으로 고리를 연결하여 함체를 붙일 때마다 기분이 묘했다. 하나의 함체와 다른 함체를 붙이는 일은 조금의 빈틈도 없이 완벽해야 한다. 빈틈은 실패로 이어진다. 그는 완벽을 위해 결과를 예측하고 다시 추론하며 시간을 보냈다.

하르케가 컴퓨터 앞에서 마우스를 움직여 클릭했다. 함체가 붙는 장면을 3D영상으로 움직였다. 한 함체의 끝부분과 다른 함체의 앞부분이 연결됐다. 두 개를 물속에서 붙일 때 문제는 압력이었다. 산소통을 메고 작업할 경우 그날의 컨디션이 좋지 못하면 높은 압력을 오래 견디지 못한다. 하르케가 만일을 위해 인부를 한 사람 더 대기시켜놓자고 했다. 태국이 오케이하며 노 반장에게 지시했다.

태국은 함체를 하나하나 이어붙일 때마다 숨을 죽이고 호흡을 골랐다. 마치 물속에 들어가면 물숨을 잘 조절해야 하듯이 작업자들이 하는 일에 그의 세포 하나하나가 긴장했다. 피와 땀의 얼룩으로 열어가는 길이 무사히 이어갈 수 있기를. 오늘의 작업도 아무 탈 없이 마무리되기를 기도했다.

당신과 내가 하나가 되어야 해. 바닷물로 채운 함체를 비워 붙이는 일에 흔들리지 않아야 돼,라고 하르케의 말간 눈이 말을 건넸다.

태국은 아내, 선희의 얼굴이 해저터널이 놓이는 물결 위에 희미하게 떠올랐다가 서서히 사라지는 것을 본다. 병석의 아내에게 갔던 게 비현실적으로 느껴진다. 한숨을 쉬다 휴대폰을 들었다. 태국은 잘 내려왔다며 뒤늦게 처형에게 문자를 넣는데 곧바로 그녀에게서 문자가 들어왔다.

'그래. 여기 일은 걱정하지 말고 일이나 잘해. 자네를 보내고 나면 늘 미안해져.'

다리를 놓는 일의 공사감독을 하던 태국이 해저터널 현장으로 옮긴 후, 통영에서 첫 함체를 만들던 날이었다. 태국보다 두 살 적은 아내는 마흔에 난소암 판정을 받았다. 미술학원 강사를 그만두었고 서울의 한 종합병원에서 수술을 받았다. 그는 수술실 앞에서 아내를 기다리며 마음이 착잡했다. 의자에 앉아 손으로 마른세수를 하고 있을 때 처형은 팔짱을 끼고 수술 대기실 앞을 왔다갔다 하다 그를 노려보았다. 그때서야 태국은 새벽에 뜬눈으로 일어나 함체가 잘 만들어지고 있는지 보러갈 때 아내가 옆구리가 아프다고 하소연하던 일이 기억났다. 언젠가 아내는 구급차에 실려가며 배를 움켜쥐었다. 억! 억! 소리를 들은 구급대원은 요로결석일 수 있다고 했다. 병원에 도착하여 초음파를 해보니 난소에 혹이 있다고 했다. 초기였다. 난소암 수

술 후 아내의 하체는 많이 부어 있었다. 아내를 보러갈 때마다 그녀의 얼굴은 더 푸석했다. 아내 역시 그를 대하는 것이 부담스러운 눈치였다.

콘크리트터널 함체는 두 개의 긴 터널을 붙여놓은 것 같았다. 지상 60층 높이와 맞먹는 함체가 길게 드러누워 태국을 바라봤다. 거푸집 속에서 굳은 함체는 반질반질했다. 두 개의 속이 빈 시멘트터널이 햇볕을 받아 반짝였다. 녀석의 어깨와 허리와 다리가 하나로 길쭉했다. 눈이 부셨다. 함체는 막 생명을 부여받은 아기처럼 수없이 태국에게 말을 걸었고 그의 영혼을 꼬드겼다.

아내가 입원과 퇴원을 되풀이하는 동안 함체는 5차에 걸쳐 열여덟 개가 제작되었다. 드라이 독에서 제작한 함체를 바닷물을 주입하여 물에 띄운 후 임시계류장으로 끌어냈다. 작업장에 바닷물을 채우는 데만 이틀이 걸렸다. 해저터널에 도착한 아주 긴 콘크리트형의 시멘트를 하나씩 이어붙이는 것은 정교한 기술을 필요로 하는 작업이었다. 내일은 함체를 바다 밑으로 하나씩 가라앉힐 예정이었다.

그런 생각을 하자 태국의 가슴은 뛰었다. 바다 위에는 대형 위성 안테나를 장착한 배가 함체를 실은 예인선을 점검하고 있었다. 컴퓨터로 바닷속 카메라를 확인했다. 태국은 바람의 세기와 수압을 시간마다 측정한 내용을 보고받은 후 하르케와 통화했다. 그런 다음 내일의 일기를 예측하고 작업량을 노 반장에게 지시했다. 태국의 얘기를 들은 하르케는 한참 생각했고 답은 없었다. 태국은 답답했지만 그의 찡그린 미간을 보며 입을 열 때까지 기다렸다. 무엇보다 예측하지 못하는 실수가 있어서는 안 되기 때문이었다. 그와 함께 지낸 시간이 사 년이었다. 그럴 때 태국은 자리에서 일어나 하르케의 어깨를 툭 치거나 쓰다듬었다. 그들은 매시간 체크한 일과 다음의 일정을 세세하게 주고받는 것만으로도 서로의 마음을 잘 알았다.

해저터널이 놓이는 바다의 현장에 열세 번째 함체를 옮기는 날이었다. 오후 늦게 함체를 바라보고 있는데 남색 블라우스를 입은 정화가 부신 눈으로 그 광경을 보고 있었다. 태국의 눈을 느낀 정화는 생머리를 손으로 감싸며 빠른 걸음으로 식당으로 되돌아가버렸다.

모니터에 위성 안테나와 카메라를 단 헬기가 떴다. 예인선이 움직이기 시작했다. 함체 양쪽에 강철 밧줄을 달아 예인선에 연결했다. 이제 함체를 임시계류장에서 바다로 끌어내기 위해 수문을 열어야 했다. 태국은 함체 위에 올라가 하르케에게 신호를 보냈다. 하르케가 버튼을 조작하며 분주히 지시를 내렸다. 태국도 오케이 신호를 보냈다. 수문이 열리고 서서히 두 개의 쇠줄을 매단 거대한 함체가 예인선에 의해 끌려나왔다.

함체가 예인선을 따라 해저터널 입구에 도착했다. 바닷속에 설치된 카메라에 함체 뒤의 대형 산호가 너풀거렸다. 그 사이로 떼를 지은 물고기들이 지나갔다. 엔지니어들은 함체 안에 물을 주입하여 그것을 가라앉혔다. 뒤이어 산소통을 멘 여러 명의 기사가 함체 모서리마다 매달렸다. 새로 옮겨온 함체를 다른 함체에 연결하기 위해서였다. 기사 두 명이 대형 송곳으로 플라스틱 마개의 둘레를 따라 구멍을 냈다. 구멍이 벌어지자 그 속에 호스를 연결했다. 함체 안은 서서히 물이 빠지며 진공상태가 되었다. 옆에 있던 산소통을 멘 기사가 리모컨을 들고 버튼을 눌렀다. 함체와 함체가 서로 붙고 있었다.

하나의 함체가 연결될 때마다 터질 듯 팽팽했던 긴장이 느슨해졌다. 이제 노 반장이 뒷일을 마무리해줄 것이다. 휴대폰을 열자 부재중 전화가 와 있었다. 정화에게서 온 것이다. 무슨 일일까. 그녀에게 전화를 걸어보지만 받지 않았다. 태국은 식당으로 향했다.

백미러에 달려가는 정화가 보였다. 직원식당 일을 벌써 다 마친 걸까. 태국은 식당 주차장으로 차를 몰고 갔다. 빨간 양산을 쓴 정화는 노란 블라우스에 연둣빛 짧은 치마를 입고 있었다. 입가의 귀여운 보조개가 멀리서도 손에 잡힐 듯 확연하게 들어왔다. 그런데 정화는 하르케에게 달려가더니 불쑥 팔짱을 꼈다. 서로 쳐다보고 활짝 웃더니 천천히 걸음을 옮기고 있었다. 정화가 쉬지 않고 말하자 하르케가 고개를 끄덕였다. 그녀는 하르케의 차에 오르더니 주차장을 빠져나갔다. 태국은 무심코 액셀러레이터를 밟아 그들을 따라갔다. 에스코스에 들어서자 하르케와 정화는 시내 쪽으로 가버렸다. 갈매기가 날개를 기우뚱거리며 파도치는 바다 위를 낮게 비행하다 부표 위에 앉았다. 바다는 쉼 없이 출렁대며 파도를 만들어냈다. 태국은 정화에 대한 감정이 어떤 종류의 것인지 헷갈렸다. 오늘 점심때 식당에서 봤을 때 그를 바라보는 얼굴에는 분명 생기가 넘치고 있었다.

석 달 전 태국은 정화와 식사를 했다. 근사한 레스토랑에서 맛난

걸 같이 먹고 싶었으나 공사현장이라 회사 식당에서 해장국을 앞에 놓고 있었다. 정화가 그림이 그려진 식당 벽을 보았다. 물속에서 산소 마스크를 쓴 여자의 그림이었다. 그녀의 고향은 제주도였고 어릴 적 떠난 엄마는 해녀였다고 했다. 정화는 엄마가 바닷속에 들어가면 용왕을 만날 수 있다고 얘기해주는 날이면 꿈속에서 엄마가 용왕을 만나는 꿈을 꾸었다고 말했다. 그녀는 동화 속의 그림을 보며 상상하곤 했다. 그러던 어느 날 엄마가 정화를 떠나버렸다. 어린 그녀는 물속으로 걸어들어가 보았다. 거친 파도가 그녀를 맞았고 짠물이 입과 눈으로 잔뜩 들어왔다. 그 말을 들려주는 정화의 얼굴은 생기가 넘쳤다. 그녀가 해장국을 먹다 말고 말했다.

"해저터널이 완성되는 걸 보고 싶어요. 바닷속으로 난 길을 따라 꼭 걸어보고 싶어요."

태국은 고개를 끄덕였다. 그는 정화의 손을 잡으며 꼭 그렇게 되길 바란다며 힘을 주었다. 그는 바닷속에 함체들이 줄줄이 연결되어 물속에 길이 열리며 뻗어나가는 것을 떠올렸다.

"지금 빌딩 육십층 길이의 함체를 줄줄이 이어붙이는 중이거든. 나도 믿어지지 않아. 이 손 말이야, 유인원이었던 인간이 바닷속에도 길을 만드는 이상한 짓을 하리라고 누가 상상이라도 했겠어?"

"그러게요. 인간이 달나라에 가는 것보다 더 신기해요. 어떻게 짠물밖에 없는 바닷속에 길이 나고 그 안을 차를 타고 달릴 수 있는 거죠?"

정화가 엄지를 치켜세우고 장난스럽게 웃으며 말했다.

"오 팀장님 멋쟁이, 빛쟁이, 깍쟁이…."

휴대폰이 진동했다. 태국이 해저상황실 버튼을 눌렀다. 그가 식당 밖을 나가며 바닷속에 가라앉힌 함체의 내부 상황에 대해 보고받았다.

함체를 바다 밑으로 가라앉히기 위해 채웠던 물이 쏟아졌다. 바닷물이 거센 물줄기에 밀렸다. 앞쪽 함체가 물이 빠지며 진공상태가 되고 뒤쪽 함체도 비워졌다. 함체들이 밀착한다. 열차 칸의 앞뒤가 서로 붙듯 마지막 함체가 꽉 붙는다. 사무실에 앉아 바닷속을 관찰하던 태국이 사진을 찍어 저장했다.

두 기사가 함체의 아래와 중간 위쪽에 파인 홈에 와이어를 연결했다. 두 개의 함체는 쇠로 된 와이어에 단단하게 묶였다. 이제 함체 바깥 연결 부분을 따라 특수 강력접착제를 발라야 했다. 벌써 오후 세 시였다. 태국은 옆에 있는 보조기사에게 모니터링을 맡기고 자판기에서 커피 한 잔을 뽑아 휴게실로 나왔다. 조금 전 정화가 손짓하며 말을 건네던 모습이 뇌리를 스쳐갔다. 그가 휴대폰을 열어보았다. 어제 처형에게서 온 부재중 전화가 찍힌 것을 확인했다. 처형은 시큰둥하게 전화를 받았다.

"별일 없네. 이제 와서 좋아지기야 하겠어? 자네한테는 바다 밑으로 길을 내는 게 가장 중요하겠지. 그런데 자네가 애써 만든 길을 선희가 지나갈 날이 올 수 있을까?"

처형은 조금 떨떠름한 목소리로 말을 하고는 일이나 열심히 하라며 전화를 끊었다. 태국은 아내가 줄곧 자신의 힘든 마음을 이해해주기를 바라는 마음이었다. 그녀가 수술을 받고, 마취에서 깨어나던 날, 아내는 멍하니 천장을 바라보고 있었다. 우리에게 균열은 언제부터 생긴 것일까. 아이라도 있었으면 좀 달랐을까.

결혼 후 육 년이 지났지만, 두 사람 사이에는 아이가 생기지 않았다. 태국은 서른이 훌쩍 넘은 나이에 결혼한 사이라 그럴 수도 있다고 생각했다. 의사는 두 사람 모두 이상이 없으니 부지런히 부부생활을 하면 아이가 생길 거라고 했다. 아내가 아이를 원했기에 시험관아기를 제안했다. 태국은 병원에 몇 번 불려간 후 일정에 쫓기다보니 짜증이 났다. 바쁜 와중에 정액채취를 위한 병원 방문도 방문이지만 의도적으로 사랑을 쏟아야 한다는 것도 내키지 않았다. 상대를 원하는 것이 먼저여야 했다. 태국은 늘 오늘이 아니어도 할 수 있는데,라고 생각했다. 그러나 아내는 그의 마음을 헤아려주지 못했다.

"당신에겐 회사 일이 항상 최우선이지."

아내는 비아냥거리듯 말하곤 했다.

4월 초였고 일요일이었다. TV에서는 벚나무가 활짝 피어난 공원을 보여주었다. 오랜만에 부부가 함께하는 휴일이었다. 이른 아침부터 이 옷 저 옷을 입어보던 아내는 칸나 색깔의 화려한 원피스를 입었다. 태국은 아내의 재촉에 아침을 먹은 후 곧바로 차를 몰았다. 수변공원의 벚꽃은 활짝 피어 있었다. 아내가 손가락으로 가리키며 어서 내려서 둘러보자고 했다. 공원주변 어디에도 주차할 공간이 없었다. 주위를 세 바퀴나 돌았지만, 주차할 곳은 나타나지 않았다.

"혼자 갔다와."

태국은 아차 했지만 이미 내뱉은 뒤였다. 화난 얼굴로 의기소침에 했던 아내가 입을 열었다.

"빨리 집에 가봐야겠어. 잊어버리고 온 게 있어."

집으로 가자는 아내의 말에 태국은 더 화가 났지만 꾹 참았다.

"사실은 전기 다리미 스위치를 뽑지 않고 왔어. 위험하잖아."

그녀는 더 이상 어떤 말도 하지 않았다. 냉한 분위기만 감돌았다. 태국이 이십 분 정도 차를 세우고 있었지만, 아내는 승용차에서 내리지도 않았다. 태국은 어쩔 수 없이 차를 몰고 집으로 돌아왔다.

가까운 곳에서 외식이라도 하며 기분을 풀어주고 싶었지만 이미 마음이 상한 아내는 방에 들어가 불을 끄고 누워버렸다.

어쩔 수 없이 집에서 이른 저녁을 먹었다. 태국은 식사를 한 후 영화라도 함께 보면서 기분전환을 해보려 했지만 아내의 표정은 그게 아니었다. 화난 아내를 방에 데리고 들어갈 순 없었다. 태국이 소파에 앉아 리모컨을 누르며 TV를 보았다. 그 모습에 아내가 자존심이 상했는지 그를 쏘아보았다. 참다못한 태국이 화를 냈다.

"당신은 남자를 몰라도 너무 모르는군. 남자는 하고 싶을 때 해야 한단 말이야. 그래야 즐겁게 할 수 있어. 무엇보다 기분이 상하면 할 수가 없다고. 안 된다구."

"왜 기분이 안 좋은데. 마음은 딴 곳에 가 있으니 기분이 좋을 리가 없지."

침실에 들어가면 태국은 언제나 다정다감하게 대하려 노력했다.

아내의 불만족한 기분을 채워주어야 한다고, 스스로를 얼마나 다독여왔는지 모른다. 그런데 그녀는 항상 불만만 털어놓고 있었다. 태국이 리모컨을 들고 TV 채널을 돌리자 노부부가 침대에서 누워 황홀한 표정으로 서로를 애무하고 있었다. 어색했다. 다른 채널로 돌려버린다. 막상 관계를 가질 때도 아내는 썩 달가워하지 않았다. 아내를 껴안고 있을 때 휴대폰이 울리면 태국은 구세주라도 만난 기분이었다.

"공사현장에 가봐야 해."

"집에 급한 일이 생겼다고 하고 내일 아침에 가면 안 되는 거야?"

"뭐? 이건 일이라고. 사고와 연결돼 있어. 작은 실수도 큰 사고로 이어질 수 있다고."

"내가 지금 얼마나 모욕감을 느끼는지 알아? 전에도 당신이 관계 도중에 갑자기 휴대폰을 들여다보고 뛰어가길래… 회사에 긴급한 사고라도 난 건가 싶어 확인해봤어. 그런데 아니었어. 당신은 아내를 뭘로 보는 거야."

"당신은 남편을 사랑하는 것이 아니라 집착하는 거야. 알아? 집착. 그건 병이야. 제발 자신을 돌아봐. 이건 성실하게 일하는 사람을 못살게 구는 거라고."

"그런데 당신은 공사현장에서 전화가 안 와도 가서 확인을 해봐야 한단 말이야. 뭐든 직접 눈으로 봐야 직성이 풀린다고. 약속한 것도 아니고 회사에서 긴급한 전화가 온 것도 아닌데 미친 사람처럼 그러는 거 그게 바로 병이라고. 다른 엔지니어들도 당신만큼 열심히 일해. 당신은 그들을 믿지 못하는 거라고. 그들을 무시하는 거야. 지나친 완벽, 그게 바로 집착이야. 그걸 정당화시키기 위해 당신은 지금 나를 정신병자로 몰고 있어. 당신은 회사 일에 대해 과한 집착을 하고 있어."

그 후 아내는 새된 목소리를 내기 일쑤였다. 퇴근 후 식사를 하고 나면 태국은 베개를 들고 나와 소파에서 해저터널 공법에 관한 각종 원서를 보다 자곤 했다. 잠이 깨면 TV 혼자 떠들고 있었다. 그는 새벽녘 아내의 한숨소리를 들으며 아내와 일본이라도 다녀올까 생각했다.

태국이 오랜만에 회사에 휴가를 냈다. 마침 주말과 현충일이 붙어 있었다. 그는 아내와의 결혼기념일과 그녀의 생일이 다가오므로 여행을 계획했다. 저녁에 아내는 파래에 흰 두부를 으깨 만든 음식을 먹으며 순백의 눈꽃 얘기를 꺼냈고 북해도가 좋겠다고 했다. 그러나 태국은 일본에서 가장 긴 해저터널을 걸어보고 싶었다. 그곳에 가면 만에 하나 생길지도 모를 사고에 대한 것들이 떠오를 것이라고 생각했다. 어쩌면 긴 해저터널을 만든 사람들의 엄청난 노고를 잠시라도 느끼고 싶어서였는지도 모른다. 그는 시모노세키에 가기로 결정했다. 아내는 북해도에도 하코다테와 아이모리를 연결하는 해저터널이 있다며 북해도를 고집했다.

"아이쿠, 이미 표를 끊어버렸는데 어쩌지?"

"북해도에 가면 설국열차도 탈 수 있고 주변에 구경할 곳이 얼마나 많은데."

아내는 볼멘소리를 했다. 태국은 곧바로 여행사에 전화했다.

"북해도행 비행기는 다음 주에 있다는군. 휴가는 이번 주말까지야. 어쩔 수 없게 됐군."

회사에 들어오는 부품 조달에 대해 하르케와 통화한 후 태국은 침실로 향했다. 그는 아내 옆에 누우며 그녀에게 미안하다며 등이라도 토닥여주려 했다. 그러나 차갑게 돌아누운 아내는 반응이 없었다. 머쓱해진 태국은 서운했다. 그녀는 남편의 의견에 사사건건 반대할 뿐만 아니라 삐지거나 새침해 있을 때가 많았다. 태국은 이번에도 무조건 참아야 한다고 자신을 다독였다.

여행객을 태운 버스는 아기자기한 일본식 건물을 지나 시모노세키 간몬 해저터널 입구에 닿았다. 붉은 지붕 아래로 세 개의 기둥이 보였다. 여행객들을 따라 태국은 아내와 함께 건물 안으로 들어가 엘리베이터를 탔다. 아내가 웃으며 좋아할 거라 예상했지만 별말이 없었다. 십 미터 정도 내려가자 안으로 뚫린 긴 터널이 다가왔다. 터널의 이차선 도로로 바닥에는 점선이 보였고 벽면에는 일정한 간격마다 등이 켜져 있었다. 가이드는 사람들에게 터널의 천장을 가리키며 설명했다. 아내는 출입구에서부터 아주 천천히 걸었다. 그녀의 신발은 핑크빛 높은 구두였으나 태국의 것은 군화를 닮은 단단한 가죽 신발이었다. 엇박자를 내기 위해 함께 사는 사람처럼 걸음걸이도 서로 제각각이었다. 태국은 걸음을 뗄 때마다 신이 났다. 그가 성큼 한 발을 내디디면 아내는 종종걸음으로 발걸음을 뗐다. 사람들은 삼삼오오 흩어져 사진을 찍거나 얘기를 나눴다. 태국은 마치 자신이 해저로

난 긴 터널공사를 완성한 것처럼 가슴이 벅찼다.

한참 걸어가던 태국은 제자리에서 뜀뛰기를 해본다. 파도치는 바다 아래라는 사실이 믿기지 않는다. 터널 안을 걸어가던 몇몇 사람들이 그를 쳐다본다. 그러거나 말거나 그는 기분이 좋다. 중간쯤 오니 혼슈 야마구치현(시모노세키)과 규슈의 후쿠오카현(모지코)의 경계선이 그려져 있다. 태국이 아내를 기다리며 천장을 본다. 파도의 기운이 느껴진다. 해일이 일면 터널이 흔들리지는 않을까. 지진에도 끄떡없는 터널, 기사들이 그 어떤 사고도 나지 않도록 예측하고 대비하여 만든 터널이었다.

고대부터 토목기술자들은 바다에도 길을 만들기 위해 수없이 여러 가지 방법을 시도해보았을 것이다. 그러던 어느 날 마침내 긴 다리가 완성되었을 때 그들은 신이라도 된 듯 전율했으리라.

버스를 타고 모지코항에 도착하니 온몸이 후끈했다. 출구에 메카리 해안 산책로가 이어졌다. 여행객들은 가이드의 설명을 들으며 걷고 있었다. 아내는 무슨 생각을 하는지 이제 혼자 걸었다. 아내에게 다가갔다. 태국은 아내의 기분을 어떻게 해야 풀어줄 수 있을지 도무지 알 도리가 없었다. 무슨 말을 해야 할지 망설여졌다.

"가라토 시장에 가서 초밥이라도 먹을까? 아니면 메카리 해안으로 더 걸어갈까."

아내가 돌아서며 말을 쏟아냈다.

"도대체 당신은 자기 기분밖에 몰라. 내 입장은 통 생각해주질 않아. 이런 곳에 데려오다니. 잠시라도 분위기 있는 곳에서 기분 좀 내면 안 돼? 결혼한 지 육 년이 넘었어. 당신은 여자 마음을 그렇게 몰라. 이번 여행만 해도 그래. 홋카이도로 가서 눈 구경도 실컷 해보고 설국열차도 타보고 싶었다고."

참다못한 태국이 퉁명스럽게 받아쳤다.

"좀 애교스럽게 말하면 안 되나. 무슨 얘기라도 하려고 입을 떼면 듣지도 않고 짜증부터 부리니 내가 입을 닫지."

태국은 그녀가 자기만의 우물에서 나와 세상을 좀 더 알았으면 했다. 말이 통하지 않으니 방법이 없었다.

"당신은 자기 생각 속에만 갇혀 있다고. 알아?"

"당신은 아내 입장은 눈곱만큼도 생각 안 해. 그래. 마음이 없는데 무엇이 통하겠냐고…."

마음이 상한 아내가 울 듯 말했다. 태국은 아내가 왜 한사코 남편에 대해 부정적인 생각만 하는지 이해할 수가 없었다. 가라토 시장에서는 자유시간이었다. 사람들은 제각각 여러 음식점으로 흩어졌다. 태국은 가라토 시장에서 먹던 초밥을 그대로 놔두고 밖으로 나와버렸다. 그때 왜 그랬을까. 왜 아내의 마음을 좀 더 다독여주지 못했던 것일까?

일 년 반쯤 전이었을 것이다. 하루는 점심식사를 마치고 오는 길이었다. 수위가 다가와 병색이 짙은 여자 한 분이 회사의 해저터널 공사현장까지 찾아왔다고 말했다. 그녀는 공사현장이 신기한 듯 여기저기를 기웃거리며 태국을 찾았다고 했다. 태국은 그 시간에 정화와 식사를 하고 있었다. 그때는 그를 찾아온 사람이 누구인지 궁금했으나 곧 잊어버렸다. 병색이 짙은 여자라는 말에 혹 아내가 아니었을까 생각했지만 그럴 리가 없다고 단정지었다. 어떻게 생긴 사람이었는지 나이가 많았는지도 묻지 않았다. 이제 생각해보니 그때 찾아온 여자가 혹 아내가 아니었을까, 하는 생각이 들었다.

'인간이 산을 뚫고 바다에 길을 내면서 한 뼘밖에 안 되는 서로의 가슴속에도 이르지 못하는 것은 무슨 이유일까?'

태국은 둘레에 울타리를 쳐놓은 후 자신의 틀 속에 고치를 틀고 앉아 있었다. 그런데도 그는 아내와 서로 소통이 되지 않는 것은 그녀가 자신을 이해하지 못하기 때문이라고 답답해했다.

'어떻게 해야 하는지 몰랐던 거야. 당신을 이 지경으로 만들 생각은 전혀 없었어. 이렇게 될 줄 정말 몰랐어.'

태국은 터널 개통을 며칠 앞두고 안절부절못했다. 회사에 출근하여 조그만 실수라도 하지 않으려면 눈을 붙여야 했다. 그는 컴퓨터 앞에 다가가 모니터를 켰다. 불이 들어오자 물속이 희미하게 헤드라이트에 드러났다. 그는 숨어 있던 사람의 뇌관을 들여다보는 것만 같아 눈을 깜박거렸다. 잊어버렸던 과거와 그 이전의 일들. 그가 태어나기도 전부터 있었던 수많은 일이 똬리를 틀고 잠자고 있는 것만 같았다. 그는 머리를 흔들었다. 바닷속이 요동치듯 출렁거렸다. 콘크리트형의 긴 터널 안으로 차가 지나갔다. 아내가 아프다며 세차게 머리를 흔들었다.

"머리가 너무 무거워요. 견딜 수가 없어요."

"괜찮아. 괜찮아. 당신은 지금까지 잘 참아왔으니까. 조금만 참아."

태국이 아내의 민머리를 쓰다듬으며 말했다.

"당신은 지금까지 바닷속으로 길을 내기 위해 모든 것을 다 바쳐왔으니까. 최선을 다해 달려왔으니까…."

그게 아내가 한 말인지, 자신이 한 말인지 알 수 없었다.

수십 개의 콘크리트터널이 바닷속에서 하나하나 떨어지기 시작했다. 아내가 물장구를 치며 숨을 쉬지 못해 헉헉거렸다. 그녀가 마지막으로 숨을 들이쉬려할 때였다. 아내를 둘러싸고 있던 함체에 엄청나게 힘이 센 물고기가 빠른 속도로 달려왔다. 아내는 균열이 일어난 함체와 함께 파열음을 내며 폭발해버렸다. 태국은 안 돼, 소리치며 일어났다. 새벽 두 시였다.

그는 허둥거리며 부엌으로 갔다. 냉장고에서 생수를 꺼내 벌컥벌컥 마셨다. 결코 나쁜 일이 일어나서는 안 된다. 그는 팔짱을 끼고 거실을 서성였다. 욕실 문이 열려 있었다. 문이 잘 닫히지 않았다. 문과 문틀이 뻑뻑했다. 태국은 세게 문을 닫다 내버려두었다. 다음날 일에 실수가 있어서는 안 된다. 잠을 자야 했다. 열린 욕실 문을 그대로 두고 침대로 갔다. 그때야 저녁 무렵 정화에게서 전화가 왔다는 것을 확인했다. 그는 침대에 누워 눈을 감았다. 정화는 무슨 일로 전화를 했을까.

태국이 눈을 감자 빨간 반바지를 입은 정화가 달려가는 모습이 떠올랐다. 그녀를 부르자 무슨 일이냐는 듯 쳐다보더니 아무 말 없이 가버렸다. 그는 다시 잠을 청했다. 잠결에 욕실 문이 삐걱거리는 소리를 들었다.

욕실 문을 열고 누군가가 나오고 있었다. 정화였다. 태국은 불빛 아래 드러난, 살갗이 붉고 부드러운 정화의 몸을 상상하며 아내를 생각했다. 마른 나뭇가지처럼 앙상한 아내의 몸이 비로소 떠오른다. 온갖 욕망을 비워낸 투명한 영혼을 담은 몸.

정화가 쭈뼛거리며 침대에 다가와 걸터앉는다. 잘록한 허리에 풍만한 가슴과 엉덩이를 가진 정화는 끝없이 뻗어나가는 덩굴처럼 견고하다. 그녀가 침대로 올라와 거침없이 드러눕는다. 그녀가 태국의 엉덩이를 두 다리로 감는다. 태국은 침대 앞 커다란 화장대에 잠시 눈길을 돌린다. 정화의 손길이 일깨우는 감각이 거칠게 느껴진다. 샴푸 냄새가 아릿하게 뇌 속을 파고든다. 이제는 정화가 태국의 몸 위로 올라와 엎드린다. 그의 입술을 조심해서 빨아들이기 시작한다. 태국의 몸이 흥분하며 정화의 허리를 더 세게 끌어안는다. 정화가 까르르 웃으며 길게 몸을 편다. 치모가 우거진 불그죽죽한 음부가 거부감 없이 꿈틀거린다. 태국은 그것을 우악스럽게 틀어잡는다. 그는 흥분을 일깨우는 알 수 없는 힘을 의식하며 잠이 들었다.

눈을 번쩍 떴다. 아침 여덟 시였다. 태국은 부리나케 옷을 주워 입고 차에 올랐다. 공사현장에 전화를 걸어 진행상황을 보고 받은 다음 그는 현장 사무실로 핸들을 돌렸다.

터널이 바닷속을 가로지르며 대형 화면에 나타났다. 산소통을 등에 멘 기사가 긴 침매터널 함체 옆에 붙어서 천천히 움직임을 유도했다. 거대한 콘크리트터널이 제자리에 침설되기 위해서는 초정밀 장비와 작업이 필요했다. 태국은 대형 스크린을 보다가 오른쪽 컴퓨터 화면을 바라봤다. 노 반장이 함체의 한쪽 모서리를 가리켰다. 모서리를 바라보는 하르케의 표정이 차가웠다. 태국이 마우스로 5번 함체의 한구석을 당겼다. 노 반장이 화면에 들어왔다. 천장에서 물방울이 한 방울씩 떨어진다. 태국은 예리한 송곳 같은 것이 살갗을 뚫고 나오는 느낌을 받는다. 동원된 인력의 땀과 노고가 순식간에 물거품이 될 수 있다. 오랜 시간 기술자들이 심혈을 기울여 건설한 콘크리트터널이 떠내려갈 수도 있는 것이다. 태국은 줄줄이 붙은 함체가 폭발하는 모습을 상상했다. 부리나케 그는 기사들에게 '작업 중지. 대기.' 신호를 보냈다. 긴 줄로 이어진 콘크리트형 함체가 해수의 강한 압력에 부표처럼 일렁였다.

태국과 하르케는 컴퓨터 화면을 뚫어지게 바라봤다. 수십 명의 작업자가 깊은 바닷속의 함체에 매달려 보수작업을 했다. 원인은 수중불분리성 콘크리트 혼화제가 불량이기 때문이라고 했다. 하르케가 수중 카메라를 지켜보며 태국에게 말했다.

"수중불분리혼화제가 불량이라니. 말도 안 되는 소리. 어느 회사의 제품인지 확인해봤어요?"

"그럼요. 최근에 QR사 제품이 모자라 GR 제품을 몇 통 넣었다는군요. GR사에 전화했더니 직원이 달려왔어요. 그가 제품을 살펴보더니 자기 회사 제품이 아니라더군요."

"이건 범죄예요. 일이 왜 이런 식으로 돌아가는 거죠."

"좀 더 알아보도록 하지요."

제품에는 분명 GR회사 마크가 찍혔다. 그런데 자세히 보니 깨알 같은 글씨가 희미하게 인쇄되어 있었다. 눈을 가늘게 떠서 보면 GB로 보였다. 태국이 교체된 수중불분리성혼화제를 짜서 벽면에 발라봤다. 색깔이 노리끼리했다. 그 위에 물을 넣은 분무기를 뿌려봤다. 분무기에서 나온 물은 수중불분리성혼화제 속으로 스며들지 않고 물방울로 뭉쳐져 아래로 떨어졌다. 다행이었다.

휴대폰이 울렸다.

"GR사 영업팀입니다. 저희 회사에서 작업자를 만나 철저하게 조사해보았습니다. 그날 작업자가 엷게 바른 부분이 있었고, 그곳에 약간의 하자가 있었던 것 같습니다. 이번에는 괜찮을 겁니다. 나중에 찾아뵙겠습니다."

태국이 목소리를 높였다.

"무슨 소리. 내가 부분적으로 작업 부위를 꼼꼼하게 살펴봤는데 그런 곳은 없었소. 엷게 바른 부분이라니. 그 말에 책임질 수 있어요?"

영업팀 마스터는 잠시 말이 없었다. 옆 사람과 얘기하는 소리가 들리더니 입을 열었다.

"죄송합니다. 결과적으로 이렇게 됐으니 보상하도록 하겠습니다."

그가 전화를 끊자, 하르케가 다시 제품에 대해 물었다.

"공식적으로 한 건 아니지만 GR사에서 사과를 했어요. 보상을 하겠다고 하는군요."

태국은 교체된 제품은 하자가 없다고 말했다. 화면은 방금 보완한 함체 부위를 비췄다. 원래 하나였던 것처럼 함체 이음쇠는 완벽했다. 사무실의 각 벽면에 설치된 컴퓨터 화면을 클릭하여 하나하나 관찰했다. 해류에 곡선으로 늘어졌던 긴 함체는 이제 팽팽하게 당겨졌다.

"나이스!"

하르케가 갑자기 환호성을 울리며 웃었다. 그가 태국의 손을 맞잡으며 등을 얼싸안았다. 그도 하르케를 향해 등과 어깨를 두드리며 기쁨을 나눴다. 하르케가 자신의 아버지가 용접공이었다고 말한 것이 기억났다. 태국은 하르케에게 한 손과 다른 한 손이 붙는 시늉을 했다. 태국과 하르케는 잠자코 서로를 바라봤다. 가슴에서 무언가가 뜨겁게 녹아내리며 하나로 이어지는 것 같았다.

태국이 사무실을 나와 현장으로 갔다. 정화가 지나가며 힘내세요, 라고 말했다. 그녀의 말을 들은 것 같은데 그는 이미 공사장 안으로 가 있었다.

태국이 해저터널 입구 콘크리트함체 안으로, 한발 두발 걸어갔다. 하나하나 연결된 함체가 해저터널로 길게 이어졌다. 천장 양쪽으로 환풍기가 돌아간다. 되메우기를 한 부분은 잘 마르고 있다. 6번 함체도 한쪽 구석에서 김 기사와 강 기사가 사다리차에 올라 되메우기를 한다. 터널 바닥은 아직 차선을 긋지 않았지만, 꽤 넓어 보인다. 태국은 사람들의 마음이 하나로 이어지려면 서로의 입장을 이해해야만 가능하다는 생각이 이제야 든다. 사람과 사람이 서로의 마음을 이해하기 위해 갈등을 거쳐가는 길이란 얼마나 어렵고 긴 길인가.

태국은 수위에게 작년에 자신을 찾아온 여자가 누군지 꼭 알아봐 달라고 부탁했다. 수위는 고개를 갸웃하더니 알았다고 했다.

'혹 이 여자가 아닌지요?'

그는 사무실에 와서 휴대폰으로 아내 사진을 수위에게 보냈다. 그녀의 얼굴은 미소를 짓는 듯하지만 자세히 보니 슬픈 표정이었다. 잠시 후 답장 대신 전화가 걸려왔다.

"아! 이 여자분 기억나요. 그날 팀장님을 찾으니 식당에서 식사를 하고 계셨어요. 그래서 그분을 식당으로 안내해드렸는데… 팀장님을 보더니 급한 볼 일이 생겼다며 갑자기 가버리더군요."

아내가 아픈 몸으로 여기까지 찾아왔다니? 그날은 아마 정화와 식사를 하고 있었던 것 같다.

전혀 예상치 못한 일이었다.

펑! 함체 속에 들어 있던 바닷물이 밖으로 일제히 솟구쳤다. 함체 안은 서서히 물이 빠지며 진공상태가 됐다. 옆에 있던 다른 기사가 리모컨을 들고 버튼을 눌렀다. 직사각형의 마지막 함체가 긴 함체의 뒷부분에 붙고 있다. 분출하듯 쏟아지는 물에 물고기들과 자잘한 생물들이 흩어진다. 상황실 요원들이 일제히 탄성을 질렀다. 태국은 하르케를 돌아보며 V자를 만들어 보였다. 하르케가 엄지손가락을 치켜세우며 브라보! 하고 외쳤다.

병상에 앉아 있는 아내의 모습이 떠올랐다. 며칠 전 태국은 그녀에게 건네줄 선물을 준비해놓았다는 사실을 상기했다. 내일은 병원에 가봐야 했다. 그러면서도 눈은 함체작업장의 공사 화면에서 떼지 못했다. 어제는 컨테이너에 실린 인공 자갈이 바다 밑 함체에 내려졌다. 기사들은 어마어마하게 많은 양의 인공 자갈을 바닷속으로 실어 날랐다. 함체 바깥, 네 벽면에 그것들을 붙였다. 함체에 부딪칠 어떤 충격에도 거의 영향을 받지 않도록 하기 위해서였다. 원래는 인공 자갈을 바다 밑바닥에서부터 함체가 놓인 곳까지 쌓을 계획이었으나 수정됐다. 자갈의 사이사이에 작은 물고기들이 드나들 수 있도록 틈을 만들어주었고 미생물도 번식할 수 있는 환경을 만들었다. 태국은 하르케와 작업의 재검을 위해 밤 늦게까지 작업장에 머물렀다.

태국은 아침 일찍 회사로 나가자마자 수중 옷을 입고 직접 바닷속으로 잠수하여 함체의 바깥 부분을 살펴보았다. 수중 카메라가 비추던 대로 인공 자갈은 콘크리트터널 바깥으로 끝없이 붙어 있었다. 특수접착제를 처방받은 함체는 두툼한 우주복을 입은 것처럼 둘러싸여 물속으로 길을 내고 있었다. 드디어 해저터널이 완성된 것이다. 가슴속으로 깊은 쾌감과 뿌듯한 충족감이 일었다. 그는 이제야 아내의 마음을 이해할 수 있을 것만 같다. 아내는 점점 늘어나는 암세포를 의식하며 자신의 이기심을 하나씩 하나씩 내려놓았다는 생각이 든다. 그녀가 병원 창가를 바라보며 그렸던 그림. 그것은 그녀의 조각난 마음을 하나로 연결하고 보듬으려는 애틋한 마음이 아니었을까. 자존심이 강한 아내는 태국에 대한 부정적인 모든 감정을 내려놓고 회사 공사현장까지 어렵사리 찾아왔던 것이다. 그녀가 여기까지 찾아와서 하고 싶었던 말. 그 말을 이제 태국이 찾아야 하는 것이다. 목이 메었다.

태국이 물 위로 올라와 수중 옷을 벗었다. 사무실에 돌아와 한숨 돌리며 휴대폰을 열었다. 부재중 통화가 여덟 통이었다. 문자도 여러 개가 와 있었다.

그가 밖으로 나오자 부사장이 태국의 어깨를 두드렸다. 하르케가 다가오며 그에게 나이스!를 외쳤다. 그가 하르케와 손바닥을 맞부딪자 노 반장과 몇몇 기사들이 다가오며 손뼉을 쳤다. 붉은 해가 흥분으로 몸을 뒤척이는 것 같았다. 멀찍이 정화와 짜이또가 엄지를 내밀며 최고라고 외쳤다. 태국의 가슴이 희열로 젖어들었다. 태국의 호주머니에서 휴대폰이 진동했다. 태국은 사무실 쪽으로 가며 휴대전화기를 열었다.

처형이 보낸 문자였다.

'선희가 갔어. 먼 길을… 이제 막 떠났어.'

가슴이 아렸다. 태국은 스펀지처럼 온몸에 구멍이 숭숭 뚫린 채 파도에 쓸려가는 느낌을 받았다. 걸음을 옮기는데 무릎이 꺾였다. 허탈감에 목이 메었다.

태국이 사무실로 돌아오는데 승용차가 서너 대 도착했다. 대형 카메라를 멘 기자들이 부리나케 차에서 내렸다. 인부들이 현장 사무실 앞에 현수막을 걸고 있었다. '세계 최초 이중 조인트 침매터널 연결. 세계 최장 함체.'

안개가 걷히며 하늘과 바다가 환하게 드러냈다. 태국은 여러 개의 긴 콘크리트터널이 해저에서 하나씩 맞붙어 끝없이 이어지는 모습을 떠올렸다. 그의 내면에 흩어졌던 여러 갈래의 마음이 하나로 붙는 느낌이었다. 바닷속으로 난 터널로 사람들이 걸어가고 있었다. 그들은 믿을 수 없다는 듯 해저터널의 천장과 벽면을 바라보며 발길을 한 걸음씩 내디뎠다. 그 속에서 아내가 걸음을 떼고 있는 것 같았다. 얼굴이 백지장처럼 하얀 그녀가 미소 띤 얼굴로 뒤돌아보았다. 태국에게 무언가 말을 했다. 공사현장으로 찾아와서 태국에게 건네려 했던 말이 귓전에서 왕왕거렸다.

태국은 병원으로 가기 위해 승용차에 올랐다. 새로 난 해저터널에서 아내가 손짓하며 그를 기다릴 것만 같았다. 액셀러레이터를 밟자, 엔진 소리가 철벅거리며 바닷물에 섞였다.

워터 히아신스

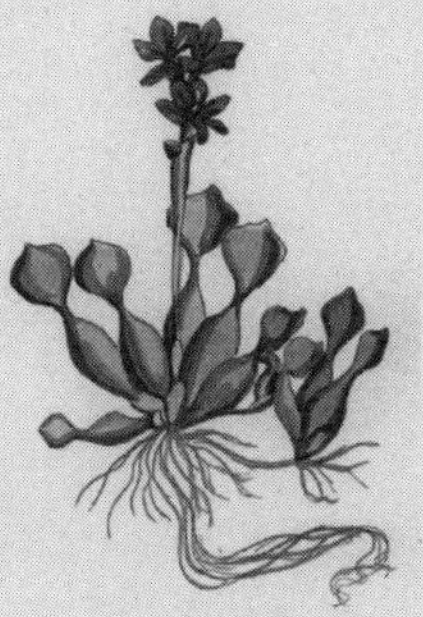

워터 히아신스

만희가 미얀마로 가기로 결정한 것은 '띤잔'이라는 축제의 동영상 때문이었다. 영상 속 젊은이들은 도시를 찾은 여행객들에게 마구잡이로 물을 뿌려댔다. 양복을 입은 아저씨나 노인, 짧은 치마를 입은 소녀 등 남녀노소 가리지 않고 물폭탄을 퍼부었다. 관광객들은 갑작스레 날아온 물세례에 비명을 지르며 손으로 얼굴을 가렸다. 그러나 그들은 얼굴을 찡그린 채 소리를 지르면서도 웃고 있었다. 호스를 든 축제의 주체 측이 음악까지 틀었다. 온몸이 물에 젖은 여행객들은 그 노래에 맞춰 춤을 췄다. 이렇게 당하는 것이 영광이기나 한 듯이 사람들은 그 상황을 여유롭게 받아들이고 있었다. 그들의 행동은 폭염을 이기기 위한 방법일 수도 있지만, 우기가 시작되기 전에 벌이는 독특한 문화로 보였다.

동영상을 지켜보던 만희는 일어나 밖으로 나갔다. 그녀는 수도꼭지를 틀어 겨우내 마른 풀들 위로 물을 뿌렸다. 풀들은 고개를 수그린 채 묵묵히 물세례를 받았다. 며칠째 답답하던 마음이 시원해졌다. 하늘에는 흐린 구름이 펼쳐져 있었다. 그녀는 허공을 노려보다 작업실로 들어갔다. 기름이 떨어져 불을 때지 못했다. 그녀는 통장의 비어가는 잔고를 보다 카디건을 걸쳤다. 책상에는 그녀의 펜 수묵화 전시회를 제안하는 백화점의 청탁서가 있었다. 고객들이 그녀의 작품을 찾는다고 했다. 유화 냄새로 골머리를 앓던 때가 작년이었다. 6개월 정도 그림을 던져놓고 쉬던 만희가 우연히 펜 수묵화를 그려 블로그에 올렸다. 그것을 본 L백화점 홍보실장이 몇 번이나 전화를 걸어왔다. 그녀는 깁스한 오른팔을 움직였다.

만희는 동영상 속 사람들의 표정을 왼손으로 그리기 시작했다. 도시의 대로를 오가는 사람들이 물세례에 긴장하며 눈을 찡그리는 표정에서 그녀는 펜을 멈췄다. 마음은 무슨 그림이든 충분히 그릴 수 있다고 생각했지만, 캔버스는 더 이상 그림을 담아내지 못했다. 깁스한 오른팔을 의식하며 만희는 몇 번이나 붓을 던졌다. 눈을 감으면 빠지는 어둠 속, 발을 헛디뎌 빠진 함정이 연상되었다.

만희는 다시 마우스를 움직여 영상 속 사람들의 움직임을 관찰했다. 띤잔 축제에 참여한 관광객들은 난감한 상황을 즐기며 웃고 있었다. 감정의 폭포수를 단번에 뛰쳐나온 사람들이었다. 만희는 만달레이의 축제에 참가해보고 싶었지만, 지금은 우기가 끝난 계절이었다. 미얀마의 지도를 검색하던 그녀는 해발 팔백 미터 고지대의 혜호에 위치한 인레 호수에 잠시 머물기로 했다.

새벽에 만달레이공항에 내린 만희는 속이 거북했다. 기내식으로 나온 빵과 샐러드를 먹을 때부터 내키지 않았다. 소화제를 먹을까 했지만, 핸드백 안에는 보이지 않았다. 그녀는 인레 호수에 가기 위해 다시 비행기를 타는 것이 싫어 한번에 목적지까지 가는 버스를 택했다. 미얀마는 정치적인 문제로 데모와 시위가 이어지고 있어 웬만하면 직항을 택하도록 여행사에서 권했기 때문이다. 버스 운행 시간은 무려 9시간이었다. 중간에 휴게소에 들렀지만, 아무것도 먹지 못했다.

인레 입구에 당도하자마자 터미널 주변의 식당으로 들어갔다. 그곳은 고깔모자를 쓰고 호객행위를 하는 상인들을 피해 들어간 식당이었다. 그녀는 메뉴 그림을 보면서 찹쌀국수에 소고기 아롱사태를 고명으로 얹은 산누들로 늦은 점심을 시켰다. 키가 크고 마른 남자아이가 창백한 만희를 바라보며 음식을 들고 왔다. 그때 식탁에 앉은 그녀의 깁스한 팔이 큼지막한 트렁크에 부딪쳤다. 만희는 얼굴을 찡그리며 식탁 밑으로 트렁크를 밀었다. 오른팔을 식탁에 엉거주춤 올려놓는 바람에 소년이 가져온 음식을 쏟고 말았다. 그는 뻣뻣한 팔이 음식을 피해주리라 생각한 것 같았다. 소년이 지배인에게 꾸중을 들었다. 소년은 만희에게 잘못했다며 두 손으로 빌었다. 잠시 후 소년이 다시 음식을 가져오지만, 먹을 수 없었다.

"미안해요, 속이 좋지 않아서. 어지럽기도 하고."

만희는 깁스한 팔을 왼손으로 감싸며 일어섰다. 다른 사람에게는 오른팔이 로봇처럼 뻣뻣해 보일 거라는 점을 의식하며 카드로 음식값을 지불했다. 만희는 주춤주춤 식당을 나왔다. 아직도 엔진 소리로 가득 찬 버스 안에 있는 듯했다. 트렁크 바퀴가 자꾸 딴 곳으로 굴러갔다. 트렁크를 밀고 길거리를 돌아나오자 버스 정류소가 보였다. 사람들이 모여 반정부 규탄대회를 하고 있었다. 한 청년이 마이크를 들고 사람들 앞에 서 있고 바닥에 빙 둘러앉은 사람들은 천에 글을 쓴

긴 막대를 들고 있었다. 집회 장소를 다른 곳으로 옮길 예정인 것 같았다. 만희는 빠르게 사람들을 헤쳐나왔다. 예약해둔 숙소를 찾아야 했다. 휴대폰에 찍힌 주소를 보며 같은 길을 몇 번이나 오갔다. 자그마한 건물들이 다닥다닥 붙어 있는데, 간판의 이름이 헷갈렸다. 만희는 거의 한 시간이 지나서야 강변에 솟은 자그마한 호텔에 도착했다.

예약해둔 호실은 이미 손님을 받아버린 상태였다. 그녀는 어서 쉬고 싶었다.

"괜찬아아요?"

어디서부터 따라온 것인지 식당에서 본 키가 크고 미른 가무잡잡한 피부의 소년이 나타났다. 그는 엄지발가락이 고정된 슬리퍼를 끌고 있었다. 흰 건물 앞에서 소년이 서툰 한국말로 다시 물었다.

"어듸 아펴요?"

그는 걱정이 되었던지 그녀에게 다가와 얼굴을 들여다봤다. 정말 괜찮은지 재차 확인하려는 듯이. 만희는 소년이 걱정해주는 것이 눈물겹게 고마웠다. 누군가 그렇게 물어주길 바랐던 걸까. 잠시 후 눈물이 한 방울 흘러내렸다. 그 말 한마디 때문이었을 거다. 만희가 소년을 따라와 그의 집에 머물게 된 것은.

밖은 환했다. 잠시 잠이 들었었나. 등을 돌리자 어깨에 통증이 일었다. 왼손으로 오른쪽 어깨를 쓰다듬었다. 어제 저녁을 먹은 후 약을 먹은 기억이 났다. 대나무 찍는 소리가 밤새도록 들렸다. 잠자는 내내 집이 흔들리는 듯했다. 그녀를 꺾으며 누군가 그녀의 등을 떠밀고 있었다. 그녀는 일어섰지만, 다시 반대쪽에서 밀쳤다. 누군가가 그녀를 넘어뜨리고 또 넘어뜨리고. 만희는 자신이 꺾이는 느낌에 계속 시달렸다.

정신을 차리고 일어났다. 천장과 방 기둥만 등나무이고 사이사이에 대나무를 엮어 가지런히 이은 집이었다. 문갑의 서랍과 가구도 모두 대나무가 재료였다. 바닥에 발을 디디자 대나무가 눌리는 느낌이 좋았다.

만희가 거실을 지나 계단을 내려갔다. 밖으로 나가는데 소년이 공손하게 인사를 했다. 곱슬머리에 가무잡잡한 피부를 가진 소년은 아버지가 건설현장에서 사고를 당하는 바람에 갓 입학한 고등학교를 그만두었다고 했다. 깡마른 체구에 슬리퍼를 신은 그의 발은 거칠고 큼지막했다.

배가 터질 만큼 부른 소년의 엄마 진이 다가왔다. 불룩한 배에 손을 얹은 그녀의 얼굴이 퉁퉁 부어 있었다. 진은 긴 파마머리를 뒤로 묶었지만, 눈빛은 부드럽기 그지없었다. 그녀는 얼마 안 가 아기를 낳을 것이다. 만희는 배부른 진을 보며 손가방에서 노란 아기 기저귀 고무줄을 꺼내 만지작거렸다. 그 모습을 보며 진이 다가왔다. 만희가 화장실에 가기 위해 일어나자, 진이 가까이 다가와 그녀의 깁스한 팔을 보며 말했다.

"빠리 나으야지요."

그녀는 우리말 발음이 서툴렀다. 헝클어진 파마 머리카락을 뒤로 넘겼다.

"괜찮아요. 이제 다 나았는걸요."

진은 좁고 불편한 방에 세 들어 있는 만희에게 고마워하는 것 같았다. 그녀가 문밖으로 나오면 진은 부푼 배를 안고 다가와 무언가를 도와주려 했다. 만희가 진의 배를 보며 손사래를 쳤다. 진은 한국으로 일하러 갈 예정이었던 남편 옆에서 공부를 해서인지 한국말을 제법 했다. 그러나 필요 이상으로 관심을 쏟는 것이 만희는 거북했다.

진은 소년이 쌓아놓은 긴 대나무 앞에 퍼질러 앉아 있었다. 파마머리카락이 얼굴을 반쯤 가렸지만 조막만 한 칼을 든 손은 쉴 새 없이 움직였다. 긴 대나무는 마당의 반을 차지할 만큼 길었다. 진은 왼손에 대나무의 아랫부분을 잡고 단칼에 세로로 금을 낸 후 가로로 칼집을 넣었다. 쩍. 대나무는 순식간에 갈라졌다. 가늘어진 대가 부푼 배 앞쪽에 쌓였다. 만희는 숨을 가쁘게 몰아쉬며 땀을 흘리는 진의 모습이 안쓰러웠다. 저렇게 힘들게 일하다 아기가 나오면 어쩔까 걱정되었다. 만희는 자신의 아랫배에 손을 댔다. 오늘은 괜찮았다. 장염은 다 나은 것이다. 그녀가 진을 향해 말했다.

"일 많이 하면 아기 힘들어요. 일 그만해요. 이제 그만."

그러나 진은 괜찮다며 환하게 웃었다.

"우리도 밭틀 가질 수 이께 됐서요."

"그렇군요. 좋으시겠어요."

만희가 미소 지었다.

칸 시장으로 발걸음을 옮겼다. 만희는 굴과 멍게 등 해산물을 파는 트럭 가게들을 지나 붉고 노란 과일을 진열해놓은 골목으로 들어섰다. 오른쪽의 깁스한 팔이 여간 불편한 게 아니었다. 목에 걸린 팔걸이를 조정해서 팔꿈치를 니은으로 조금 더 꺾이도록 하자 깁스한 팔이 편안해졌다. 초록과 파란색 포장마차가 호숫가에 늘어서 있었다. 나일론 줄에 포장마차의 끝부분이 떨며 소리를 냈다. 나무의자에 앉아 먹고 마시며 떠드는 사람들이 눈에 들어왔다. 그 속에 누군가 보였다. 뚱뚱한 남자가 비닐 앞치마를 두른 채 가판대에서 해산물을 다듬고 있었다.

만희는 세 번째 파란색 포장마차에 들어가 앉았다. 반질반질한 피부에 깡마른 키 큰 소년이 양고기를 굽는 청년을 돕고 있었다. 만희가 머무는 집의 소년이었다. 그의 검은 눈이 싱긋 웃으며 윙크했다. 이제 보니 곱슬머리가 약간 노랬다. 만희가 꼬치에 구워진 음식을 가리켰다. 그가 접시에 고기를 담아 가져왔다. 그녀가 깁스 한 오른팔을 천천히 움직이며 소년을 쳐다봤다. 양꼬치가 한 마리 올라앉자네요,라며 그가 어눌한 말로 농을 걸었다. 만희가 웃으며 두 손으로 양을 잡는 시늉을 하다 깁스한 팔꿈치가 식탁에 부딪혔다.

"아야!"

"아퍼어요?"

만희가 괜찮다며 꼬치를 입으로 가져가 고기를 뜯어먹으며 웃었다. 어제도 밤새도록 소년은 진이 자른 대나무를 리어카에 실어 호수변에 날랐을 것이다.

소년은 손가락으로 그녀의 팔을 가리키더니 배가 달리는 그림을 그렸다. 아마 팔이 다 나으면 나룻배를 타고 인레 호수를 구경시켜주겠다는 뜻인 것 같았다. 만희가 오케이라며 엄지를 내밀었다. 소년은 내일흔 갈 때를 옴겨요, 쭌묘 또 만들어요,라고 더듬더듬 말했다. 만희가 고개를 끄덕였다. 쭌묘라는 밭은 대나무와 갈대가 중요한 재료인 것 같았다.

그가 꼬치에 달린 양고기를 옆으로 기울여 먹는 시늉을 했다.

"샤슬릭은 이여케 먹어야 팔이 빠리 나아요. 으서 나아요,"

소년은 만희가 걱정되는지 그녀의 팔을 유심히 바라보았다.

그녀가 농을 거는 소년을 올려다보며 말했다.

"일하는 게 재미있어?"

그가 고개를 갸웃했다. 무슨 말인지 알아듣지 못한 것 같았다.

"일을 같이 해보고 싶어."

만희의 제안에 소년이 난감한 듯 잠시 생각했다.

"힘드러요."

그가 큰소리로 답했다. 그리곤 고개를 저었다.

"그래도 하고 싶어. 도울 수 있는 일이 있을 거야."

만희가 사정했다. 소년은 그녀의 깁스한 팔을 보며 말도 안 된다는 듯이 손을 내저었다. 팔꿈치는 여전히 붕대에 감겨 두툼했다. 어깨에 힘을 주어 팔꿈치의 볼록한 부분을 올렸다. 가려웠다. 병원에 가서 이제는 깁스를 풀 수 있는지 물어봐야겠다. 가벼워진 팔은 새로운 경험을 하게 해줄 것이다. 소년은 요즘 관광객들을 보트에 태워 인레 호수를 구경시켜주는 일을 일주일에 두 번씩 하러 간다고 말했다.

도로에 늘어선 나뭇가지 사이로 선선한 바람이 불어왔다. 도로를 벗어나자 긴 호수가 모습을 드러냈다. 삼각뿔처럼 생긴 건물 앞으로 나룻배가 다섯 척 정도 정박해 있었다. 그 주변으로 수상 방갈로가 두어 채 보였다. 선글라스를 쓴 관광객들이 한 무리 지나갔다.

만희가 소년을 따라 나룻배에 올랐다. 소년이 만희를 보며 엄지를 치켜세웠다. 그녀가 고개를 끄덕였다. 좌우로 흔들리는 배에는 남녀 다섯 명이 앉아 있었다. 검은 파마 머리카락에 알록달록하게 옷을 입은 여인이 만희 앞에서 활짝 웃으며 휴대폰을 들어 사진을 찍었다. 그녀가 만희에게 관심을 보였지만 모른 척했다.

배를 타고 이십여 분쯤 가자 물 위로 드러난 수초들이 나무에 엮여 줄줄이 서 있었다. 줄지은 풀들 사이로 보트가 지나갔다. 출렁이는 강물을 보자 만희는 눈을 감고 물세례를 받던 영상이 떠올랐다. 온몸이 물범벅이 된 상태로 환호성을 지르며 웃던 사람들. 그때 흐른 물이 흘러들어 여기까지 온 듯했다. 이제 강물은 고스란히 햇볕 세례를 받고 있었다. 따뜻한 바람이 온몸을 감쌌다. 만희는 소년이 엄지손가락을 세우며 최고를 외치던 모습이 떠올랐다.

"이곳이 수상밭이에요."

여행사 직원인 중년 여자가 설명했다.

"물이 그리 깊지는 않아요. 여긴 그물 같은 워터 히아신스의 검은 뿌리들이 깔려 있어요. 만약 물에 빠질 경우 그물에 걸리게 돼요. 그럴 때는 몸을 버둥거리면 안 돼요. 버둥거리면 수초 뿌리가 사람을 단단하게 옭아매게 돼요. 예전에 수영선수가 한 명 빠졌는데 심하게 버둥거리다 결국 죽었어요."

이렇게 아름다운 강물에도 사람이 빠지면 죽을 수도 있구나. 만희는 하늘거리는 수초가 독소처럼 여겨졌다. 물속에 빠져 다급하게 심호흡하는 사람의 얼굴이 선했다. 살기 위해 미친 듯 발버둥치면 오히려 힘들어져 숨을 멎게 되는 것이다.

강물 건너편에는 수많은 히아신스 꽃들이 지천으로 피어 있었다. 보랏빛 송이는 하늘에 목을 내밀어 꽃송이를 열고 있는 중이었다. 사람들은 탄성을 지르며 사진을 찍었다.

연꽃과 꽃대를 실은 배가 가까이에서 지나가고 있었다. 만희는 꽃대에 정신이 팔렸다. 아, 그 꽃대!라고 소리를 질렀다. 뱃머리에는 한 여자가 봉긋한 연꽃을 한 아름 안고 있었고 그녀 옆에는 푸른 연꽃줄기가 가득 쌓여 있었다. 만희는 몸을 구부려 배 쪽으로 다가가기 위해 상체를 숙였다.

육 개월 전이었다. 만희는 남편과 쇼핑을 하기 위해 유명 백화점에 들렀다. 밖에서 남편과 쇼핑할 기회가 드물었으므로 만희는 이참에 임신했다고 말하려 했다. 머플러 가게가 보였다. 손끝으로 연꽃 줄기를 벗겨내는 여인들의 사진이 가게 벽에 걸려 있었다. 천연 실크 머플러는 꽤 고급스러웠다. 만희는 값진 머플러를 선물받고 싶었다. 남편은 연꽃 줄기가 재료인 그 머플러를 한 장 들고 오더니 카드를 꺼냈다.

"그분께 선물해야겠어. 재미교포인데 여자 상무님이야."

남편은 그녀를 자랑스러워하는 것도 모자라 존경스러워하는 말투였다. 그는 손가락을 떨고 있었다. 날씬한 몸매에 세련되게 화장한 모습, 자신감에 찬 얼굴. 만희는 화려하고 세련된 여배우를 상상했다. 얼마나 대단한 여자이기에. 하지만 자신은 그의 아내인 것이다. 만희는 용기를 냈다.

"그럼 하나 더 사면 안 돼?"

화가 난 눈이 그녀를 쏘아보았다.

"이게 얼마짜린데?"

남편의 목소리가 올라갔다. 너는 나의 상사와는 달라,라는 울림이 가슴을 찔렀다. 만희는 무시당한 느낌에 눈살을 찌푸렸으나 화를 내지도, 스카프를 하나 더 사달라고 재촉하지도 못했다.

뜨거운 돌덩이 같은 것이 가슴을 짓눌렀고 눈을 찡그리며 심호흡을 했다. 만희가 그때의 머플러를 잡으려는 듯 건너편 배를 향해 팔을 세게 뻗었다. 누군가 등을 홱 밀친 듯 그녀는 중심을 잡지 못하고 강물 속으로 풍덩 빠져버렸다. 악! 만희는 소리치며 팔을 허우적거렸다. 뜨겁고 답답한 그물이 그녀를 가두었다. 시커먼 뿌리가 온몸에 달라붙자 만희는 몸을 버둥거렸다. 질긴 뿌리들과 함께 뜨거운 덩어리가 온몸을 꽉꽉 죄어왔다.

만희는 숨도 쉴 수 없을 만큼 괴로웠다. 계속 물을 먹었고 어느 순간 탈진했다. 소년이 그녀에게 인공호흡을 했다는 사실을 알았을 때 만희는 흔들리는 배 위에 누워 있었다. 키 큰 소년의 입에서 물이 흘렀다.

"가만 있서요, 움지이지 마라요. 편라게 있서요."

소년이 서툰 한국말로 소리를 쳤다. 그녀를 쳐다보던 사람들이 제자리로 갔다. 만희는 일어나 입에서 물을 꾸역꾸역 토해냈다. 소년이 배에 있던 담요를 그녀의 어깨에 둘러주었다. 소년이 그녀의 가슴을 꾹꾹 눌렀고 입을 맞붙여 물을 빨아냈다는 것을 생각하자 영 어색했다.

이제 그녀는 빈 배가 되어 강물에 떠 있었다. 참을 수 없는 감정을 밖으로 토해내던 광경이 떠올랐다. 검은 물을 배출하는 모습은 그리 좋은 광경은 아니었다. 무엇보다 소년에게 창피했다.

초주검이 된 얼굴로 소년의 집으로 돌아왔을 때 진이 죽을 끓여왔다. 손은 거칠었지만 따스함이 느껴졌다. 곧 태어날 진의 아기가 만희를 살린 것도 같았다. 마치 만희가 뱃속에서 키워야 할 아기를 진이 대신 힘들게 키우고 있는 듯했다.

사흘이 지나자 만희는 편안해졌다. 팔에 깁스를 한 만희를 위해 진은 새 옷과 실내화도 가져다주었다. 대나무 틀 위에 침대 매트를 올려놓았는데 누르면 삐삐거리는 소리가 났다. 꽃무늬가 새겨진 문갑에는 서랍장이 달려 있고 조그만 장롱과 방문을 닫아걸 수 있는 고리와 자물쇠와 키가 있었다. 단단해보이는 그것들은 모두 대나무가 재료였다.

멀리 수상가옥이 여러 채 보였다. 손가락만 하게 보이는 배들이 드나들고 있었다. 이곳 주민들은 나룻배에 생필품을 싣고 수산시장에 나갔다 돌아왔다.

만희는 방바닥에 창호지를 펴놓고 펜으로 히아신스 꽃잎을 그렸다. 선을 연하게 그린 다음 가운데 한 점을 중심으로 긴 꽃잎들을 기둥처럼 늘렸다. 연보랏빛 살결은 깃털처럼 보드랍고 가벼워 보였다. 그림의 빈 공간에 두 가지 색으로 적절하게 농담으로 표현한 것을 고객들은 좋아했다. 만희는 그림이 마르기 전에 붓에 물을 묻혀 덧칠을 했다. 그러나 그릴 때마다 그림은 매번 망가졌다. 다시 연꽃을 실은 배가 떠올랐다. 그녀가 손을 내밀지만 다른 여자가 확 밀치는 모습이 생각났다. 만희가 고꾸라지자 밀친 여자가 팔짱을 낀 채 도도하게 비웃었다. 땅바닥에 엎드린 만희의 얼굴이 벌게졌다. 그녀는 보랏빛 히아신스를 그리던 창호지를 구겨버렸다. 깁스한 팔이 손목을 불편하게 했다. 병원에 들러야겠다. 만희가 얼굴을 들자 볕이 너무 강했다. 일어나 창문을 닫자 어두웠다. 형광등이 오래돼 방 안이 어두웠다. 소년에게 말하려 했으나 만희는 번번이 잊었다.

주근깨가 많은 간호사가 깁스를 풀어주자 만희가 상처를 들여다봤다. 주름진 팔꿈치 아래는 잘 보이지 않았다. 만희는 의사가 엑스레이를 들여다보는 것을 뒤에서 보았다. 의사는 이제 깁스는 풀어도 되겠다고 말했다. 감옥에서 풀려나는 느낌이었다. 의사가 주머니에 손을 넣으며 무어라고 말했다. 이렇게 낫는 것이 자연의 이치라고 하는 것 같았다. 진은 어떻게 됐을까. 만희는 진이 아기를 낳았는지 궁금했다.

그녀도 소년도 휴대폰이 없으니 소식을 알아볼 수 없었다. 아기가 태어났다면 갓난아기가 꼼지락대는 모습에 소년은 얼마나 기뻐하고 있을까. 만희의 귀에 아기 특유의 숨소리가 들리는 듯했다. 어서 소년의 집에 가봐야겠다. 마음이 급했다.

집으로 돌아오자 소년은 쌓아놓은 대나무를 한아름씩 끈으로 묶고 있었다. 진은 아직 아기를 낳지 않았다고 했다. 만희가 깁스를 푼 팔을 소년에게 들어보였다. 그가 엄지를 치켜세우며 활짝 웃었다.

"추카해애요."

소년이 긴 대나무를 한 아름씩 리어카 앞으로 질질 끌고 갔다. 배에 싣기 위해서였다.

"호수에 같이 가보고 싶은데."

소년이 만희의 팔을 보며 고개를 끄덕였다.

나룻배보다 두 배나 긴 대나무가 가로로 선을 그리며 배를 덮고 있었다. 만희는 대나무를 한가득 실은 배 위에 올랐다. 소년은 만희를 대나무 위에 앉도록 손을 잡아준 다음 뱃머리 쪽으로 갔다. 강물이 바르르 몸을 떨었다. 소년이 노를 젓는 방향을 따라 배는 앞으로 뒤로 흔들거렸다. 소년은 외발로 서서 다른 발로 곡예를 하듯 원을 그리며 노를 저었다. 언제부터 저렇게 힘든 일을 한 걸까. 그는 아빠에게 배웠어요,라고 말했었다. 진이 있지만 장남인 소년이 집안의 가장인 것이다. 멀리 수초들이 강물을 한가득 채우며 얼굴을 내밀었다. 그들이 탄 배는 수경재배가 한창인 수초들 사이로 들어갔다. 배가 조금씩 흔들리지만 괜찮다. 오늘은 전혀 어지럽지 않았다.

"이거 해볼내요?"

단단한 체구에 큰 키, 소년의 검은 눈이 빛났다. 만희는 무슨 일이든지 거침없이 행동하는 소년이 부러웠다. 그의 손가락은 예리했다.

그가 대나무를 쳐들자 그것은 하늘을 찌를 듯 길었다. 소년 키의 세 배는 되는 것 같았다. 그가 만희에게 대나무 아래에 왼손을 잡고 다른 손으로 중간 부분을 잡으라고 했다. 바람에 배가 흔들리고 뒤뚱 넘어질 듯하던 그가 대를 높이 쳐들더니 단숨에 꽂았다. 소년이 만희에게 따라해보라며 어눌하게 말했다.

"이케 아래르 들고 위로 올려서 단번에 꽂자야 해요."

소년이 다시 수초들 사이에 대나무를 박았다. 엉클어진 수초더미가 대를 중심으로 물 위에 떠 있었다. 만희가 그에게 노끈을 건네주었다. 소년이 고개를 저었다. 필요 없다는 뜻이었다. 만희가 배에 놓인 대를 들었지만 긴 대를 잡아올리는 것은 쉽지 않았다. 그가 왼손으로 대의 아래를 잡으라고 손짓했다. 오른손은 중간 부분을 잡으라고 했다. 만희가 대를 들어올려 바닥에 박았다. 긴 대가 쑤욱 꽂혔다. 이제 그녀의 삶도 든든해진 느낌이었다.

바람이 불자 배가 출렁거렸다. 만희가 다시 대를 높이 뻗어올려 진흙더미에 꽂았다. 그런데 소년이 다가오더니 그것을 뽑아 올리더니 똑바로 세워서 박았다. 삐뚜름하던 대가 제대로 섰다. 제대로 선다는 것은 뿌리를 내리는 일이다. 시간 속 한 지점에 깊이 자신을 내주는 일이다. 만희가 다시 대를 들었다. 기우뚱하던 그녀의 삶을 단단하게 뭉쳐 수초들 사이에 내리박았다. 물풀이 대를 중심으로 든든하게 자리잡았다.

수초 위에 꽂힌 대는 사열하는 군인처럼 일정한 간격으로 서 있었다. 수초들로 채워진 강줄기가 줄지어 선 대나무들과 함께 바람에 일렁였다. 소년은 강직한 표정으로 곳곳에 일정하게 꽂힌 대와 수초를 바라봤다. 그가 만드는 쭌묘는 분명 성공할 것이다. 이제 소년이 배를 몰고 있었다. 햇볕이 화살처럼 강물에 내리꽂혔다. 소년의 등도 볕을 받았다. 저녁놀이 붉었다. 강물 속에 빠진 놀이 물살에 흔들렸다. 넓은 강어귀에 쭌묘들이 줄줄이 서 있고 소년과 만희는 반대 방향으로 배를 몰아갔다. 수초밭을 빠져나가는데에 물풀이 지천으로 강물을 덮고 있었다. 뱀 같은 물풀이 급속도로 몰려오는 듯했다. 만희가 아랫배를 의식하며 강물을 보았다. 홀쭉한 배는 여전히 허전했다.

"지겨워. 정말 지겨워."

문을 열어준 남편이 만희를 보자마자 내뱉었다. 부스스한 머리로 눈을 비비는 빨간 반바지가 보였다. 만희가 문을 밀치며 안으로 들어갔다.

남편이 만희를 현관 밖으로 끌어내려 했다.

"난 아기를 잃었어. 유산되었다고. 모두 다 당신 때문이야."

그녀는 소리를 지르며 빨간 반바지를 향해 달려들었다. 격렬한 몸싸움이 있었다. 만희가 빨간 반바지를 안고 침대 아래로 굴렀다. 빨간 반바지는 순식간에 일어나 싱크대에서 과도를 꺼냈다. 그녀는 두려움에 온몸이 곤두서는 것 같았다. 칼은 어느새 그녀의 손에 들려 있었다. 만희는 어서 모든 것을 끝장내고 싶었다. 빨간 반바지의 긴 머리카락에 칼을 꽂았다.

만희는 살인미수로 체포되었다. 싱크대에서 과도를 꺼낸 사람은 자신이 결코 아니라고 빨간 반바지는 거짓말을 했다. 과도에 찍힌 빨간 반바지의 지문은 희미했지만 만희의 지문은 선명했으며 여러 개가 나왔다. 세 차례 재판이 있었다.

만희에게는 징역 일 년에 집행유예 이 년이 선고되었다. 빨간 반바지는 자신의 배려로 형을 적게 받았다며 법정에서 풀려나는 만희에게 자만심에 찬 눈길을 보냈다.

이른 아침부터 소년은 분주했다. 리어카에 삽과 망과 물통을 싣는 소년의 얼굴은 기쁨에 차 있었다. 만희가 다가가 그의 등을 두드렸다.

"축하해. 이쁜 동생, 보고 싶어."

소년이 씩 웃으며 어눌하게 말했다.

"감사합니다아."

소년의 볼에 보조개가 팼다. 당찬 입매와 달리 활짝 웃는 모습에서 천진한 티가 묻어났다. 만희는 자신이 임신했던 아기를 낳았다면 아들일까, 딸일까 생각했다. 그러자 가슴에 구멍이 팬 듯 아렸다.

소년이 아기용품 가방과 네모난 플라스틱 통을 들고 나왔다. 우직한 가장의 모습이었다.

"열 시쯤에 다시 오께요."

미간에 주름이 접힌 소년의 얼굴은 연신 들떠 있었다. 뒤쪽 짐칸에 가방과 플라스틱을 싣더니 금세 사라졌다. 만희는 방으로 들어가 붓을 꺼내들었다.

왼손으로 잡은 붓끝에서 강물이 일렁였다. 물살 위로 드러난 가지를 그리자 수초가 꿈틀대며 속삭이는 듯했다. 새로 돋아난 잎들이 얼굴을 내밀며 쑥쑥 자라고 있었다. 하늘거리는 굵은 히아신스 잎들은 햇살에 그늘이 짙어졌다. 만희는 물이 밴 붓에 물감을 칠하여 가지를 덧칠했다. 수초더미는 금세 강하게 뻗어갔다. 하늘에는 어느새 먹구름이 걸려 있었다. 바람에 흔들리는 이파리가 소낙비에 금방 스러질 것 같았다.

"만희 씨의 그림은 독자를 유혹하는 힘이 지나치게 강해. 그게 그림의 단점이야."

평론가인 하 씨가 비아냥거리는 투로 말을 한 것이 화근이었을까. 그녀는 자신의 그림이 싫었다. 만희는 덧칠하던 그림을 바라보다 구겨버렸다. 눈을 찡그리다 머리를 흔들며 일어섰다. 소년이 병원에서 돌아와 그녀를 기다리고 있을 것이다. 소년의 환한 미소가 다가왔다. 만희는 방문을 열고 밖으로 나갔다. 햇살은 이미 가늘어졌다. 만희는 소년이 다음 달부터 우기가 시작된다고 말해준 것이 떠올랐다. 휴대폰에서 문자 오는 소리가 났다. 백화점에서 그림을 주문하는 문자였다. 한국으로 돌아가야 하지만 아직은 아니었다.

소년이 강물을 거슬러 노를 저었다. 일렬로 줄을 선 수초가 보였다. 노끈에 묶인 풀들이 강물과 함께 일렁였다. 배가 서서히 수초 사이로 들어갔다. 만희가 팔을 뻗어 수초를 만졌다. 햇살을 받아들인 잎들은 넉넉하게 열매를 키운 것이다. 소년이 갯벌이 드러난 강 줄기의 수초 끝으로 배를 몬 다음 나룻배에서 긴 삽을 꺼내들었다. 삽을 높이 쳐들더니 단숨에 질척한 바닥에 깊숙이 박아 진흙을 퍼 올렸다. 물이 줄줄 흐르는 삽에는 검은 흙이 안겨 있었다. 소년이 흙덩어리를 수초 위로 던졌다. 수초는 꿋꿋한 얼굴로 자신을 키울 영양분을 받아들였다. 소년의 삽질은 계속되었다. 그런데 만희는 자신의 얼굴에 오물을 뒤집어쓰는 것만 같았다. 검은 진흙탕에 빠진 자신의 모습이 어른거렸다. 소년이 하던 일을 멈추고 만희에게 다른 삽을 건네주었다.

만희가 강바닥에 긴 삽을 박았다. 소년이 하던 것처럼 진흙을 퍼올렸다. 삽질을 퍼올릴 때마다 배가 흔들렸다. 소년은 아무렇지도 않게 삽을 진흙 속에 박더니 질척한 진흙을 담아올렸다. 소년은 쉬지 않고 삽질을 계속하여 수초를 덮었다. 만희의 목에도 땀이 흘렀다. 출렁이는 강으로 진흙을 뒤집어쓴 수초가 햇볕에 얼굴을 드러냈다. 쨍! 검은 얼굴을 어디서 본 것 같았다. 그녀의 가슴을 옥죄어오던 것. 만희는 뒤뚱거리다 배에 자빠졌다. 소년이 다가와 만희의 손을 잡았다. 다리를 넓게 벌리더니 오른발 왼발, 번갈아 체중을 옮기며 배를 흔들었다. 소년이 눈을 찡그리며 하하하하,라며 소릴 질렀다. 어지러웠지만 만희도 소년을 따라 소릴 질러보았다. 소년이 크게 웃었다. 그녀도 소년을 따라 웃다가 비명을 질렀다. 소년과 함께 목청껏 외쳤다. 갑자기 소년이 강물을 한참 바라봤다. 강물에 투영된 볕이 출렁거리며 흘러갔다. 소년과 만희에게 머물던 어두운 그림자가 바람에 흩어졌다.

만희가 다시 삽을 들어 진흙을 담았다. 올라온 것은 수초와 물이었다. 다시 힘주어 긴 삽으로 바닥을 긁어올렸다. 이번에는 두려움이 덜했다. 얼굴이 붉어지지만, 만희는 멈추지 않았다. 진흙을 기분 좋게 받아들인 수초는 그것을 거름 삼아 쑥쑥 성장했다. 땀이 흐르는 만희의 눈에 수초들이 키우는 열매가 어른거렸다.

그만해요, 소년이 삽을 뺏으려 했다. 그러나 만희는 삽을 계속 흙탕 속으로 집어넣었다. 허리가 아프지만, 견딜 만했다. 땀인지 눈물인지 모를 것이 흘렀다. 밑바닥에 쌓인 감정의 찌꺼기들이 인생의 밑거름이 될 수도 삶의 중심을 잡아줄 뿌리가 될 수도 있겠다.

소년이 노를 저어 다른 수초 사이로 배를 몰아갔다. 만희가 이제 그만하고 집으로 가자고 말했다. 소년이 고개를 끄덕였다. 집으로 가려는데 소년이 꽃이 지천으로 핀 쪽으로 몰고 갔다. 보랏빛 꽃이 화려하게 물 위에 얼굴을 내밀고 있었다. 천국에 들어선 것같이 기분이 온화했다. 소년이 보랏빛 꽃을 한 송이 따서 건네주었다. 꽃잎이 촘촘하면서도 둥글게 어우러진 송이가 신비로웠다.

“워어트 히아신스, 브레옥잠입이다. 아래는 검읍 뿌리입니다. 여기 꽃 아래 공기주머니가 있서요.”

소년이 서툰 한국어를 천천히 말했다. 만희는 보랏빛 오밀조밀한 꽃잎을 만지다 둥근 공기주머니를 쓰다듬었다. 수초들은 공기주머니가 있어서 쭌묘의 밭이 물 밑에 가라앉지 않는 것이구나. 그녀가 그것을 만지작거리자 소년이 공기주머니를 반으로 쪼개 보여주었다.

“업서요. 안에 아무것도.”

소년이 만희를 향해 말갛게 웃었다. 만희는 안에 아무것도 없다는 말에 머릿속이 텅 빈 느낌이었다. 물 위로 둥둥 떠올라 먹을 것을 튼

실하게 키워주는 워터 히아신스. 모든 것을 비운 공기주머니가 수초를 살게 하는 것이다. 보랏빛 등불 같은 부레옥잠 꽃이 만희를 잠시 침묵하게 만들었다. 어떤 경외감이랄까, 숭고함이랄까. 명확히 알 수 없는 감정이 만희의 허전한 아랫배를 채워왔다.

소년이 날렵한 배의 끝에 서서 빠르게 발로 원을 그리며 노를 돌렸다. 소년은 어릴 적부터 얼마나 오랫동안 노를 저어온 것일까. 처음에는 그가 앞으로 나아가는 것을 배는 절대 허락하지 않았을 것이다. 소년의 다리에는 탄탄한 근육이 버티고 있었다. 그는 강물 사이를 헤쳐 힘차게 배를 몰고 갔다. 뱃머리에 외다리로 서서 한쪽 다리는 기둥처럼 중심을 잡은 다음 다른 다리로 나룻배를 몰았다. 소년이 바람과 햇볕을 맞으며 강을 헤쳐갈 때마다 배는 겹겹의 물살을 만들며 뒤로 물러났다. 그의 발은 쉬지 않고 움직였다. 시간이 제법 지났지만 소년은 말이 없었다. 그는 지금 새로 태어난 동생이 보고 싶은 것이다. 해가 기울고 있었다. 수초밭은 옅은 선으로 멀어져 갔다.

마지막 밤이었다. 만희는 날이 밝으면 한국으로 돌아갈 것이다. L 백화점에서 전화가 여러 번 왔기 때문이다. 소년은 다른 쭌묘를 더 만들고 있었다. 그는 이제 부자가 될 것이다. 진의 아기는 풀나무처럼 쑥쑥 자라고 이 집의 튼튼한 대들보가 되겠지. 키 큰 소년은 그의 엄마와 어린 동생을 잘 보살펴줄 것이다. 만희는 일찍 잠을 청하기 위해 방문을 걸어 잠그고 누웠다. 진의 아기 얼굴은 어떻게 생겼을까. 그녀는 손을 내려 아랫배를 가만히 만졌다. 갓 태어난 아기 얼굴이 웃고 있었다. 검은 그물이 몰려와 아기를 뒤덮어 앗아갔다. 고통이 그녀를 사로잡았다. 그녀가 어쩔 줄 몰라 거친 숨을 몰아쉬었다. 뱃속에 있던 손가락만 한 아기들이 흩어졌다.

눈을 뜬 만희는 벌떡 일어났다. 바람이라도 쐐야겠다 싶어 밖으로 나갔다. 대나무가 쌓여 있던 자리는 텅 비었고, 마당에는 갈대가 한 무더기 쌓여 있었다.

칸 시장의 가게들의 문은 모두 닫혀 있었고 길거리는 썰렁했다. 이상하게 오래된 도시 같았다. 술 취한 한 남자가 지나가다 상가 건물에 침을 뱉더니 얼굴을 들고 뭐라고 욕지거리를 했다. 만희가 모른 체 지나가려 하지만 남자는 어딜 가려고,라는 듯이 그녀에게 다가왔다. 그의 볼에는 칼자국이 있었다. 빨간 반바지가 칼을 꺼냈던 순간이 스쳐갔다. 두려움을 물리치려 칼을 빼앗았을 뿐인데 만희는 살인미수라는 누명을 썼다. 모욕적인 느낌이 검은 그물처럼 그녀를 덮쳤다. 깔깔거리며 웃는 빨간 반바지. 그녀는 결코 만희를 배려한 게 아니었다. 만희가 집행유예를 받은 것으로 충분했다. 고개를 저으며 달아났다.

"아니야. 아니야. 그건 누명이라고."

만희는 법정에서 당했던 모욕적인 기분에 머리를 설레설레 흔들었다. 그녀가 선 땅이 흔들리는 배 같았다.

'눈을 떠야 해. 어서 여길 나가야 해.'

공포 속에서 골목길로 뛰어들어갔다. 가죽점퍼를 입은 덩치 큰 남자가 다가왔다. 만희는 달아나야 한다고 생각했지만 발길이 떨어지지 않았다. 간격이 좁아지고 어느 순간 커다란 손이 그녀의 머리카락을 낚아챘다. 만희가 머리를 홱 돌리며 가죽점퍼를 세게 밀쳤다. 그가 바닥에 쿵, 넘어진 순간 만희는 쏜살같이 달아났다. 벽들이 뒤로 물러서며 뛰어가는 자신의 발자국 소리가 들려왔다.

어둡고 답답한 구멍을 빠져나가는 느낌이었다. 물에 빠진 사람의 얘기를 처음 들었을 때 편안해진 느낌이 되살아났다. 만희는 마음이 한결 가벼워졌다.

시간이 얼마나 지났을까. 얼굴을 내밀고 심호흡을 했다. 누군가 만희에게 말을 건넸다.

'괜찮아요?'

집은 강물 위에 배처럼 떠 있었다. 주위가 꽃향기로 둘러쳐져 있는 것만 같았다.

언젠가 소년이 그녀에게 건넨 말을 떠올리며 만희는 자신에게 물었다.

'너 괜찮은 거니?'

그녀가 고개를 끄덕였다. 집이었다.

방문을 열고 들어갔다. 밖과는 다른 공간. 그곳은 그녀가 머무르는 마음의 집이었다. 커다란 트렁크에 짐을 챙겼다. 속옷과 칸 시장에서 산 모자와 선크림과 자잘한 물품을 비닐봉지에 담고 바람막이 점퍼를 개켜넣었다.

만희는 붓을 든 채 자신이 그리던 그림을 바라봤다. 쭌묘 그림은 어색했다. 여리고 가는 잎과 줄기에서 기교가 보였다. 만희는 물속의 뿌리만 남겨두고 애써 그린 그림을 하나하나 붓에 물을 묻혀 지웠다. 가는 줄기와 잎을 모두 따버리듯 붓으로 색을 여러 번 덜어냈다. 흔적이 거의 없어질 때까지. 그녀는 붓을 놓고 그림을 보았다. 수초는 보이지 않지만 겨우내 잠을 자며 뿌리에 양분을 저장한 듯 강물 아래의 뿌리는 탄탄했다.

잠이 들려는데 누군가 방문을 두드렸다. 소년이었다. 야윈 얼굴은 어딘가 모르게 들떠 있었다.

"우리는 이거슬 마니 먹어요."

소년이 쭌묘 밭에서 따온 거라며 푸른 토마토가 담긴 소쿠리를 건네주었다. 연둣빛 동그란 것들이 반질반질했다. 소년이 쪽지를 내밀었다. 일 도와져서 감사합니다. 건강을 되차자요, 음식 만히 드세요, 라고 적혀 있었다.

만희가 손가방에서 노란 아기기저귀 고무줄을 꺼냈다.

"아기 기저귀 고무줄이야."

소년에게 건네주었다. 그가 싱긋 웃으며 그것을 만지작거리더니 호주머니에 넣었다.

"아기는?"

만희가 소년에게 물었다.

"자고 있어요. 펴난하게. 잘 가세요, 아프지 말아요."

소년의 미소가 해맑았다. 그가 사라지자 방문을 닫았다. 만희는 마치 자신이 진의 아기가 된 것처럼 이불을 덮고 눈을 감았다. 몸을 돌려 눕자 침대 아래 대나무가 조금 출렁였다. 마치 나룻배 위에 올라앉은 것 같았다. 빨간 반바지의 얼굴이 희미하게 떠올랐다. 수초 더미에 올라앉은 그녀에게 한 여자가 다가오는 듯했다. 그녀는 어둠을 쫓아버리듯 머리를 흔들며 잠에 빠져들었다.

새벽이 밝아왔다. 만희는 인천행이 꼭 낯선 미지의 땅으로 떠나는 것만 같았다. 벌떡 일어나 소년이 건네준 푸른 토마토를 한입 베어먹었다. 푸릇한 열매에서 향긋한 냄새가 났다. 입안이 상큼했다. 이제 새로운 느낌으로 붓끝에 물감과 물을 번갈아 묻히며 그림을 그리는 일에 몰두할 수 있을 것이다.

아침에 출발하는 버스와 비행기 시간을 확인했다. 만희가 떠나올 때의 울렁거림은 사라지고 없었다. 이곳 사람들은 우기가 찾아올 무렵이면 두려움을 떨치기 위해 물대포를 쏘아대며 웃는다고 했다. 기회가 되면 우기가 시작될 때, 축제에 참가하여 물세례를 정면으로 맞아보리라. 물줄기가 그녀의 얼굴에 뿌려진다. 만희는 숨을 참으며 눈을 찡그린다. 물세례에 숨을 내뿜으며 활짝 웃던 영상 속 사람들을 상상한다. 스스로의 힘에 탈진하여 쓰러진 한 여자를. 만희는 천천히, 여유롭게 심호흡을 했다. 축제에 참가한 사람들이 호스에 얼굴을 찡그리며 미소 지었던 것처럼 그녀도 물폭탄을 맞는 장면을 떠올리며 활짝 웃어보았다.

바하아

바하아

이안은 사흘 전 터키를 떠나 한국의 비엔날레에 참석하기 위해 광주에 도착했다. 각 나라에서 출품한 작품들은 여러 나라에서 참석한 회원들을 설레게 하기에 충분했다. 이안은 팔려간 '바하아'을 찾아 한국까지 왔으므로 오로지 그 새에 대한 생각뿐이었다. 그는 이 주 전부터 노 작가에게 '바하아'를 찾는다는 메일을 보냈지만 읽지 않고 있었다. 아시아의 작품들이 전시된 8전시관을 찾은 이안은 마스크를 쓴 채 나무를 소재로 한 작품들을 구경하며 6층으로 내려왔다. 그곳의 한 코너에서 한국의 노 작가가 만든 여러 가지 솟대를 보았다. 이안은 가슴이 두근거렸다. 노 작가의 작품들은 한국의 고대 제사장인 '소도'의 갖가지 솟대들을 재현해놓은 거였다. 솟대의 나뭇가지에 앉은 새는 고개를 쳐든 채 먼 곳을 향해 날아가는 형상이었다. 새의 눈은 밝고 대단한 무엇을 본 것만 같았다. 이안은 시공을 초월해 순식간에 먼 곳으로 건너가는 새를 상상했다. 현재는 끊임없이 과거로 사라지고 있었으므로 그 속도만큼 그가 가진 모든 것을 비워야 한다. 그런 생각을 하자 이안은 자신이 '바하아'가 되어 먼 곳으로 날고 있다는 느낌이 들었다.

이안은 노 작가를 만나고 싶다고 가이드에게 요청하기 위해 사무실로 갔다. 마침 긴 파마머리의 여자가 노 작가와 이야기를 나누며 사무실에서 나오고 있었다. 이안은 노 작가의 예사롭지 않은 눈빛을 보며 자신이 만나고자 하는 사람임이 틀림없다고 확신했다. 그런데 그에게 선뜻 말을 붙이지 못하고 머뭇거리는 사이 노 작가는 가버렸고, 긴 파마머리의 여자가 작품을 둘러보고 있었다. 이안은 여자를 따라갔다. 눈을 깜박이며 쳐다보는 여자에게 이안은 단도직입적으로 노 작가와 무슨 얘기를 나누었는지 물었다.

"왜 그런 걸 물어요, 누구시지요?"

파마머리가 눈을 치뜨며 물었다. 이안은 자신이 터키에서 왔으며 나무로 여러 가지 동물을 조각하는 사람이라고 소개했다.

"지금은 주로 새를 조각하죠."

이안은 덧붙였다. 여자는 자신의 이름은 샤를이며 각 나라의 고유 문화를 해외에 소개하는 일을 한다고 말했다. 그러더니 이안의 코를 보며 웃었다. 그는 당황했다. 샤를은 손으로 입을 막으며 코가 새같이 생겼다고 말했다. 재미있는 여자네. 이안은 생각했다.

이안이 '바하아'의 모양을 설명하려는 찰나 샤를의 핸드백에서 휴대폰이 울렸다. 그녀는 휴대폰을 들고 통화하더니 다급하게 알겠다고 했다. 이안에게 미안하다고 말하고는 부리나케 전시장을 빠져나갔다. 그는 샤를의 연락처를 알고 싶었다. 전시장 입구의 가이드에게 찾아갔지만, 가이드는 아는 게 없다고 말했다. 하는 수 없이 이안은 솟대를 전시한 노 작가를 만나고 싶다며 연락처를 남겼다. 무슨 이유에서인지 노 작가는 아직도 그의 메일을 열지 않고 있었다. 저녁 늦게 가이드에게서 연락이 왔다. 노 작가는 너무 바빠 이안을 만나줄 수 없다고 했다.

다음날 이안이 한국의 고대 유물을 보고 있을 때 샤를을 닮은 긴 파마머리의 여자가 지나갔다. 빠르게 다가가 팔을 잡고 보니 다른 여자였다. 이안은 모든 걸 포기하고 점심시간에 한국민속촌을 관람하기 위해 가이드실에 들어섰다. 파마머리를 묶어올린 낯익은 여자가 나왔다. 카키색 반바지에 연두빛 민소매를 입은 여자는 발랄하게 보였다. 분명 샤를이었다. 이안이 인사하자 그녀도 알은체를 했다. 이안이 샤를에게 말했다.

“노 작가에게 여러 번 메일을 보냈는데 열어보지 않아요. 그를 잘 알아요?”

샤를은 어두운 얼굴로 고개를 흔들었다.

이안이 어딜 가느냐고 묻자 샤를은 배낭을 내보이며 이내 얼굴이 밝아졌다. 그녀는 지리산으로 솟대를 보러간다고 했다. 여자의 나이는 스물다섯이나 스물여섯쯤인 것 같았다. 그녀의 눈빛에는 대단한 무엇을 만나러 가는 듯한 확신이 엿보였다. 확신 때문인지 이안은 샤를이 꽤 매력적으로 느껴졌다. 그런 생각을 하고 있을 때 샤를이 그를 어색하게 쳐다보았다. 이안은 어서 ‘바하아’를 찾아야 한다고 생각하면서도 샤를을 놓치고 싶지 않았다. 그는 자신도 모르게 그녀를 따라가기로 마음먹고는 가벼운 가방을 들어올렸다. 샤를이 고개를 끄덕이며 웃자, 이안은 앞서서 광주터미널로 가기 위해 지하철이 있는 도로로 향했다.

도로의 코너를 돌아나갈 때 가죽장갑을 낀 두 남자가 나타났다. 한 남자가 이안의 옆구리를 밀쳤고, 다른 남자가 그녀의 팔을 끌고 갔다. 깜짝 놀란 이안이 샤를을 끌고 가는 남자에게 몸을 날렸다. 샤를과 남자는 엎어졌고 그 사이에 다른 남자에게 주먹을 날렸다. 이안은 샤를과 함께 도망가기 시작했다. 그들은 빠르게 차로로 뛰어들어 택시를 잡았다. 남자들도 지나가는 택시를 세워 올라탔다. 샤를이 운전수에게 나쁜 남자들이 뒤에서 따라온다고 재빠르게 말했다. 운전수는 신호등 앞에서 차를 돌려 유턴을 한 다음 곧바로 우회전을 해서 그들을 따돌렸다.

"나쁜 놈들."

이안은 샤를의 어깨와 등을 보며 다친 데는 없는지 물었다.

"괜찮아요."

이안은 샤를의 표정에서 석연찮은 느낌을 받았다. 샤를을 잡아가려던 남자는 그녀의 핸드백이나 돈을 노리는 것 같지는 않았다. 그녀에게는 어떤 사정이 있는 것이다.

이안과 샤를이 삼성궁 매표소에서 표를 끊었을 때가 오후 네 시 삼십 분이었다. 흰 마스크를 쓴 매표원이 손목시계를 가리켰다. 매표원은 오후 다섯 시에 문을 닫는다고 말했다. 그러나 이미 샤를은 고개를 내밀고 삼성궁 안쪽을 들여다보고 있었다. 희뿌연 안개에 휩싸인 안쪽에서 시원한 폭포 소리가 났다. 안개 너머로 층층이 쌓인 돌들은 살아 숨쉬는 듯 신비로운 풍경이었다.

"조금만 보고 나올게요."

샤를이 매표소 직원을 향해 말했다. 낭랑한 목소리가 덧니와 함께 귀여운 느낌을 주었다. 매표소 직원이 네모난 좁은 창으로 손바닥을 펴며 다섯 시,라고 강조했다. 매표원은 그러고도 미덥잖은지 시계를 가리키며 두 유 언더스탠드? 라고 했고, 입구를 바라보던 이안이 고개를 끄덕였다.

이안이 입장표를 받아드는데 샤를이 활짝 웃으며 표를 쳐다봤다. 연둣빛 배낭과 카키색 캡이 잘 어울리는 여자였다. 샤를은 이안의 팔을 잡더니 짙푸른 녹음이 우거진 삼성궁 안으로 빠르게 걸음을 옮겼다. 그녀의 손이 살갗에 닿자 이안은 갑작스러운 친밀감을 느꼈다. 그녀를 만난 지 겨우 이틀밖에 되지 않았는데도 마치 오래 전부터 잘 알던 사람 같은 착각이 일었다.

이안은 샤를과 둥치가 굵은 나무에 패인 구멍과 이끼들을 보며 올라갔다. 삼한시대를 재현한 건물의 지붕에 솟대가 나타나자 샤를이 탄성을 질렀다. 날렵한 초승달처럼 생긴 몸통 위로 긴 목이 꼿꼿했고 새의 눈은 먼 곳을 바라보고 있었다. 이상하게 애절한 느낌이 묻어났다. 샤를이 새의 머리를 한참 쳐다보더니, '솟대'라고 했다. 머리는 조금 굵었고 입은 가늘었다. 샤를은 소중한 무언가를 찾은 듯 기쁨의 목소리가 공중을 떠돌았다. 많은 여자를 만났지만 이렇게 사람을 기분 좋게 해주는 여자는 처음이었다. 이안은 마치 이 여자를 만나기 위해 터키에서 날아온 게 아닌가 하는 착각이 들었다. 샤를은 노 작가가 들려준 이야기를 해주었다.

고개를 들고 멀리 한 곳을 응시하는 돌솟대의 하늘바라기에 대해.

인류의 욕망과 사랑에 대해. 한국에서 솟대는 하늘과 땅을 연결하는 마을지킴이로 사람들의 염원을 하늘에 전달하고 있다고 믿었다. 그래서 동네 사람들은 마을의 안녕과 풍요를 기원하는 마음으로 기러기나 오리 등을 높은 장대 위에 세웠다. 그것의 기원이 소도인데 지리산 삼성궁에는 그것을 형상화하여 솟대를 만들어놓았다. 그곳에는 한풀이 선사가 제자들과 함께 돌벽을 쌓아올려 오천 년 전의 소도를 재현해놓았다.

이안은 어서 묻고 싶었다. 혹 노 작가가 '바하아'라는 목각새를 보유하고 있지는 않은지. 샤를에게 단도직입적으로 물어보려 했으나 그녀는 돌벽 쪽으로 성큼성큼 걸어가더니 돌덩이에 새겨진 그림에 정신을 팔고 있었다.

샤를은 바위에 새겨진, 한국의 고대인들이 수련하는 모습을 손가락으로 하나하나 쓰다듬었다. 머리카락을 위로 묶어 상투를 튼 사람이 팔과 다리를 힘차게 뻗어올리는 모습이었다. 그림 속 사람들은 바위에서 튀어나올 듯 선명했다. 샤를은 그림이 하는 말을 알아듣기라도 하듯 바위에 귀를 갖다대더니 그림 속 사람처럼 몸을 움직여 포즈를 취했다. 이안도 저런 움직임을 나무에 조각하곤 했다.

그는 어려서부터 손재주가 있어 쇠붙이를 뚝딱거려서 집안의 필요한 물건을 잘 만들었다. 일곱 살 때 버려진 칼들을 조합하여 작품을 만들기 시작했다. 그것은 이상한 흥분을 가져다주었다. 열일곱 살부터 잠결에 유령이 그를 위협하는 꿈을 꾸었다. 그는 손에 든 칼을 멋대로 휘둘렀다. 잠에서 깨어나면 팔과 등, 가슴에 피가 묻어 있기 일

쓰였다. 그 후 유령이 그에게 꼭 복수하겠다고 위협하는 환청을 듣기 시작했다. 이안은 두려움에 휩싸여 왼쪽 손목을 두 번이나 그었다. 이안은 고등학교 졸업반이었다. 아들을 걱정하던 어머니는 조상 대대로 전해 받은 '바하아'를 주었다. 고귀한 모험가의 무덤에서 자라난 나무로 만든 조각품이라고 어머니가 말했다. 그 모험가의 이름 역시 '바하아'라고 했다. 몸통과 날개는 거센 바람도 헤쳐나갈 듯 날렵했고 눈은 먼 대륙을 꿰뚫어보는 듯 강했다. 이안은 학교에서 돌아오면 그 새를 창가에 놓아두고 바라보았다. '바하아'를 보고 있으면 녀석이 그를 어딘가로 데려다줄 듯 마음이 밝아졌다.

이안은 두 팔을 벌려 하늘을 보았다. 시원하고 통쾌한 느낌이 온몸을 채웠다. 샤를은 무슨 생각을 하는 듯하더니 방금 빠져나온 동굴을 돌아보며 입을 열었다.

"원래 우리 집은 이르쿠츠크의 지하방이었어. 바닥은 서늘하기 그지없었고 밤에는 너무 추웠어. 어머니는 그 지하실 집에 시집온 후 십 년 동안 전기 없이 생활해왔어. 그녀는 힘든 환경에 어쩔 수 없이 적응하며 살아온 거지. 난 정말이지 그 집을 떠나지 못하는 엄마를 이해할 수가 없었어. 내가 여기, 한국까지 오게 된 건 몇 년 전 바이칼 호수 근처에서 열린 러시아와 한국의 고전문화교류 프로그램 때문이야. 그곳에서 한국 문화에 많은 관심을 두게 됐어. 그래서 광주비엔날레에 오게 됐고. 거기서 솟대를 봤어. 솟대는 고대의 사람들이 갇힌 현실에서 벗어나 다른 대륙에서 꿈을 펼치고자 한 열망을 담고 있었어. 자유를 이야기하고 있었지. 그것들을 보고 나니 이곳 삼성궁으로 꼭 와보고 싶었어. 마침 비엔날레에서 당신을 만났던 것이고."

돌담길을 걸어나가자 이끼가 낀 고목의 나뭇가지가 한들거렸고 폭포수가 흘러내리는 소리가 시원스레 들려왔다. 샤를이 돌담을 쌓아올린 돌에 손을 갖다대며 말했다.

"이 돌들은 인간의 문명이 시작되기 전 씨족공동체를 이루며 몸과 정신을 수련하며 살아온 그들의 정신이 응집된 거 같아."

그녀가 팔을 기역 자로 세워 힘자랑을 했다. 이안의 눈에 샤를의 손가락과 팔, 입술은 단단하고 거침없어 보였다. 어떤 일이든 해낼 것 같은 강인함이 느껴졌다.

계속 올라가자 '검단길'이라는 팻말이 그들을 맞았다. 샤를과 이안은 고개를 숙인 다음 몸을 오그린 채 통과해야 했다.

장군인 듯한 동물 모형이 좁은 입구 앞에 손님을 맞이하듯 서 있었다. 이 길을 끝까지 걸어서 길을 통과하면 영혼의 탄생 지점에 이르게 될까. 아니면 저 곳은 어머니의 자궁을 통과하는 것을 은유하는 것일까. 인간을 시험하기 위한 곳, 그런 생각을 해보며 이안은 머리를 수그리고 좁은 구멍을 빠져나갔다. 얼굴을 수그릴 때 샤를의 볼이 얼굴에 닿았다. 그녀의 얼굴이 빨개지는 것을 이안은 보았다. 그도 자신의 심장이 쿵쿵거리는 소릴 들었다. 이안은 돌담을 따라 계속 안으로 걸음을 옮겼다.

이안은 아주 좁은 통로를 지나며 누군가의 몸속으로 들어가는 것 같아,라고 말하려다 그만두었다. 문득 터키어로 '너의 몸'을 뭐라고 하는지 궁금했다. 검색하려고 휴대폰을 들었으나 이미 꺼져 있었다. 시간이 멈춰버린 것 같았다.

어머니가 죽자 허무에 빠진 이안은 새 어머니와 시도 때도 없이 다투었다. 답답해진 이안은 밖으로 뛰쳐나갔다. 모래와 바위가 이루는 벽암제의 지평선은 하늘과 맞닿아 있었고 그곳에 빛이 머물렀다. 그 너머의 세계가 그에게 손짓하는 듯했다. 그곳에는 환하고 대단한 진리가 있어서 그곳으로 가면 우주의 신비로운 원리에 대해 알 것만 같았다. 해가 질 무렵 이안은 가슴이 환해졌다. 집으로 돌아오면 하늘과 땅이 만나는 지평선 그림을 여러 형태로 스케치하곤 했다.

고등학교를 졸업한 이안은 나무를 이용해 조각을 하고 싶었다. 비싼 나무를 살 수 없는 그는 TV에 몰두했다. 치타가 먹잇감을 향해 빠르게 달려가다 날아오르는 모습이나 새가 부리를 세워 하늘을 날면서도 어느 순간 생각에 잠긴 장면을 반복해서 보았다. 먹잇감을 향해 달려가는 늙은 호랑이가 그의 머릿속을 생생하게 채웠다. 어렵사리 나무를 구한 이안은 나무에 동물을 스케치하여 움직임을 조각했다. 밤새 손가락에 힘을 주며 집중하다보면 역동성이 새롭게 솟아났다. 자신이 생명을 창조하는 것처럼 뿌듯한 충만감이 일었고 밤샘을 한 뒤에도 피곤한 줄 몰랐다.

그가 주로 관심을 가진 것은 인간의 삶과 욕망에 관한 것이었다. 사람의 욕망을 깊이 들여다보면 허무가 깔려 있었다. 허무 뒤에는 죽음이 도사리고 있었다. 인간의 삶이 보잘것없다고 느낄 때 이안은 더욱더 조각칼로 나무를 다듬으며 시간을 보냈다.

그는 한 서점의 지하 카페에서 조각품 전시회를 열었다. 한 인류학 교수가 이안의 목각품들을 구경하고 갔다. 다음날 이안의 작품에 대한 평이 지역신문에 실렸다. 교수는 이안의 창작품에 대해 신화에 나오는 신과 인간의 욕망을 형상화했다고 썼다. 이안이 조각한 동물들의 표정에서 도약하는 인류가 현실문제에 부딪혀 좌절하는 고뇌가 언뜻언뜻 엿보인다고도 했다. 그는 주에서 주관하는 전시회에 작품을 몇 번 더 출품할 기회를 가졌다. 아버지는 그에게 경제적 지원을 끊은 지 오래였다.

수준 높은 작품을 만들기 위해서는 값비싼 나무를 사야 했으므로 이안의 빚은 늘어났다. 주둥이가 뾰족하고 목이 긴, 바하아가 매일 아침 리안의 창가에 앉아 인사하는 듯했다. 이안은 은행에서 조각품 압류경고장을 몇 번이나 받은 상태였다.

그는 결국 신용불량자로 전락할 위기에 처했다. 다시 이안의 작품평이 중앙의 한 신문에 실렸다. 그 기사를 본 터키의 예술품수집가가 그의 '바하아'와 몇몇 작품을 사겠다고 나섰다. 이안은 밤새 고민했으나 작품들을 예술품수집가에게 팔지 않을 수 없었다. 수집가는 반드시 '바하아'가 있어야 한다고 했다. 바하아와 조각품이 팔리자 이안은 밀린 빚을 모두 청산할 수 있었다.

이안은 남은 돈으로 여러 나라를 여행했고 터키로 가서 머물며 새로운 작품을 만들었다. SNS에 올린 그의 조각품은 호평을 받았으나 그의 마음은 영혼이 빠져나간 듯 허전했다. 그는 '바하아'를 사간 사람이 누구인지 집요하게 캐기 시작했다. 그러던 어느 날 SNS 독자에게서 쪽지를 받았다. 한국의 노 작가가 그 작품을 사기로 계약을 했다는 것이다. 곧 그는 광주에서 전시회를 가질 예정이었다. 이안은 예술인협회에 요청하여 비엔날레 초대장을 발급받은 후 짐을 꾸렸다. 그는 한국 인천행 비행기에 몸을 실었다. 그런데 한국의 노 작가는 이안이 보낸 메일을 열지 않고 있었다.

줄곧 '바하아'를 생각하던 이안이 샤를에 대한 궁금증을 단도직입적으로 물었다.

"무슨 일이지? 광주에서 쫓아오던 두 남자 말야. 샤를! 무슨 사정이라도 있는 거야?"

그녀의 얼굴이 어두워지더니 한동안 아무 말도 하지 않았다. 참을 수 없을 만큼 답답해진 이안이 말했다.

"그 남자들이 왜 샤를을 쫓아온 거지?"

"사실은 그 사람들이 내게 맡겨둔 물건이 있는데…, 그걸 잃어버렸어."

"뭐라구? 혹시 그 사람들이 조각품을…?"

"맞아. 그 남자는 내가 작품을 다른 곳에 빼돌렸다고 생각하는 거야. 예술품 가게에 작품이 분명 있었는데 졸음이 와서 문단속을 하고 두어 시간 눈을 감았을 뿐인데…."

이안이 고개를 끄덕이다 말했다.

"그 작품, 어떤 종류의 것이지?"

샤를이 난처한 얼굴로 고개를 숙이고 걸었다.

"그게 해외에서 수집한 물건인데. 사실은 노 작가에게 건네주어야 하는 물건이야."

"뭐라구, 그럼 나무로 된 목각새?"

샤를의 눈이 휘둥그레졌다.

"그 물건이 새라는 건 어떻게 안 거지?"

이안은 대답을 돌려주지 않고 묵묵부답이더니 좁은 통로를 빠져나가려 애썼다. 왠지 속이 답답했다. 샤를이 보관하고 있던 목각새가 바로 '바하아'라니. 어이가 없었다. 이안은 고개를 숙이고 허리를 공처럼 접어 천천히 기어가듯 빠져나갔다. 좁은 통로를 빠져나오자 사방이 탁 트이며 광장이 나타났다. 새로운 세상으로 건너온 듯했다.

길 양쪽으로 돌담길이 이어졌다. 건너에는 둥근 연못이 있었다. 연못 너머에 싸리나 갈대를 세워 만든 듯한 원뿔형의 집이 보이고 그 옆으로 듬성듬성한 숲이 자리했다. 이안은 그 집의 꼭대기가 바하아 같은 새가 정착할 수 있는 장소라는 느낌이 들었다. 샤를은 계속 말없이 걷고 있었다.

한참만에 이안이 입을 열었다.

"옛날 사람들은 왜 새를 나무에 매달았을까?"

이안이 주위를 두리번거리며 묻자 침묵을 지키던 샤를이 고개를 갸웃거리며 대답했다.

"먼 곳을 바라보며 어디로 도망갈까, 고민했던 거지."

"딩동댕."

이안이 코를 벌름거리자 샤를의 얼굴이 밝아졌다. 그녀는 이안의 코를 쳐다보며 웃었다. 이안도 기분이 좋아져 두 팔을 하늘로 쭉쭉

뻗었다. 꼭 시간의 저 너머로 건너가는 느낌이었다. 샤를이 말했다.

"우린 지금 솟대가 되어 멀리 날아가고 있는 중인지도 몰라. 돌솟대. 그게 한국말이야."

"샤를! 혹시 노 작가에게서 바하아,라는 새를 봤다거나 목각새에 대해 들어본 적은 없어?"

"사실은 노 작가가 작년에 경매에 나온 목각새를 갖고 싶어했다는 얘길 다른 사람에게서 전해들었어. 그러다 두 달 전 서울 인사동에서 그와 비슷한 새를 보았다고 해. 노 작가는 그 목각새를 사기 위해 그의 연금 중 일부를 내놓으려 했는데 나중에 인사동의 그 가게에 갔을 때는 이미 팔려버렸더래. 설마 그 새가 이안의 새는 아니겠지?"

호기심으로 빛나던 이안의 얼굴이 어두워졌다. 샤를도 시무룩한 채 걷더니 갑자기 이안의 팔짱을 끼며 물었다.

"그 새가 무사하다면 언젠가는 찾을 수 있을 거야. '바하아'가 무슨 뜻이야?"

"바하아는 모험가의 이름이었대. 나는 바하아와 함께 지내면서 그가 들려준 새로운 의미를 알게 됐어."

샤를이 눈을 반짝이며 이안의 다음 얘기를 기다렸다.

"긴 겨울을 지나면 만나는 눈부신 봄. 봄이라는 의미야. 난 '바하아' 덕분에 몸서리치게 어두웠던 시간을 벗어날 수 있었지. 녀석이 함께 있을 때면 밝은 기분을 유지할 수 있었어. 녀석은 나의 일부였다고 할 수 있지."

눈앞에는 하늘을 담은 푸릇한 연못이 있었다. 빨리 건너편으로 오라는 듯 배 안에는 노가 보였다. 이안은 나룻배를 타고 오래 전, 그가 태어나기 전의 옛 도시로 갈 수 있다고 생각해보았다. 샤를은 강물을 가만히 바라보더니 팔을 뻗어 손을 담갔다.

"아, 여기 여울이 있어."

샤를이 소리쳤다. 눈앞에 물이 구멍 주위를 빠르게 돌고 있었다. 이렇게 작은 연못에 여울이 있다니. 그녀가 노 젓는 모습을 흉내내며 이안에게 빠르게 노 젓기를 종용했다. 그녀도 그와 함께 노를 저었다. 잘못하면 급류에 쓸려가 죽을 수도 있는 것이다. 이안이 노를 젓느라 헉헉거리며 얼굴이 벌게졌을 때 어느덧 여울을 벗어나 있었다. 그는 한숨을 돌렸다. 연못가에 한 남자가 우산을 들고 걷고 있었다. 어쩐지 나룻배에 탄 샤를과 이안을 훔쳐보는 듯했다.

샤를은 문득 엄마와 생활해왔던 지하의 춥고 어두운 방에서 동이 트는 해의 나라로 떠나고 싶었다는 말을 꺼냈다. 이안은 잠자코 샤를의 얘기에 귀를 기울였다.

"한국의 고대문화를 공부하던 중 '고요한 아침의 나라'를 접하게 되었어. 꼭 한국에 와서 그 문화를 마주하고 싶었어. 그러던 중 한국어에 관련된 아르바이트를 하게 되었고. 고대작품 수집가에게 부탁받은 작품을 보관하던 중 그걸 도난당해버렸어. 단지 하루 동안 지키고 있었을 뿐인데. 블랙박스에도 전혀 찍힌 게 없으니."

"너를 쫓아오던 그 남자들 말이지?"

"그들의 협박은 끝이 없었어. 내가 생각하기에 그 남자들은 수집상인들과 거래하는 브로커임이 틀림없어. 그들은 자신들이 훔쳐간 걸 숨기기 위해 나를 데려가 절도범이라는 누명을 씌우려는 것 같아."

"안 돼. 바하아가 그런 자들 손에 들어가다니!"

이안은 격한 얼굴로 고개를 좌우로 흔들었다.

"그럼 나의 '바하아'가 어디로 간 거지? 어디로…."

나룻배가 뒤집힐 듯 흔들렸다. 그때 하늘에서 먹구름이 몰려오더니 빗방울이 툭툭 떨어졌다. 샤를은 원뿔 모양의 집을 뚫어지게 바라보았다. 이안이 그제야 정신을 차리고 노를 빨리 젓기 시작했다. 얼마 못 가 연못가에 도착했다. 나무와 갈대로 지어진 원뿔 모양의 집 아래로 사람이 들어갈 수 있는 공간이 보였다. 두 사람은 비를 피해 부리나케 나룻배에서 내려 집 안으로 들어갔다.

빗줄기는 점점 더 거세졌다. '바하아'는 어디에 있을까. 누구의 손에 팔려갔을까. 이미 먼 곳의 낯선 사람의 손에 넘어가버렸는지도 모른다.

연두색 민소매를 입은 샤를의 팔에 오소소 소름이 돋았다. 이안과 샤를은 원뿔의 집안을 둘러보았다, 벽에는 긴 수염에 비단옷을 입은 할아버지의 액자가 걸려 있고 아래에는 향을 피운 그릇이 놓여 있었다. 근엄하게 보이는 할아버지의 수염은 길었다. 단군 할아버지의 성전일까. 한국의 옛 동네마다 있었다던 삼신할매에게 소원을 비는 곳일까. 이곳이 책자에서 본 단군을 모시는 제단인 모양이었다. 샤를이 한국 관련 책자에서 환웅 이야기를 읽은 적이 있다며 얘기를 시작했다.

천제인 환인의 아들 환웅이 하늘에서 땅을 내려다보다 인간이 아웅다웅 살아가는 모습을 살폈다. 그는 아버지에게 땅에 내려가 '인간을 널리 이롭게弘益人間'하는 것을 이념으로 삼아 다스리고 싶다고 하였다. 환인은 아들 환웅에게 천부인 세 개를 주었다. 환웅이 풍백風伯, 우사雨師, 운사雲師를 비롯한 삼천 명의 수하를 이끌고 태백산 정상의 신단수 아래로 내려왔다. 100일 동안 쑥과 마늘을 먹고 여인熊女이 된 웅녀가 혼인할 상대가 없자 환웅은 잠시 인간으로 변해 웅녀와 혼인하였다. 그 후 웅녀가 아들을 낳았는데, 그가 바로 단군왕검이었다. (일연의 『삼국유사三國遺事』 중에서)

고개를 끄떡이던 이안이 말했다.

"어느 민족이든 신화가 존재하고 자신들은 신에게 선택받은 민족임을 자랑하지. 한국의 단군신화 역시 하느님에게 선택받은 민족이라고 주장하니까. 책에서는 곰과 호랑이가 인간이 되기 위해 환웅에게 찾아갔다고 해. 그것은 토테미즘사상으로 곰을 숭배하는 부족과 호랑이를 숭배하는 부족이 서로 대립하다 곰을 숭배하는 부족이 이겨서 단군에게 소속되었다고 볼 수 있지. 그 후 단군은 1,500년 동안 나라를 다스렸는데 단군의 자손은 서쪽으로 계속 나아갔다고 해. 고조선에서 분리된 동이 흉노족은 이안이 살았던 터키까지 진출했다는 거야."

이안은 단군 왕검이 자신의 선조라고 생각하니 묘한 기분이 들었다. 눈과 코와 입매가 자신을 닮은 것도 같고 전혀 닮지 않은 것도 같았다. 이안이 예의를 갖추기 위해 책에서 본 대로 엎드려 절하려하자 샤를이 막았다.

"여긴 소원을 비는 곳이야. 삼신할매에게 원하는 것을 이루게 해 달라고 하는 거지. 들어봐. 1만 년 전, 바이칼호 주변에는 검고 곧은 머리, 체형이 건장한 북방계 몽골리언이 살고 있었어. 날카로운 석기를 제작할 수 있었던 그들은 뛰어난 사냥기술을 바탕으로 아무르강 유역으로 영역을 넓혀나갔다고 해. 잘 봐, 이건 여기 신에게 경배드리는 곳이잖아. 우리 지역을 통과하는 사람은 누구나 부라트 신에게 이렇게 보드카를 한 잔 올려야 해. 예전의 제물은 소박한 돌 몇 개를 올리는 게 통과의례였지."

그렇게 말하면서 샤를은 배낭에서 미니 보드카를 꺼내더니 향 앞의 술잔에 따랐다.

"부라트 신에게 보드카라니. 대단한 민족이네. 너희 민족도 고조선의 후손과 관련이 있겠네."

이안이 말했다.

"맞아. 바이칼 호수에 걸린 솟대들은 한국의 것보다 더 날렵하고 아련한 느낌을 주었어. 난 바이칼 호수의 솟대를 볼 때마다 오천 년 전의 사람들이 만든 솟대를 상상했어. 그것들을 생각할 때면 알지 못할 주술을 전해 듣는 느낌이었어. 내가 한국으로 온 이유는 우리 '부랴트'인들이 만든 솟대와 유사한 작품이 광주 비엔날레에도 있다는 것을 알았기 때문이야. 솟대는 바이칼 호수에서 다른 나라로 전파된 걸로 생각했는데, 원래는 소도라는 사제들이 제사를 지내는 장소, 즉 제사장에 있던 것들이 전파되어갔다는 거야. 솟대라는 이름도 소도에서 유래되었다고 해. 나는 그것들을 만나러온 것이고."

옆에서 단군 액자를 들여다보는 샤를을 보자 이안의 머릿속에 어떤 생각이 스쳐갔다. 어쩌면 '바하이'가 이 여자를 나에게 보낸 것은 아닐까, 하는. 쾌활하고 활달한 샤를은 분명 그를 밝게 변화시켜 어딘가로 함께 가기에 충분한 사람인 것이다. 어느새 그녀는 이안의 마음속에 들어와 있었다.

이안이 고개를 끄덕이며 말했다.

"소도. 솟대. 소도. 솟대. 비슷한 소리가 나네."

"소도는 환인 환웅 환검을 제사지내던 지역을 말하기도 하고, 제사장을 그렇게 부르기도 하고…. 그들을 삼신이라고 하는데 천·지·인, 즉 천신·지신·인신을 삼신이라고도 한대. 삼신은 밝게 빛나는 별. 그러니까 해와 달. 북극성을 말한다고 해. 어떤 책에서 북극성을 범어로 '마가'라고 하는데 '마가'는 '막강하다'는 뜻이며 그것을 '막고'와 같은 뜻으로 '가득 차고 넘치는 상태'라고 하더군. 마고신은 생명을 점지하는 신, 마고성은 지상의 최고 높은 곳에 건설한 성(『환단고기』 중에서)이며 그게 바로 북극성이래. 그리고 하늘과 땅을 이어주는 신이 바로 솟대야."

샤를의 설명에 이안은 눈을 크게 떴다가 감았다.

"헷갈리는데."

"나도 헷갈리긴 해. 어떤 책에서는 삼신은 낳고 보호하고 숨을 불어넣어준다, 즉 보살피고 길러서 생명을 거두어간다는 뜻으로 해석해놨어. 중요한 건 책의 저자는 삼신과 마고를 같은 뜻으로 보고 있었어."

거기까지 말한 샤를이 하품을 하더니 밖을 내다보았다. 양동이로 물을 퍼붓듯이 비가 쏟아지고 있었다.

"한국의 조상과 우리 부라트족의 조상이 같다니 느낌이 묘해. 나는 이곳 삼성궁에 들어서는 순간 아주 편한 느낌이 들었어. 원래 나의 뿌리는 이곳이었다는 자각이랄까. 그러니까 나는 먼 길을 떠돌아 원래 내가 있었던 곳으로 찾아온 기분이야."

샤를이 졸린 소리로 말했다. 밖은 이미 어두워져 천둥 번개가 치고 있었다. 그 소리 사이로 한국말로 하는 방송이 들리는 것도 같았다. 추위에 샤를이 두 팔을 감싸며 오들오들 떨다 카펫 위에 무릎을 세워 앉았다.

"예전 북방 몽골인에게 있어 하늘과 바람이 그들을 자유롭게 했어. 그들은 계절에 따라 풀밭을 찾아 이동하며 사냥하곤 했지. 정착은 곧 죽음을 의미했으니까."

대륙을 떠돌던 옛 유목민도 어딘가에 잠시 머물며 휴식을 취했으리라. 카키색 반바지를 입은 샤를이 배낭에 기대며 눈을 감았다. 이안도 홀 안을 살피다 배낭에 등을 기댔다. 먼 곳에서 날아온 별이 이제야 편한 곳에 안착한 것이다. 이안은 둥지 같은 품을 찾아 오랜 시간 방황한 자신을 돌아보았다. 피곤에 지친 두 사람은 배낭을 베개 삼아 제단 아래에 드러누웠다.

쏟아지는 빗소리가 귓속을 파고들었다. 살갗에 소름이 돋았다. 그녀는 낯선 곳에 둥지를 트는 것을 기다려왔는지도 모른다. 추웠다.

여기는 어디일까. 샤를이 이안의 가슴에 얼굴을 묻자 이안은 그녀를 가만히 안았다. 그녀의 감은 눈이 파르르 떨렸다. 이안은 샤를이 바이칼 호수 근처 이르쿠츠크의 지하방에서 살 때를 떠올리는 것 같다고 생각했다.

"어릴 때 꿈은 발레리나가 되는 것이었어. 발끝을 곧추세우고 춤을 출 때면 새가 되어 어디론가 날아갈 수 있을 것 같았어."

샤를이 눈을 감은 채 졸린 목소리로 중얼거렸다.

이안은 꿈속에서 터키 평원의 나무에 걸린 솟대가 날개를 털며 빠져나오는 상상을 했다. 그는 '바하아'가 되어 솟대와 함께 낮과 밤을 쉬지 않고 날아 바다를 건넜다. 몸은 지치고 살은 빠져 가느다란 날개와 뼈만 남았다. 그가 살아온 스물아홉 해보다 긴, 영원이라고 할 만큼의 시간 동안 날아온 새는 드디어 삼한시대의 '소도'에 도착했다. 이안은 삼신과 마고를 생각했다. 그 둘은 같은 말로 새로워진다, 영혼이 다시 태어난다는 뜻이었다.

이안의 꿈속에 소도의 제사장이 나타났다. 샤를이 삼신할매에게 무릎을 꿇고 빌자 제사장이 이안과 샤를을 가까이 오라고 했다. 제사장은 그들에게 부부의 연을 맺어주었다. 이안이 샤를의 이마에 키스했다. 두 사람이 서로를 바라봤다. 이안은 샤를의 깊은 눈 속 너머 바이칼 호수를 바라보고 샤를은 이안이 자라온 벽암골의 고향을 보고 있었다. 첫날밤을 보내기 위해 이안과 샤를은 몸을 치장한 옷을 하나하나 벗었다. 그들의 마음이 밀착하자 그들은 몸을 섞으며 새롭게 태어났다.

두 사람은 소도인들에게 둘러싸여 그곳 사람들과 같은 눈빛으로 세상을 바라보며 그들의 말을 배웠다. 이안과 샤름은 서로에 대해 이해할 수 없으면서도 때로 아픔의 말을 쏟아낼 때 고개를 끄덕이며 어깨를 쓸어주었다. 두 사람은 소도 사람들과 무리지어 다니며 함께 행동했다. 샤를도 이안도 고향을 그리워하지만, 소도의 생활에 익숙해져갔다. 고향에 대한 간절한 마음은 하늘로 올라가 별이 되었다. 낮에는 솟대의 새가 되어 해바라기를 하고, 둘이서 말다툼을 할 때는 각자 밤하늘의 별을 올려다보며 대화를 나눴다.

이안의 꿈속에서 활시위를 떠난 화살촉 같은 시간은 오천 년 후로 건너갔다. 이안은 샤를과 자유를 만끽하며 유유히 날았다. 꽃과 나비가 손을 잡듯 현실과 꿈이 하나로 만나며 봄으로 다시 태어나려는 그들의 열망은 화석처럼 단단해졌다. 이안과 샤를은 긴 시간을 건너가 '돌솟대'를 바라보는 새로운 '바하이'가 되었다.

나는 안미자입니다

입천장에 머물던 소리가 넘어가며 목울대가 떨린다. 몇 번이나 같은 구절을 불렀을까. 아무리 노래를 불러봐도 혼자라는 느낌은 여전히 그녀를 슬프게 한다. 미자 씨는 침을 삼키며 시어머니를 생각한다. 손으로 고름 끝을 만지작거리던 기억이 난다. 그게 언제였더라.

가물한 기억이 연기처럼 흩어지자 미자 씨는 애가 탄다.

누군가 현관문을 열고 들어서는 소리가 들린다. 현관에 한쪽 발을 툭 먼저 올리고 다음 발을 천천히 올리는 사람, 간병인이다. 배가 고픈데 오늘은 왜 이렇게 늦게 온 걸까. 미자 씨는 손으로 벽을 툭 친다. 그녀가 빨리 방으로 들어왔으면 해서다. 요즘 간병인은 오자마자 딸을 먼저 찾는다. 그녀는 미자 씨가 배가 아픈지, 고픈지 그런 것에는 관심조차 없다. 왜 밥을 굶기느냐고 하면 방금 드셨잖아, 하고 화를 낸다. 언제! 라고 소릴 지르면 아무 말도 하지 않고 나가버린다.

간병인의 이름은 안미자. 미자 씨와 성과 이름이 똑같다. 처음 복지센터 직원이 간병인과 함께 집으로 찾아왔을 때 그는 간병인을 우리 안 여사님, 이라며 깍듯하게 소개했다.

"불편하신 점은 서서히 익히게 될 거예요. 아직 어르신의 상태와 여러 가지 사항을 잘 모르니 적응하려면 시간이 좀 걸리니까요."

이제 갓 예순을 넘어선 것 같은 간병인의 얼굴은 약간의 주름살만 있을 뿐 볼은 팽팽했다. 붉게 염색한 머리카락이 창에서 불어오는 바람에 날렸다.

"멀건 죽은 인제 그만 드시고요. 맛있는 거 많이 드셔서 힘내세요."

간병인은 통통하고 큰 손으로 미자 씨의 야윈 손을 꼭 잡았다.

"어서 나으셔서 같이 관광도 가고 그럽시다."

그때 간병인은 복지센터 직원 앞에서 눈물까지 글썽였다.

"어머, 안미자 여사님 오셨어요?"

딸 은화가 호들갑스럽게 간병인을 맞는다. 미자 씨는 안미자 여사라는 말에 자신을 부르는 건 아닐까 싶어 가슴이 벌떡거린다. 그러나 은화는 간병인을 부르고 있다. 미자 씨는 딸의 목소리가 생소해서 딸의 얼굴을 한참 바라본다. 안 여사님 차림새가 오늘은 봄날 같네요. 너무 멋지시네요, 한다. 미자 씨가 병을 앓기 시작한 초반에는 딱 저런 목소리로 말했다. 우리 엄마 얼굴이 봄날 같아, 인상이 너무 멋있어, 칭찬하기도 했다. 그러나 요즘 은화는 제 엄마를 물건 보듯 한다.

어제 저녁에는 사위가 집으로 들어오는 소리가 났다. 미자 씨는 오늘 저녁 인사는 무슨 말로 할까 곰곰 생각해보았다. 자네 참 고생이 많네. 내 딸에게 잘해줘서 정말 고맙네, 말하려 했다. 그러나 그는 아예 방문을 열어보지도 않았다. 다만 방문 앞에서 냄새가 난다고 짜증을 냈다. 딸이 무슨 냄새가 나느냐고 화를 내더니 은화가 방문을 슬며시 밀었다. 그런데 미자 씨와는 눈도 맞추지 않았다. 아랫도리를 덮은 이불을 싸늘한 표정으로 바라봤다. 잠깐 침묵이 일었다. 미자 씨는 큰 잘못이라도 한 것처럼 겁이 났다. 딸은 코를 찡그리며 방에 들어오더니 머리맡 왼쪽에 놓아둔 플라스틱 변기통을 꺼내들고 나갔다.

날이 밝아진 지가 오래되었다. 아침이 지난 지도 제법 된 것 같다. 미자 씨는 천장을 바라보며 한숨을 쉰다. 가만가만 창문을 쳐다보다 TV 리모컨을 누른다. 텔레비전 속에서 개미가 기어간다. 한 마리 두 마리, 말분 씨는 수를 세어본다. 점이 움직인다. 옆으로 두 개의 집이 이동한다. 점들이 사라지자 개미는 반대쪽 구멍으로 간다. 세로로 가다 돌아서 다시 구멍으로 간다. 그 구멍이 살 구멍이면 개미는 살 것이고, 죽을 구멍이면 죽을 것이다. 살지 못할 구멍인 걸 알아도 피해가지 못하는 게 이놈의 인생이다. 휘유, 미자 씨는 뜻 모를 한숨을 뱉는다. 바깥에서 간병인의 목소리가 들린다. 그녀가 딸에게 에프킬라를 사달라고 한다.

간병인은 아직 방에 들어오지 않고 있다. 발치에 있는 TV 소리에 섞여 가끔 웃음소리가 난다. 은화는 아직 출근하지 않았는지 간병인과 얘기를 주고받는다. 요즘 미자 씨는 딸이 화내는 소리라도 좋으니 무슨 말이든 듣고 싶다. 네가 화를 내든 짜증을 부리든 포악을 떨든 너의 어떤 화라도 내가 다 받아주마. 그런 마음이 간절하지만, 기회는 좀체 오지 않는다. 간병인은 부엌에서 은화와 차를 마시나보다. 그녀는 곧잘 우엉차가 든 보온병을 가져와 내놓곤 한다. 전에는 방에 먼저 들어와 미자 씨와 같이 차를 마시며 얘기하곤 했다.

“정말 고마워요.”

딸이 간병인에게 인사한다. 저게, 누가 네 엄마인지 알고나 있는 것인지, 그래도 잠시 후면 은화가 미자 씨에게 다가와 얼굴을 쓰다듬으며 엄마 다녀올게요,라며 사랑스러운 목소리를 들려줄 것이다. 그 한마디면 서러웠던 마음이 모두 풀릴 것이다.

방문이 살짝 열린다. 미자 씨는 모른 체 눈을 감는다. 그런데 은화는 얼굴을 쓰다듬어주기는커녕 곧바로 방문을 닫아버린다. 간병인이 대문까지 따라나간다. 두 눈으로 보지 않아도 훤하게 그 장면이 보인다. 뭐가 그리 헤어지기 싫은지 밖에서 둘은 재밌게 얘기를 나누고 있다. 딸이 무슨 병원을 알아보고 있다고 말하는 것 같다. 미자 씨는 주먹을 쥔다. 너를 가졌다는 것을 알았을 때 하늘을 얻은 듯 기뻤다. 아홉 달 동안 부푼 배를 자주 쓰다듬었다. "아가. 우리 아가." 마침내 은화를 낳았을 때 앙증맞은 손을 미자 씨는 수도 없이 만졌다. 고사리 같은 손가락을 한번 펴주고 싶었지만, 은화는 주먹을 좀체 풀지 않았다. 저 여자가 우리 은화 마음을 뺏어갔어.

잠시 후 간병인이 방문을 열고 들어온다. 퉁퉁한 얼굴과 힘센 손이 문을 세게 민다. 그 바람에 미닫이문이 한쪽으로 치우친다. 그녀가 두 문을 잡가 한쪽을 고정하더니 얼굴을 찡그리고 오줌통을 관찰한다. 색깔이 진해졌어,라고 한다. 오줌통에 앉아 큰 볼일을 봐야 하는데 간병인은 빨리 일으켜주지 않는다. 미자 씨는 여사! 하고 불러본다.

"안미자 여사."

입가에만 뱅뱅 돌 뿐 목소리가 너무 작다.

"미자 여사."

다시 불러본다. 여사라니. 자신이 여사라는 존칭으로 불린 적이 있었던가. 누군가 불러준 것도 같지만 기억나지 않는다. '미자 여사.' 이번에는 자신에게 불러본다. 마치 대통령 부인이라도 된 것 같다. 요즘은 간병인을 부를 때 모두 그렇게 부르기로 한 모양이다. 간병인은 콧노래를 부르며 창문을 활짝 연다. TV를 켜놓고 방 청소를 한다. 미자 씨에게는 눈 한번 주지 않는다. 그녀가 미자 씨와 외손자가 함께 찍은 대학 졸업사진을 들여다본다. 남 사진을 왜에 쳐어다봐, 미자 씨가 서툰 발음으로 소리친다.

"아, 깜짝이야."

간병인이 놀라며 사진을 내려놓는다. 미자 씨가 얇은 이불을 들어낸다. 몸속의 큰 것이 밖으로 미어져 나온다. 엉덩이와 기저귀 사이가 뜨듯한 것으로 들어찬다. 간병인은 기저귀는 갈아주지 않고 부엌으로 간다. 밥상을 들고 온다. 다른 때 같으면 밥을 떠먹여주는데 오늘은 그럴 생각이 없나보다. 간병인이 처음 온 날은 죽을 떠먹여주며 사랑스러운 눈으로 미자 씨를 쳐다봤다. 처녀 때는 참 예뻤겠다고 했다. 밥을 먹고 나면 개나리 처녀, 노래도 함께 구성지게 불렀다. 가사를 늘어뜨려 소리를 잡아 뺄 때 서로 얼굴을 쳐다보며 웃기도 했다. 딱 사흘은 그랬다.

"이런 일 하기 힘든데…, 복 받으실 거예요."

은화는 간병인을 볼 때마다 칭찬을 늘어놓았다. 간병인은 감동한 것 같았다. 언제부턴가 그녀는 은화에게 잘 보이려고 했다. 나한테도 딸이 있었으면 얼마나 좋을까, 라고 털어놓기도 했다. 간병인은 혼자 살고 있어서 외롭다고 했다. 그녀는 은화를 위해 음식을 준비하거나 냉장고를 말끔히 정리하거나 가스레인지와 베란다 구석구석을 닦아놓았다. 전에 미자 씨가 어렵사리 방문을 열고 엉금엉금 기어서 거실로 나간 적이 있었다. '외로워서 말이라도 하고 싶어서.' 작게 중얼거렸다. 간병인은 어서 들어가라며 돌려세웠다. "금방 들어갈게요." 말뿐이지 방에는 들어오지 않았다. 지금 간병인은 욕실을 부지런히 닦고 있다. 은화가 들어오면 깔끔해진 욕실 타일을 보고 감탄하면서 고마워할 것이다.

배가 고프다. 간병인이 목 보조받이를 해주지 않아 말분 씨가 건다. 쉽게 되지 않는다. 찍찍이가 붙는 곳이 자꾸만 어긋난다. 기저귀를 빨리 갈아주었으면 싶지만, 간병인의 기분을 상하게 하고 싶지 않다. 무엇보다 배가 고프다. 마음이 허할 때는 먹는 것이 최고다. 간병인이 방에 들어와 노란 고무장갑을 벗는다.

"뭣이 그렇게 바빠요."

"할 일이 얼마나 많은데. 세 시간 안에 이걸 다하려면 숨도 쉬지 않고 움직여야 해."

간병인은 반말로 쏘아붙이듯 말하고는 입을 닫아버린다. 그러는 사이 똥은 더 많이 미어져 나온다. 간병인은 장롱에서 얇은 새 이불을 무릎에 덮어준다. 자신의 하늘색 조끼와 같은 색이다. 묵은 이불을 들고 욕실로 간다. 하늘색이 똑같네, 하고 말하려는데 이미 그녀는 나가버렸다. 그냥 이불은 세탁기에 넣고 옆에 와서 무슨 말이든 얘기나 했으면. 아니 잠시라도 곁에 있어주면 좋겠다. 미자 씨는 차갑게 나가버린 간병인의 뒷모습을 뚫어지게 쳐다본다. 다시 순갈질한다. 입에 음식을 꾸역꾸역 처넣는다. 밥과 국물을 자꾸 옷에 흘린다.

미자 씨는 사흘 전, 자다가 번쩍 눈을 떴다. 꿈속에서 늪 속으로 혼자 기어가고 있었다. 사방에 움푹움푹 파인 구멍이 보였다. 어두웠고 무엇보다 혼자있는 밤은 두려웠다. 이러다 아무도 모르게 죽을 수도 있겠다는 생각이 들었다. 옆방에서 딸과 사위가 소곤거리는 소리가 들려왔다. 그렇다. 그녀에게는 가족이 있었다. 위로받고 싶었다. 미자 씨는 있는 힘껏 기어가서 방문을 두드렸다. 그때 방문이 벌컥 열렸다.

"아, 엄마 왜 그래. 지금이 몇 시야! 자고 있잖아."

은화는 미자 씨를 큰 방으로 데려다놓고는 획 가버렸다. 너를 배 아파 낳아 어떻게 키웠는데. 하긴 은화도 다 큰 제 딸한테 설움을 받는다는 소릴 듣긴 했다. 아침까지 이 생각 저 생각으로 누워 있으면 밥 생각밖에 나지 않았다. 사람들은 어쩌다 방문을 열어보고는 냄새가 난다며 미자 씨를 싫어했다. 영감이 살아 있을 때 알콩달콩 재밌게 지낼 걸 그랬나. 억척스럽게 일하며 주린 배를 채우고 살아내느라 그런 생각을 할 겨를도 없었다.

미자 씨가 숟가락을 어설프게 들고 급하게 밥을 퍼서 입에 넣는다. 된장국에 멸치 볶음이다. 빠르게 이것저것 입으로 나르다보니 음식이 옷과 밥상 아래로 흘러버렸다. 간병인이 방에 들어온다.

"밥은 왜 흘리고 그래. 애기가 된 거야? 옷을 모두 갈아입어야겠어. 어제 갈아입혔는데 매일 빨아야 하니 원."

그녀가 미자 씨의 윗옷을 억세게 들추더니 코를 찡그리며 기저귀를 살펴본다.

"어마, 또 똥 쌌네. 어떻게 해!"

간병인의 목소리가 커진다.

"버린 이불을 방금 빨고 새 이불을 덮어줬는데. 에휴, 내가 미쳐!"

미자 씨는 자꾸 서러워진다. 눈물이 날 것도 같다. 간병인 주제에. 그녀는 전쟁 때 어머니 아버지를 잃고도 울지 않았다. 딸이 오면 너를 쫓아내고야 말겠다, 다짐한다. 간병인은 뚱뚱한 몸을 뒤틀며 이불을 억세게 거둬서 다시 욕실로 가져간다. 변이 묻은 부분을 비누에 문혀 손으로 빨더니 세탁기에 집어넣고 있다. 은화가 집으로 돌아오면 딸은 오늘도 간병인을 칭찬할 것이다. 어머, 정말 고맙습니다. 간병인이 딸을 위해 해놓은 두부조림을 한 입 먹어보며, 참 맛있네요. 우리 엄마를 잘 돌봐줘서 무어라 감사를 드려야 할지, 말하겠지.

"동백 아가씨. 그리움에 지쳐서 울다 지쳐서…."

방으로 들어온 간병인은 라디오 볼륨을 올린다. 미자 씨가 말을 걸려고 머뭇거리는 사이 그녀는 싸늘하게 부엌으로 가버린다.

"꽃잎은 빨갛게 멍이 들었소."

노래가 흘러나온다. 미자 씨가 혼자 가사를 따라부르자 가슴이 미어진다. 그 좋은 시절이 언제 다 흘러가버렸나. 열두 살 때 6·25가 터졌고 부모를 잃었다. 이를 악물고 보릿고개를 건너왔다. 오빠와 올케와 조카와 함께 오랜 세월 힘들어도 오순도순 재밌게 살아왔다. 그리고 남편을 만나 딸아이와 아들 둘을 낳고 아들 하나를 잃었다. 은화는 착했다. 힘들게 키워야 시집가서 어려운 시집살이를 견딜 수 있다고 생각했다. 쉽게 정을 주지 않은 건 사실이다.

옛날 생각에 눈물이 흐르는데 전화가 온다. 미자 씨가 받아보려고 몸을 움직인다. 간병인이 다가와 재빠르게 수화기를 들고 간다.

"엄마가 큰 것을 해서 이불을 두 번이나 빨았어. 어쩌겠어. 나도 곧 늙을 텐데."

그렇게 말하곤 한숨을 쉰다.

"엄마랑 노래 한 가락 했지. 동백아가아씨…."

간병인은 수화기에 대고 노래를 부르더니 깔깔거린다. 뻔뻔스러운 것. 미자 씨가 눈을 감았다 뜬다. 오래 전 기저귀를 찬 은화가 엉덩이를 뒤뚱거리며 저벅저벅 걸어가는 모습을 보고 얼마나 흐뭇했는지. 너의 아버지가 너를 쳐다보고 있으면 세상을 모두 안은 것 같다고 했지. 그리고 첫돌 때 네가 손에 쥐었던 건 사실 연필이었단다. 사탕을 쥐었다고 거짓말을 했어. 너는 아들을 낳을 텃밭이 되어야 했으니까. 어렸을 적 너에게 못해준 것이 많았다. 초등학교 교문 앞에 팔던 달고나를 딱 하나만 먹고 싶다고 졸랐을 때 그것도 사주지 못했다. 추석을 앞둔 어느 날 은화는 다른 여자아이들이 사 입은 한복을 보고는 입고 싶어 안달했다. 미자 씨는 그걸 알면서도 모른 체했다. 그 어린 것이 한복 입은 여자아이를 눈이 빠지도록 쳐다보다 시무룩하게 풀이 죽어 있었다. 배를 채우기도 어려운 시절이었다. 이렇게 빨리 늙을 줄 알았다면 좀 더 은화를 예뻐해주는 건데. 은화는 바빴다. 취직 문제로 바빴고, 시집 가서는 제 아이 키우느라, 제 딸 문제로 미자 씨한테 신경을 써줄 겨를이 없었다. '그래도 괜찮아. 너를 이해한단다. 나도 그랬으니까.' 그녀는 딸과 마주보며 이런저런 얘기를 간절하게 나누고 싶다.

옆집의 불이 창문에 비친다. 창 아래 방바닥으로 바퀴벌레가 지나간다. 미자 씨가 노려보자 제자리에 멈춘다. 어두운데도 녀석은 그녀의 눈길을 알아챘다. 너도 외롭냐.

딸은 간병인을 이제 미자 언니라고 부르기 시작했다. 둘은 친자매나 된 듯이 얼굴을 가까이 대고 눈웃음을 지었다. 딸보다 열 살이나 많은 간병인은 입이 하마처럼 벌어졌다. 은화가 출근하고 나자 간병인은 거울 앞에 서서 딸이 쓰던 모자를 써본다. 베이지 바탕에 꽃잎 모양의 잎이 옆으로 붙어 있다. '어디 천한 것이 내 딸 모자를 써.' 휙 뺏고 싶지만, 몸을 제대로 움직일 수 없다. 언젠가 딸이 미자 씨에게 그 모자를 씌워주고 진달래색 머플러를 목에 둘러준 적이 있었다. "우리 엄마 진짜 멋지다. 소녀 같아. 하얀 머리 소녀." 그러더니 우리 큰언니. 미자 언니,라고 했다. 미자 씨는 하하하 활짝 웃었다. 구름 위를 떠가는 듯 가슴이 즐거움으로 부풀었다. 늙어서도 이런 행복을 맛보는구나. 죽은 영감이 나를 이렇게 기분 좋게 해준 적이 있었나. 그런 기억은 전혀 없었다.

"미자 언니, 다녀올게요."

은화가 말하자 간병인은 대문까지 배웅을 나간다.

"잘 다녀와."

간병인은 이제 딸에게 반말이다. 은화 앞에서는 극존칭을 써가며 미자 씨를 위해 아주 완벽히 잘해주는 것처럼 아양을 떨지만 딸이 출근하고 나면 부엌과 베란다 청소를 한다. 그런 일들이 처음에는 고맙게 느껴졌다. 간병인은 이제 미자 씨에게는 통 관심이 없어졌다. 눈에 눈곱이 끼었는지 옷에서 냄새가 나는지조차 알지 못한다. 미자 씨가 엉덩이를 움직인다. 오줌통이 옆에 있는데 굳이 기저귀를 채워주는 심사가 무언지. 어차피 기저귀 값은 은화가 댈 테니까. 미자 씨가 손바닥에 힘을 주어 엉덩이를 밀어 천천히 기어간다. 거실을 거쳐 화장실에 가다 부엌을 들여다본다. 얼마 전 미자 씨는 간병인이 부엌에서 일하고 있을 때 온몸의 기력을 다해 베란다까지 기어갔다. 눈치챈 간병인이 뒤를 돌아보고는 어마, 소리를 질렀다. 미자 씨는 놀라 고꾸라지는 바람에 얼굴에 멍이 제법 들었다. 그것을 본 은화는 속이 상했을 테지만 표를 내지는 않았다. 간병인은 딸에게 미안하다고 한사코 죄송하다고 했다. "글쎄 어르신이 기어코 문을 열고 나오시는 바람에…." 그날부터 간병인은 미자 씨에게 기저귀를 채운 다음 절대 밖으로 나오지 못하게 했다. "누구하고라도 말이 하고 싶어서…" 라고 말했지만 아예 듣지 않았다. 그날은 뒤뚱뒤뚱 불안하게 걸어가다 넘어졌다. 그러나 오늘 미자 씨는 부지런히 기어서 현관까지 도달한 것이다.

현관 밑바닥에 자주색 신발이 보였다. 미자 씨는 딸의 구두를 신어보았다. 현관 앞에 딸의 그 진달래색 머플러가 있었다. 베이지 바탕에 꽃잎 모양의 모자까지. 미자 씨는 힘들게 균형을 잡아 꼿꼿하게 섰다. 이럴 땐 넘어지지 않는다. 현관 앞에 거울이 있다. 그녀는 신발장

옆의 옷걸이에 걸린 모자와 머플러를 집었다. 거실에 걸터앉아 목에 걸쳤다. 모자를 쓰고 고개를 갸웃하며 하하 웃어본다. 은화가 신던 자주색 구두는 끝이 뾰족하고 예쁘다. 딸이 오늘은 베이지색 구두를 신고 나갔나보다. 굽이 날렵한 구두가 꽤 멋있다. 영감이 장미다방의 미스 강을 만나러 가서 오지 않을 때 거울 앞에 서서 예쁜 구두를 몇 번이나 신어보곤 했다. 미자 씨가 거울을 들여다본다. 베이지색 모자 아래 하얀 머리카락이 비어져 나와 있다. 영락없는 늙은이다. 얼굴을 보니 세월의 흔적이 아래로 흘렀다. 미간의 주름은 말라 갈라진 논바닥처럼 골이 깊다. 미자 씨는 현관 아래 바닥에 주저앉았다. 바닥이 차갑다. 발을 끌어내 구두를 신는다. 가슴이 두근거린다. 신발장을 잡고 허리를 쭉 펴고 천천히 일어서자 술 마신 사람처럼 어지럽다. 그래도 괜찮다. 동네 사람을 만나고 싶다. 누구라도 좋으니 만나서 이런저런 수다를 떨고 싶다. 현관문을 밀어본다. 밖에 나가면 지나가는 사람들이 미자 씨에게 말을 걸어줄 것이다. 미자 씨는 환하게 웃으며 대꾸하리라. '제가 안미자예요. 사람들이 저를 안미자 여사라고 부르곤 하지요. 미자라고 불러도 좋아요.' 말하며 웃어주려 했다. 그러나 미자 씨는 현관문을 밀치며 꽈당, 마당에 넘어져버렸다.

간병인이 뛰어왔다. 미자 씨의 발을 보더니 소릴 질렀다. 미자 씨는 변명했다.

"누구하고라도 얘기를 좀 해보려고."

그녀는 간병인의 눈이 무서웠다. 이번엔 발목을 삐었다. 간병인이 입단속을 했다.

"딸한테 말하면 속상해할 테니. 가만히 누워 있어요."

그녀는 미자 씨를 방으로 끌고 가다시피 했다. 미자 씨는 그녀에게 놔 놔, 소리쳤다.

"왜 사람을 꼬집고 그래?"

간병인은 소리가 샐까봐 창문을 꼭꼭 닫기 시작했다. 그때부터 그녀는 미자 씨가 말을 하면 창문부터 닫았다.

냄새가 방안에서 맴돌며 어디에도 빠져나가지 못한다. 방안에는 더 깊은 냄새가 배어들고 있다.

간병인이 가버리고 나자 은화가 현관문을 여는 소리가 들린다. 그녀는 들어오자마자 창문부터 연다. 미자 씨는 멍이 아주 불그죽죽하게 된 발을 딸이 잘 보이도록 이불 밖으로 내놓았다.

"이게 뭐야?"

딸이 눈을 치뜨고 미자 씨의 발을 만진다. 아야, 아야. 미자 씨가 소릴 지른다.

"엄마 왜 이랬어?"

"아니 괜찮아. 괜찮다니까."

그렇게 말하지만, 딸은 불을 켜서 미자 씨의 발목을 자세히 보지 않는다. 당연히 미자 씨의 발목에 새겨진 불그죽죽한 상처를 보지 못하고 나간다.

딸이 모임에 나가고 미자 씨가 혼자 있을 때였다. 창문으로 옆집 가족의 웃음소리가 들렸다. 창문은 꼭꼭 잠겨 있었다. 미자 씨는 천천히 일어서서 몸의 균형을 잘 잡고 문갑 옆으로 섰다. 옆집 사람들과 말을 하고 싶었다. 무슨 말이라도 좋았다. 옆집 손주 손도 잡아주며 참 예쁘다고 말해주고 싶었다. 어쩌면 이렇게 예쁜 손주를 낳았느냐며 칭찬도 해주리라. 미자 씨가 손으로 창을 쳤다.

"보소! 보소! 문 좀 열어줘요. 여기 문이 잠겼어요."

창문을 쾅쾅 치며 소릴 질렀다. 유리문 밖의 옆집에서는 미자 씨를 보고 있었다. 그러나 그녀가 아무리 크게 말해도 들리지 않는 모양이었다. 한숨을 쉬며 바닥에 주저앉으려는데 허리에 힘이 빠지며 자지러졌다. 손으로 TV를 잡았는데 그것이 문갑 아래로 쿵, 떨어졌다. 늦게 들어온 딸과 사위는 바닥에 떨어진 TV를 한참 쳐다보았다.

"이게 어떻게 바닥에 떨어졌지."

은화가 사위에게 앙칼지게 말했다.

"우리 엄만 제대로 서서 걷지 못한다니까."

사위는 TV를 안고 문갑 위에 올려놓으며 궁금해했다. 잠시 후 딸과 사위는 방문을 닫고 나갔다.

미자 씨는 천장을 바라본다. 창문으로 옆집 여자가 끝순이… 노래를 흥얼거리는 소리가 들린다. 마당에서 알루미늄 대야를 씻는다.

"말순이! 너. 늦게 들어오기만 해봐라."

무서운 목소리로 단호하게 말하던 오빠. 그는 이제 없다. 어디로 가버렸는지. 미자 씨가 원하는 것이면 아버지처럼 다 무엇이든 해주던 오빠. 이름이 뭐였더라. 이름이 없어도 오빠는 오빠다. 미자 씨도 오빠처럼 언젠가 사라질 것이다. 엄마 역할을 못하니까. 이제 미자 씨가 아는 사람은 없다. 다시 말순이 되어볼까. 아니다. 친구 중에는

'순'으로 끝나는 여자가 많았다. 경순, 익순, 달순, 봉순…, 아랫집 순자가 노랑 저고리를 입고와 그녀를 불렀다.

"말순아! 놀러가자."

당시 말순이었던 미자 씨는 장독을 씻다 말고 사립문을 내다봤다. 순자가 뒤뜰에서 저고리 고름을 쥐고 노래를 부르고 있었다.

"개나아리~ 입에에 무울고~ 웃음 짓는 개나아리 처녀~."

말순은 얼른 방으로 들어가 옷장 속 깊숙이 숨겨둔, 엄마가 입던 노랑 저고리를 입고 나갔다. 그때 어디로 갔는지는 기억나지 않는다. 그게 어디였더라. 아무리 생각해도 모르겠다. 옆집 여자가 다시 흥얼거린다.

"끝순이…."

옆집 여자는 이제 마당을 쓸고 있다. 비질하는 소리에 이어 물을 쫙 뿌리는 소리가 들린다. 시간이 얼마나 되었을까. 창이 흔들린다. 바람이 부나보다. 살랑. 내 이름은 살랑. 엄마 아버지가 떠나도 오빠가 떠나도 '살랑'이다. 미자 씨는 창문을 쳐다보며 얘기한다. 그래, 그냥 바람에 살랑살랑 내 마음을 풀어놓고 살다갈 때가 되면 가볍게 가는 거라. 그렇게 생각하니 마음이 편해진다.

미자 씨는 천장을 쳐다본다. 천장은 변함이 없다. 원래부터 제자리에 가만히 붙어 있다. 그녀는 다시 생각해본다. 나는 김말순일까. 안미자일까. 나란 것은 어릴 때부터 지금까지 변하지 않는 한 사람이다. 이름을 말순이로 바꾸어도 변함없는 나다. 그녀는 피란길에서 죽을 고비를 넘기고 오빠와 집으로 돌아왔다. 한자를 잘 쓰는 오빠가

면사무소에 가서 면장에게 말했다.

"우리 어린 말순이는 죽었고요, 글쎄 큰동생 이름은 안미자라니까요."

6·25 직후라서인지 오빠가 면사무소 직원을 어떻게 구슬렸는지 새로 받은 주민증에는 미자의 주민등록번호가 기재되어 있었다. 그녀는 김말순이든 안미자든 상관이 없었다. 번호를 어찌나 달달달 외웠는지 그게 아주 인이 박히듯 머리에 박혔다. 나이 들어 치매가 온 뒤에도 미자 씨는 사람들 앞에서 주민등록번호를 외웠고 삐뚜름하게 이름을 썼다. 사람들은 치매 환자라며 고개를 갸웃갸웃하다가도 그런 미자 씨를 보고 손뼉을 쳤다.

미자 씨는 주민등록번호를 다시 외워본다. 36021428…. 아직 살아있다. 엄마 이름도 오빠 이름도 기억나지 않지만, 그 번호는 아직 기억 속에 있다. 자신이 대견하다. 미자 씨는 장롱 앞에 몸을 기대고 앉아 가만가만 생각에 잠긴다. 기억을 모두 잃고 정신줄을 놓아도 내 번호만큼은 말할 수 있는 것이다. 그런데 이제 무얼 할 수 있지. 남이 해준 밥을 얻어먹으며 남을 위해주는 것은 고사하고 나 자신을 위해 할 수 있는 게 아무것도 없다. 옷도 남의 손에 의지해서 입어야 하고 화장실에 가서 볼일을 보는 것도 남의 손을 빌려야 하는 처지다.

"그래서 있는 게 요양병원이에요."

며느리의 말이 생각난다. 앞으로는 노인들이 마음 편히 쉴 수 있게 고급 요양병원에서 다양한 혜택을 준다니까요. 그것도 등급에 따라 달라요. 며느리는 아는 것도 많아서 여러 가지 내용을 죄다 얘기했다. 거기다 여러 가지 활동도 할 수 있게 도와주므로 외로움까지 덜어줘요. 가족보다 나아요,라고 크게 말했다. 자식도 버린 사람을 누가 돌봐준단 말인가. 함께 나눈 추억도 없는 낯선 사람과 무슨 얘길 할 수 있단 말인가. 미자 씨는 얼마 남지 않은 천금 같은 시간을 가족과 떨어져 병원에서 지내야 한다는 게 이해되지 않는다. 정신이 온전한 사람에게 그런 요양병원은 감옥보다 못한 고통스러운 시간이 될 것이다.

미자 씨가 변기통에 앉아보려고 기어간다. 간병인이 다가와 변기통에 앉지 말라고 한다.

"빨리 씻기고 집에 가야 해. 집에 갈 시간이 삼십 분이나 지났어."

이제는 완전 반말이다. 기분이 상할 대로 상한 미자 씨가 벽으로 다가가 엎드려 변기통을 집는다. 온 힘을 다해 무릎에 힘을 주고 일어선다. 그리고 갖은 악력을 다해 변기통을 들어올린다. 미자 씨는 그것을 옆에 앉은 간병인의 얼굴에 던져버렸다. 긴 플라스틱 통은 간병인의 얼굴에 오줌을 쏟고는 방바닥으로 나동그라졌다. 그녀의 얼굴은 오줌범벅이 되었다. 미자 씨의 슬픔과 고독이 싸악 날아가는 듯했다. 통쾌했다. 두 손을 방바닥에 짚자, 오랜 체증이 내려앉았다.

"네가 내 이름을 뺏어갔지? 못된 것 같으니라고. 어디서 내 딸에게 안미자 행세를 하며 아양을 떨고 그래?"

미자 씨가 얼굴을 들었다. 가짜 안미자가 머리부터 오줌물을 방바닥에 줄줄 흘리고 서 있었다. 그런 생각을 할 새도 없이 격한 소리가 미자 씨의 귀를 찔렀다.

"이 미친년이 내 은혜도 모르고…."

그녀의 손이 미자 씨의 머리카락을 휘어잡았던가. 옆으로 밀어젖히며 광기를 발산했던가. 미친년이라고 말하는 너는 가짜 안미자가 아니었나. 진짜 안미자는 바로 나라고. 여긴 내 집이고 내 가족이라고….

간병인은 미자 씨를 절대 가만두지 않겠다는 듯 방문을 박차고 나갔다. 간병인은 돌아오지 않았다. 밖은 잠시 어수선하기도 했다. 방문은 꼭꼭 닫혀 있었다. 딸이 올 시간이 된 것 같은데 밖에서는 아무 소리도 들리지 않았다. 난리를 치고 피곤했던지라 미자 씨는 고꾸라져 잠이 들었다. 자다가 깨어보니 집안이 조용했다. 하루가 지난 건지, 아침인지 저녁인지도 알 수 없었다. 시간이 제법 지났지만 방문은 꿈쩍도 하지 않았다.

"너도 늙어서 고생 좀 해봐."

시어머니가 언젠가 그렇게 말했다. 꿈에서였을까. 왜 갑자기 시어머니가 떠올랐을까. 그녀는 왜 말을 저렇게 모질게 하나 싶었다. 당한 건 난데…. 그렇다. 그때 미자 씨는 시어머니에게 당하고 살았다. 그녀는 시집살이가 너무 힘들어 도망가야 한다고 짐을 싸기도 했다. 시어머니의 독기 어린 목소리가 무서웠다. 갓 태어난 딸, 은화의 주먹 쥔 손이 그녀를 떠나지 못하게 했다. 오냐. 나는 이미 죽은 목숨이다. 너 배만큼은 곯지 않게 할게, 미자 씨는 두 주먹을 불끈 쥐었다. 새벽같이 일어나 동네 우물에서 물을 한 바가지 떠서 마셨다. 이불을 덮고 잠자리에 들면서도 새벽에 눈을 뜨면서도 오직 먹고 싶다는 생각뿐이었다. 그러나 미자 씨는 밭을 개간하고 변소에서 똥오줌을 지고 날랐다. 남자들도 하기 싫어하는 일이지만 새끼를 제대로 키우기 위해 이미 죽은 목숨이 되었다. 옆집에서 빌린 씨앗을 가을에 이자까지 쳐서 갚았다. 어떤 고생이라도 다 감당해내겠어. 집안을 일으키고야 말겠어. 미자 씨에게는 아들 두 명이 더 태어났다. 한 명은 하늘이 데려갔다. 죽을 늙은이는 생각하지 않기로 했다. 아이들은 갖고 싶은 걸 안 사준다고 구시렁거렸지만 착하게도 학교에 잘 다녀주었다. 은화는 전문대학이라도 보내야 했다. 아들은 대학원까지 보내면서 왜 딸은 전문대학을 가라고 하느냐며 은화가 처음으로 미자 씨에게 대들었다. 자식 이기는 부모 없었다. 결국, 은화는 사 년제 대학에 원서를 넣었다. 딸이 용돈을 벌어 썼지만, 미자 씨는 등록금을 대주면서 참 흐뭇했다.

미자 씨에게도 대학이 아니라 초등학교라도 가봤으면 하는 게 소원이던 어린 시절이 있었다. 그때 미자 씨는 가방을 들고 초등학교에 가는 애들이 부러웠지만, 올케에게 얹혀사는 주제에 그런 건 꿈도 못 꿨다. 은화가 부엌일을 도우면서 틈을 내어 책을 볼 때마다 미자 씨는 자신이 공부를 하는 듯 즐거웠다. 대학 졸업장을 받았을 때, 이건 엄마가 받은 거야. 엄마 공이 제일 커. 은화는 그렇게 예쁜 소리를 했다. 미자 씨는 딸 아들을 시집보내고 장가보내는 것도 즐겁고 흐뭇했다. 그런 때가 있었던가. 이제는 기억도 가물가물 흐릿해지고 있다.

시어머니는 중풍에 걸리면서 방에서 누워 지내게 됐다. 미자 씨는 그녀가 온갖 지청구를 떨 때 돌볼 생각이 조금도 없었다. 새끼들 키우기에도 힘에 겨웠다. 늙으면 죽는 거지, 그녀는 생각했다. 그때 미자 씨를 말갛게 바라보던 시어머니의 서글픈 눈이 생각난다.

"오늘까지만 살 거야. 너희들은 잘살아라."

시어머니 입에서 그런 말이 나와도 미자 씨는 듣는 둥 마는 둥 했다.

바퀴벌레가 지나간다. 손으로 '탁' 쳐서 잡아야 한다고 생각하며 노려본다. 그러자 바퀴벌레는 미자 씨의 눈을 의식하고 제자리에 멈춰 선다. 손바닥을 내려치려 하지만 생각뿐이다. 가만히 노려보기만 한다. 바퀴벌레 한 마리도 못 잡는 날이 올 줄 어찌 알았으랴. 녀석이 미자 씨를 놀리듯 빤히 바라보더니 엉덩이를 몇 번 들썩이다가 도망가버린다. 에이. 그래 가거라. 미자 씨가 눈길을 돌리자 다시 제자리에 선다. 이 녀석 봐라. 이제는 커다란 바퀴벌레다. 구멍 속에 제 새끼들이 기다리고 있을까. 아이들을 두고 죽어서는 안 되겠다는 건가. 내가 너를 죽일 수가 있나. 제 새끼 때문에 죽지도 못하는 바퀴벌레. 바보 같은 바퀴벌레야. 넌 결국 버려질 것이고 언젠가는 죽게 돼. 되도록 빨리 죽는 게 좋아. 딱 오늘까지만 살아라. 알겠니. 이 늙은 바퀴벌레 엄마야.

"안미자 여사님!"

은화의 목소리다. 딸이 간병인에게 전화하는 모양이다. 이름을 들을 때마다 심장이 들썩거린다.

"엄마가 오줌통을 집어던진 건 정말 미안해요. 치매가 심해서 그런걸요. 고생 많으셨어요. 이제 쉬셔도 돼요…. 아니 그게 아니고 이제 우리 집에 안 오셔도 된다니까요."

그러면 그렇지. 안미자 여사는 난데 지가 왜 내 딸한테 대접을 받아. 발목이 아프다. 죽을 날도 얼마 남지 않았는데 가족들 없이 혼자 살아간다는 건 불행이다. 내일이 되면 나의 천사님 운운하며 전처럼 딸이 잘 보살펴줄 것이다. 팔십오 년간 정성 들여 일궈온 가족. 그 울타리를, 아니 그들을 결코 버릴 수 없다. 쓸모없어지면 버려지는 곳은 결국은 쓰레기통이다. 이후는 소각장으로 간다. 어젯밤 꿈속에 시어머니가 나왔다. 시어머니는 쓰레기가 훨훨 타는 것을 보며 미소 짓고 있었다. 미자 씨는 늪지에 발을 딛고 서 있었다. 빠져나가려니 발이 무거웠다. 밤새 허우적거리는데 누군가가 미자 씨에게 손을 내밀었다. 그러나 시어머니는 손을 흔들며 미소지었다. 말분 씨가 미안하다며 손을 내밀었지만 손은 없고 싸늘한 바람이 온몸을 훑고 지나갔다.

눈을 뜬다. 천장을 보며 미자 씨는 생각한다. 미자 여사, 사람들은 그녀를 안미자 여사라고 불렀다. 그러나 지금은 아무도 그렇게 부르지 않는다. 그냥 치매환자다. 그녀가 하는 역할이 없어지자 이름도 없어졌다. 나는 이제 안미자가 아니다. 그녀가 하던 일을 대신하는 간병인이 안미자가 되었다. 그렇다면 나는 누구일까.

"여자도 이름이 있어야 해."

아버지는 그녀의 이름을 짓기 위해 여러 가지 책을 보았다. 중국 한자만 적힌 책에서도 보았고 일본 책도 보았다. 그런 아버지는 경찰을 피해 다녔고, 해방을 맞았다. 미자 씨는 열두 살이 되었다. 동네 사람들이 벌써 처녀티가 난다고 했다. 미자 씨는 친구들과 어울리고 싶었지만, 그럴 여유가 되지 않았다. "미자야. 꽃구경 가자." 친구들이 가끔 찾아와 같이 놀기를 재촉했다. 그녀는 시장에서 국밥장사를 하는 올케를 생각했다. 미자 씨는 갓 태어난 조카들을 돌봐주어야 했다. "미나아~리 입에 무울고 웃음 짓는…." 친구들이 사립문 앞에서 깔깔 웃으며 노래를 불렀다. "난 여자들이 하는 놀이는 안 해." 미자 씨는 조카를 업고 나가 친구들을 노려보며 싸늘하게 말했다.

친구들이 가버리고 나자 마음이 적적해졌다. 그녀는 조카를 다시 등에 업으며 마음을 독하게 먹었다. 이제 노랑 저고리를 입고 친구들과 놀러다니는 일 따위는 하지 않을 것이다. 친구들은 미군부대 앞에서 얻은 초콜릿과 영어책을 들고 다니며 자랑했다. "난 그런 것보다 더 위대한 걸 가질 거야." "그게 뭔데." 언젠가 그녀가 가지고 싶은 것에 대해 이웃집 상욱이가 물었을 때 미자 씨는 그게 무엇인지 정확하게 꼭 집어 말할 수 없었다. 그녀가 가족들과 함께 남보란 듯이 오순도순 살아가는 것. 남에게 절대 무시당하지 않는 것. 그녀에게는 무엇보다 가족이 제일 중요했다. 어릴 때 잃어버린 부모로 인해 가정이라는 울타리는 목숨보다 귀한 것이었다.

피란하러 갔다 집으로 돌아올 때 어린 미자 씨는 부모를 잃었다. 합천에서 남지와 의령 사이에는 군인들과 인민군들이 여러 곳에서 서로 격전을 벌였다. 적포다리를 사이에 두고 피란갔던 사람들이 돌아왔는데 아버지가 말을 해주지 않아 인민군인지 국방군인지 구별하기도 힘들었다. 그러는 사이 어떻게 된 것인지.

"에이 더러운 간첩 새끼!"

진만이 아버지가 미자 씨의 아버지를 보고 그렇게 말했다. 그 말을 다른 사람이 들었고 그것이 공공연히 퍼져나갔다. 어린 미자 씨는 사연이 어떻게 된 것인지 알 수 없었다. 그때부터는 동네 아이들과 어울릴 수가 없었다. 미자 씨가 다가가면 친구들은 달아났다. 같이 놀면 인민군 자식으로 오해받는다고 했다. 그곳이 어디인지 기억이 나지 않지만, 미자 씨는 남지다리 아래 어디로 빨래를 하러 갔다. 아마 열 살 무렵이었을 것이다. 어떤 아줌마가 여자아이와 함께 빨래를 하고 있었다.

"이름이 뭐니?"

여자아이가 물었다. 그녀는 대뜸 미자,라고 말해버렸다. 그렇게 말해놓고 보니 하나도 어색하지 않았다. 그렇게 말한 엄마도 아버지도 긴 적포다리를 건너 집으로 오다가 죽었다. 어떻게 아버지와 어머니가 죽었지. 미자 씨가 하던 옛 생각이 연기처럼 흩어져버린다. 난감하다. 어디였지. 선명하고 흐릿한 기억이 섞여 아무리 생각하려해도 안타깝게 사라져버린다. 오빠가 아버지, 라고 소리쳐 불렀고, 말순으로 불렸던 아이는 엄마, 하고 울었다. 계속 울 수도 없었다. 가자, 집에 가 있으면 올 거야. 이제 아버지의 얼굴도 엄마의 모습도 떠오르지 않는다. 머리를 쓰다듬어주던 손길. 그 느낌. 엄마 이름이 뭐였지. 뭐였더라.

"어이 가. 집에."

엄마가 오빠에게 심하게 화를 냈던가. 총을 맞고 쓰러지면서도 빨리 가라고 소리를 쳤던가. 성이 안이니까. 엄마 성은 안이 아니다. 정씨, 이 씨, 박 씨, 최 씨. 생각나지 않는다. 바보, 멍청이. 미자 씨는 자신을 바보라고 생각한다. 낳아주고 길러준 엄마 이름도 모르다니. 젖을 먹여주고 아홉 달이나 뱃속에서 탯줄로 키워준 엄마. 예쁜 우리 아가. 노래까지 불러주었을 엄마. 총을 맞은 엄마는 오빠와 미자 씨를 살리기 위해 보자기에 아껴둔 주먹밥을 모두 건네주었다.

"어서 가."

엄마가 노한 목소리로 손을 저었다. 미자 씨는 엄마가 죽을 수도 있다는 생각도 못했다. 다만 입에 주먹밥을 넣으며 오빠를 따라 걸었다.

"오빠는 안 먹어?"

"너나 먹어."

그러나 미자 씨는 곧 울음을 터뜨렸다.

"에이! 이 계집애가."

오빠가 화를 냈다. 두 남매는 남지 둑길을 달렸다. 곳곳에 불에 탄 집들과 집 안에 있던 물건들이 밖으로 나와 마구 흩어져 있었다.

미자 씨는 한쪽 벽면에 쌓여 있는 기저귀를 본다. 방문 열리는 소리에 이어, 전화벨 소리가 난다. 은화가 전화를 받는다. 전화를 건 사람은 간병인이 보내준 센터인인 모양이다.

"엄마를 동네 근처 요양병원으로 모시기로 했어요."

딸이 이야기를 한참 하다 미자 씨를 돌아본다.

"3급 병원에 보내려고 했는데 엄마를 위해 2급 행복요양병원으로 보내기로 했어."

미자 씨는 눈을 감은 척한다. 뭐 나를 요양병원으로 보내겠다고? 올 것이 왔나보다. 결국, 떠나야 하나보다. 전화를 끊고 나자 딸은 미자 씨의 베개 옆에 슬며시 앉는다. 미자 씨는 딸의 손이라도 잡아보려고 손목을 내밀었지만, 그녀는 알아채지 못한다. 앞으로는 딸의 손도 한번 잡아볼 수 없을지도 모른다. 미자 씨는 가족들과 영영 멀어지고 있는 느낌이다. 피란 때 그녀의 엄마는 죽음을 앞에 두고 오빠와 미자를 어서 가라고 소리치며 얼마나 마음이 아팠을까.

"엄마 나 무척 피곤해. 딸에게 연락하면 짜증만 내더니, 오늘은 딸이 나한테 무관심하다고 심한 소리를 했어. 나 몹시 힘들어. 요양병원에 가면 간호사들의 도움을 받아 걸을 수도 있을 거야. 엄마."

은화의 목소리가 울 듯하다.

"그래, 나는 괜찮다. 어차피 죽을 목숨."

미자 씨는 시어머니가 하던 말을 내뱉는다.

미자 씨의 몸이 흔들린다. 잠시 잠이 들었었나. 손을 올려보지만 묶여 있다. 하얀 천장과 벽면에는 약품과 청진기가 걸려 있다. 달려가는 차 안에서 한 여자가 구시렁거린다.

"이 할머니가 간병인에게 오줌통을 집어던지고 난동을 부렸대."

"아니 밥 먹여주고 극진히 보살펴주는 간병인한테 어떻게 그럴 수가…. 아이고 무서워."

"세상에. 이런 사람은 특별관리를 해야 돼. 중증 치매환자들은 갑자기 격해져서 위험한 사고를 칠 수도 있거든. 팔다리를 꼼짝 못하게 묶어놓아야 해."

덜컥 겁이 난다. 어디로 가고 있는 걸까. 딸의 목소리가 그립다. 딸의 이름이 뭐였지. 기억나지 않는다. 아는 사람은 아무도 없다. 화내는 소리라도 좋으니 아는 누군가가 옆에 있으면 좋겠다. 노래라도 불러볼까.

뭐였더라. 떠오르지 않는다. 두렵다. 잠이 들 때마다 이제 곧 죽을 거야. 오늘까지만 살 거야, 서럽게 뱉던 시어머니가 생각난다. 그녀는 노란 수의를 입고 관 속에 누워 있었다. 눈을 감은 얼굴은 편안해 보였지만 차가웠다. 시어머니의 관이 벌건 불길 속으로 들어가고 있었다. 남편이 소리 없이 울었다. 그때 미자 씨도 눈물이 났던가. 썰렁하다. 온몸에 소름이 돋는다. 미자 씨는 자신이 그 관 속에 시어머니 대신 누워 있는 것만 같다. 여름 끝인데 벌써 겨울이 온 듯하다. 주위에 아는 사람이 아무도 없다니. 허물어져가는 고향의 빈집 옷장 속에 보드라운 저고리도 그대로 있는데. 아끼던 것들을 두고 이렇게 떠나야 하다니. 죽기 전에 한번만이라도 고향에 가볼 수 있다면, 농사짓던 밭과 하늘 언덕을 볼 수만 있다면….

병원 구급차가 멈추자, 미자 씨의 침대는 몇 명의 사람에게 들려 조심조심 차 밖으로 내려진다. 뚱뚱한 간호사가 그녀를 흔든다.

"할머니! 할머니 이름이 뭐예요?"

미자 씨는 병원 건물 위쪽의 어두운 하늘을 본다.

뚱뚱한 간호사가 재차 큰소리로 묻지만, 미자 씨는 아무 말도 하지 못한다. 컴컴한 밤이 그녀를 삼켜버릴 듯하다. 별, 바람. 그녀는 혼잣 말을 하며 고개를 돌린다. 불 켜진 화려한 병원 건물이 그녀에게 다가온다. 무덤처럼 편안한 곳, 가족과 떨어진 채, 바보가 되어야만 지낼 수 있는 곳. 살아 있는 자에게는 지옥과도 같은 감옥이 될지도 모른다. 미자 씨는 구급대원과 간호사의 도움으로 준비된 휠체어에 내려앉는다.

"어서 오십시오. 여기는 행복요양병원입니다."

번쩍이는 건물에서 달려나온 안내원이 미소 띤 얼굴로 미자 씨를 맞는다. 딸을 빼닮은 여자가 다가오더니 휠체어에 탄 그녀의 손을 잡는다. 손을 잡힌 미자 씨는 딸인가 싶어 놀라며 여자를 쳐다본다.

"오시느라 힘드셨죠? 여기는 마음 편하게 지낼 수 있는 곳이랍니다."

인형처럼 생긴 여자가 또박또박 말한다. 미자 씨는 다시 여자의 얼굴을 뚫어져라 살펴보지만 딸이 아니다. 잘못 왔나? 아무래도 이상하다. 건물 유리문 안으로 들어가자 음악이 나온다. 대형 화면에는 시어머니를 닮은 노파가 어깨춤을 추며 노래를 부른다.

"그동안 외로우셨죠? 피곤하실 텐데 오늘은 행복요양병원에서 푹 쉬시기 바랍니다. 내일은 새로운 프로그램으로 어르신들을 모시겠습니다."

딸 또래의 여자가 화면에 나타나더니 허리를 접어 인사한다. 미자 씨는 시어머니를 보고 나서인지 마음이 편안해졌다. 그녀는 목청을 가다듬어 대형 화면 앞에서 무표정하게 선 사람들을 향해 어눌하게 말한다.

"나는… 아안미자입니다.… 안미이자 여사라고 불러주세에요. 미자라고 불러도 댐니다… 내 이름은…."

미자 씨가 다시 말해보려 하지만 목소리가 나오지 않는다. 어머니! 미자 씨는 이미 사라진, 검은 스크린을 향해 손을 내젓는다. 그러나 팔과 다리가 묶여 몸이 움직여지지 않는다.

새벽에 눈을 뜬 미자 씨는 검은 허공을 한참 바라본다. 어쩐지 바람처럼 편안한 느낌이 든다. 지금까지 힘들게 살아온 자신이 정말 자신이었는지 의아하다. 이제는 바람 속에 무가 되어 나비처럼 날아갈 수 있을 것 같다. 미자 씨가 허공을 향해 손을 내저으려 하지만 뜻대로 되지 않는다.

목에 붉은 것이 걸린다. 잠시 후 팔에 힘이 빠지며 미자 씨는 숨을 거둔다.

트임벨

트임벨

맥주에서 부풀어오르는 기포 소리가 들리지 않나요, 여자는 그렇게 말을 시작했다. 월요일이었고 새벽 4시 10분 전이었다. 여자는 왜 꼭 퇴근할 무렵에 전화를 걸어온단 말인가. 나는 저녁 6시부터 무려 10시간 동안 상담을 하느라 몹시 지쳐 있었다. 오늘이 세 번째였다. 4시가 되면 25시 편의점에서 맥주 캔을 두어 개 사서 집으로 갈 예정이었다. 사람들의 억울하고 답답한 얘기를 듣다보니 내 가슴도 어느새 들끓었다. 나도 한때는 밤새워 맥주를 마시며 시간을 보낸 적도 있고 술잔에서 몽글몽글 올라오는 기포를 한참 쳐다본 적도 있었다. 나는 무엇보다 추웠고 지금은 집에 가서 빨리 눈을 좀 붙이고 싶었다.

"맥주를 냉동실에 넣으면 차가워지면서 공기 방울은 돌처럼 단단해지지요."

나는 눈살을 찌푸렸다. 맥주를 차게 마시기 위해 냉동실에 잠시 넣어둔 적도 있긴 하지만 공기 방울이 뭐가 어쨌다는 말인지. 내가 가만히 있자 여자도 한동안 말이 없었다. 나는 냉동실 안에서 차가워지고 있는 맥주를 상상해봤다. 여자의 말은 온도가 내려가면 맥주의 압력이 세어진다는 말이었다. 이미 4시를 넘어섰다. 여자는 내가 무슨 말이라도 해주기를 기다리는 듯 잠잠했다. 얼음이 얼듯 단단해지는 맥주 생각을 했지만 눈이 감겼다. 어쩌지요, 시간이 다 됐군요,라며 나는 시간을 잘랐다. 여자는 멋쩍은 듯 어정쩡하게 전화를 끊었다.

아마 저번 주 일요일이었던가. 여자는 TV를 보고 있다고 했다. 그 얘기에 나도 리모컨을 눌렀다. 〈섹스 과외〉라는 오래된 영화가 나왔다. 여자가 몇 마디 말을 했다. 혼자 사는 여자인 것 같았고 특별하게 일을 하는 것 같지도 않았다. 이상하게 사람을 끄는 여자였다. TV에서는 알몸의 남녀가 식탁 위에 올라가 누워 있었다. 갑자기 식탁이 흔들렸다. 벗은 남자가 그녀 위로 기어올라갔다. 영화 속의 그녀가 머리 위로 화면을 보았다. 그때 전화기에서 TV 보고 계세요? 라고 여자가 물었을 때 나는 깜짝 놀라 채널을 돌려버렸다. 내 책상 위에는 비닐에 싸인 조그만 햄이 뒹굴고 있었다. 나는 답 대신 저녁은 무얼 드셨나요,라고 물었다. 여자는 아무 말도 하지 않았고 시간은 이미 4시를 넘긴 상태였다. 그때도 여자는 아쉬운 듯 전화를 끊었다. 퇴근할 무렵에 전화해서 몇 마디밖에 말을 못하고 전화를 끊는 여자. 묘한 여자였다.

'잠시만 통화해도 마음이 트입니다. 신분, 비밀보장. 저녁 6시에서 새벽 4시. 대화가 필요하신 여자분. 통화 버튼을 눌러주세요. 기다립니다.

070-3××-×3×3, 유리창에 붙은 스티커를 쳐다봤다.

여자와 달리 대부분의 손님들은 횡설수설 자기 얘기를 늘어놓기 일쑤였다. 도대체 그와는 말이 안 통해요, 절벽 앞에 선 기분이에요, 라며 답답함을 참지 못하는 사람이 있는가 하면 희망이 없어요, 어쩜 그렇게 상대방 입장은 아랑곳하지 않고 이기적으로 행동할 수 있는지 억장이 무너져요,라고 가슴을 치며 호소하기도 했다. 자살을 시도하다가 빌어먹을, 산다는 게 아무런 의미가 없어요,라며 전화가 오는 경우도 있었다.

손님들이 하소연하는 내용은 시간과 장소만 다를 뿐이지 비슷비슷한 심경과 분위기를 띠었다. 나는 고객과 대화를 시작한 지 30분이 넘어서면 말의 어느 부분에서 잘라야 할지 기회를 노렸다. 그들은 내 마음을 아는 듯 마침표가 나오는 부분에서 다음 이야기로 재빨리 이어갔다. 그럴때 나는 눈을 치뜨고 무언가를 노려봤다. 수화기를 들고 화장실에 다녀오거나 생수를 소리나지 않게 마시기도 했다. '그랬군요.' '어쩌나.' '세상에.' 그런 말 외에 60분 동안 다른 어떤 말도 해보지 못하고 전화를 끊은 경우가 대다수였다.

휴대폰에 여자 이름으로 상담료 5만 원이 입금되었다는 문자가 떴다. 40분에 해당하는 돈이었다. 손가락이 시렸다. 나는 팔을 감싸며 온풍기 코드를 뺐다 꽂았다 해봤지만 돌아가지 않았다. 여자는 누군가와 대화를 나누고 싶어 밤새 애를 태워왔는지도 모른다. 잠시만 더 통화를 해보자는 생각에 재생 버튼을 눌렀다.

"여보세요. 트임벨입니다. 5분만 더 통화하지요."

"조금 전 맥주병에서 거품이 흘러넘쳐 병의 주둥이를 잡았어요."

"네에?"

"병이 깨어질 때까지 아주 꽉 잡았지요."

여자의 목소리는 착 가라앉은 듯 저음이었으나 콧소리가 심했다. 나는 여자의 손에서 피가 흘러내리는 모습을 상상했다. 여자는 최근에 무슨 일을 겪은 것 같았다. 나이는 내 또래의 30대 후반인 듯했다. 나는 맥주거품을 연상했지만, 그녀는 맥주병 주둥이를 꽉 잡았다고 했다. 어쩐지 여자가 한 사람의 인생을 손에 꽉 움켜쥔 느낌이 들었다. 그러나 정작 여자가 무슨 얘기를 하고 싶어하는지 짐작할 수 없었다. 답답했다. 비 오는 날이나 종일 구름이 깔려 우중충한 날이면 고객들의 감정은 시시각각 흐려졌다 맑았다. 물론 내가 통화한 여자가 같은 여자인지 다른 여자인지 헷갈릴 때도 있었다. 여자는 맥주병을 냉동실에 넣었다고 했다. 왜, 무슨 이유로. 여자는 병을 깨려고 아예 작정한 것인지도 모른다.

나는 길게 하품을 했다. 논리라고는 전혀 없는 여자. 좁은 제 생각에 갇혀 가까운 사람을 원망하거나 서운해하며 귀한 시간을 보내는 어리석은 여자들. 뭐든 깨트리고 봐야 직성이 풀리는 동물. 일어섰다. 나는 한 손에 수화기를 든 채 사무실을 돌아다니며 쓰레기통 밖으로 떨어진 커피믹스를 발로 밀어 벽으로 끌고 갔다. 발끝으로 커피믹스 껍데기를 끌어올렸다. 그때 여자가 깨진 맥주병이라며 흐느꼈다. 정신이 번쩍 들었다.

"깨진 맥주병 조각을 볼 때마다 참담한 기분이 들어요."

이제 여자는 날카로운 병 조각을 치우고 있는 사람처럼 말을 이었다. 나는 두툼한 패드를 둘러쓰고 고장난 온풍기를 발로 밀었다. 5시였다.

"냉장고 문을 열 때까지 내 생각은 냉동실에 들어가 있어요. 맥주가 얼어가는 동안 내 몸은 온기를 유지하려고 안간힘을 쓰고 있다는 걸 느낍니다. 깨지지 않은 맥주병을 기대하면서요. 번번이 나의 기대는 무너지지만….”

맥주가 얼어가는 모습을 상상했다. 오들오들 떨리던 몸이 굳어졌다. 온기를 잃지 않으려 안간힘을 쓴다는 여자의 말에 귀가 번쩍 뜨였다. 여자의 말이 더 듣고 싶어졌다. 나는 수화기를 귀에 바짝 붙였다.

“나는 처음에 세상이 맥주병 유리처럼 매끄러운 줄 알았어요. 그건 나만의 잘못된 생각일 뿐이었어요. 냉동실에서는 수많은 기포가 뭉쳐져 단단하고 날카로운 칼로 돌변하고 있었어요. 그것이 서서히 다가오고 있었죠. 내 목을 조여오듯이 말입니다.”

여자의 목소리는 다소 격앙되어 있었다. 최근 심한 상처를 받았음이 틀림없었다. 나는 그러시군요, 라고 말하려다 심호흡을 했다.

“냉장고에 맥주를 넣어도 얼지 않을 방법을 생각해내야 하는 건 차라리 기도로 전쟁에서 승리를 끌어낼 방법을 고민하는 거나 마찬가지예요.”

나는 창문을 바라봤다. 바람 소리와 함께 창문이 덜컹 흔들렸다. 집에 갈 때 소금 사는 것을 잊지 않기 위해 메모지를 찾았다. ‘소금 사세요.’ 볼펜으로 글을 끼적였다. ‘산타루치아하.’ ‘은빛 소금.’ 집에 갈 때 소금을 사가야 한다. 나는 ‘히히! 알씀’이라고 다음 장에 썼다. 종이쪽지를 호주머니에 넣었다.

갑자기 여자의 목소리가 높아졌다. 마치 내게 화를 내는 것처럼 느껴질 정도였다. 여자는 술을 제법 많이 마셨는지 횡설수설하고 있었다.

여자는 이제 꾹꾹 눌렀던 분노의 부풀어오르는 힘에 대해 말하고 있었다. 누군가에게 화를 누르며 삭이고 있다는 말이었다. 상대는 여자의 직장 상사일 수도 있고 가까운 동거인일 수도 있었다. 그녀의 불안은 그라는 상대가 자신을 죽일지도 모른다는 것이다. 나는 이렇게 말해주어야 옳았을까. 당신은 무엇이 그렇게 불안한가요. 당신이 죽이고 싶은 사람은 혹 그가 아니었나요? 시간은 이미 5시 40분을 넘기고 있었다.

눈이 감기는 것을 참으며 틈틈이 휴대폰을 바라봤다. 나는 두어 번 여보세요, 라고 했지만 답이 없었다. 여자는 밤새 이야기할 상대를 기다리다 새벽녘에 결국 전화를 건 것이다. 나는 침을 삼키며 말씀하세요. 듣고 있습니다, 라고 부드럽게 말했다. 여자는 울고 있는 게 분명했다. 나는 살그머니 전화를 끊고 화장실에 다녀온 다음 가방을 들었다.

새벽 5시 50분이었다. 전화벨이 다시 울렸다. 내가 수화기를 들자 여자는 울먹이고 있었다. 그녀는 유리병으로 그를 박살내기라도 했을까.

“매일 기도를 했어요. 맥주병 대신 그가 깨지게 해달라고.”

여자는 얼마나 술을 마셨는지 혀가 더 꼬부라진 목소리로 말을 천천히 했다.

“그런데 그가….”

여자가 훗, 하고 웃었다.

“내 기도 덕분이죠. 나는 맥주병 대신 내가 깨지리라 생각했어요.

그런데 정작 그가 깨졌어요."

나는 가만히 수화기를 들고 있었다. 여자는 더듬더듬 말을 이었다.

"가슴에서 격렬한 기포가 올라왔어요. 마치 냉장고에 들어간 것처럼 부푼 거품들이 가슴을 옥죄었죠."

여자는 어쩔 줄 몰라 하며 울었다.

"누군가가 바위로 내 가슴을 꾹 짓누르는 듯해요. 피곤해요. 너무나 피곤해요."

여자는 깨진 맥주병 때문에 마치 자신의 삶이 잘못되었다는 듯한 말투였다. 내내 마음이 불안했던 원인이 무엇인지 여자는 모르는 모양이였다. 과거 나도 그랬다. 나와 아내 사이도 서서히 눈에 보이지 않게 금이 갔다. 그러다 어느 날 폭발하듯 우리 사이는 깨져버렸다. 우리는 유리 조각을 들이대는 것처럼 서로에게 책임을 떠넘겼다. 나는 아내에게 잘못이 있다고 생각했다. 그러나 그녀는 나를 원망하며 집을 나갔다. 나는 전화 속의 여자에게 차갑게 내뱉었다.

"기도처럼 소원이 뜻대로 이루어졌잖아요?"

여자가 느닷없는 소리라는 듯 말했다.

"그럴까요?"

"그런데 왜? 왜 맥주병을 얼음이 어는 냉동실에 넣나요? 무엇 때문에."

나는 수화기 저편의 여자를 다그쳤다.

"그건…."

여자는 아무 대답도 하지 못했다.

"그건 미친 짓이에요. 알아요?

"…."

"다시는 그러지 말아요."

아침이 밝아오고 있었다. 2월의 마지막 주이긴 하나 찬바람이 살을 뚫을 기세로 사정없이 불어왔다. 온몸에 한기가 들었다. 재채기에 콧물이 흘렀다. 한 손으로 어깨를 쓸자 두툼한 잠바에 구멍이 나 있었다.

지하철에서 내려 20여 분 걸어오다보면 오른쪽으로 골목이 나온다. 그 길로 들어서서 다시 15분 정도 걸으면 산동네의 제일 마지막 언덕에 3층 건물이 있었다. '고려 고시원' 203호. 내 방으로 가려면 건물을 돌아올라가는 계단을 이용해야 했다. 요즘 주인은 방세 운운하며 밤 9시경에만 잠시 보일러를 틀어주었다. 이불을 펴고 누우면 책상 뒤 벽에서 냉장고 속처럼 냉기가 나왔다. 콧물이 흘렀다. 휴지를 뜯어 코를 서너 번 풀었다. 방바닥 냉기를 막으려 깔아둔 낡은 담요까지 덮었다. 따뜻한 소금물을 한 컵 마시고 자려고 했는데, 소금 사오는 것을 깜빡 잊은 것이다. 그걸 마시고 '아침에 일어나면 피로가 말끔하게 사라져.' 아내는 자정 너머 피곤한 얼굴로 돌아와 마치 소금이 영양제이기라도 하듯 물컵에 넣었다. 소금물을 내게도 건네주었지만 나는 코웃음을 치며 마시지 않았다. 지금 아내는 어디에서 무엇을 하고 있을까. 아직도 나를 원망하고 있을까.

복도 끝에서 욕실 문을 열자 한 남자가 칸막이 안에서 샤워를 하고 있었다. 물줄기가 쏴, 떨어지는 소리가 들렸다. 나는 세면대 앞에서 양치질을 했다. 고개를 들어 거울을 봤다. 얼굴이 칙칙했다. 전에는 눈썹이 짙고 곧은 콧날에 한 인물하게 생겼다는 칭찬도 들었다. 손으로 성기를 쓸고 팬티를 갈아입었다. 언제 내 몸도 제 역할을 할 수 있을까. 그런 날이 오기나 할까. 나는 휴대폰 번호를 처음으로 여자에게 알려주었다. '상담 시간 외에 전화하셔도 됩니다.' 그렇게 말할 때 조금 설레기도 했다. 여자도 맥주의 기포가 일제히 사라지듯 혼자가 되면 불안이 사라질 줄 알았을 것이다. 나 또한 주어진 상황만 벗어나면 해결될 줄 알았다. 그러나 그런 건 핑계거리에 지나지 않는다. 여자도 그것을 알 필요가 있었다.

다시 방으로 가 이불을 둘러쓰고 누웠다. 책상 아래에 놓인 침대와 벽에 붙은 선반과 옷걸이가 전부인 방. 복도 쪽으로 조그만 창문이 하나 있지만 복도 맞은편 방에는 그런 창문도 없다. 나는 어두침침한 방에서 이 방으로, 한 달 전 이사를 했다. 석 달 동안 쌓인 짐은 꽤 많았다. 옷가지와 가방, 먹거리와 식기, 책과 노트, 플라스틱 선반까지.

나는 젖은 양말과 팬티를 책상 위의 철제봉에 널었다. 방바닥에 이리저리 놓인 수건과 속옷을 비닐봉지에 담고 방구석에 널브러져 있는 것들도 노란 봉지에 집어넣었다. 물휴지로 대충 먼지를 닦고 누웠다. 세탁기는 바깥 베란다에 있으므로 새벽에 가장 먼저 나온 사람이 옷가지를 돌렸다. 옥상에 빨래를 걷으러 가는 것도 번거로웠다. 이른 아침이면 여자들이 속옷 차림으로 옥상에 올라오곤 하는데, 마주치면 서로 곤란하기 때문이다. 나는 되도록 우연으로 생길 일들을 피하는 편이었다. 돈이 일정액 모일 때까지 견뎌야 했다. 이제 나는 나의 사정을 인정했기 때문에 참는 일이 그리 어렵진 않았다.

일한 지 6개월이 지나자 김은 나더러 원룸을 구하라고 했다. 나는 손바닥만 한 사무실이라도 하나 열 때까지는 그러고 싶지 않았다. 눈이 자꾸 감겼다. 자면서 온기를 유지하려고 애쓰지만 추웠다. 어쩌면 내 혈관은 시간이 지나면서 서서히 굳어져 추위에 얼어버릴지도 모른다는 생각이 잠결에 들었다.

나는 비를 맞으며 바닷가 흰 거품 속에 서 있었다. 파도가 세차게 몰려왔다. 맥주거품 같은 물거품이 내 몸에 부딪치자 나는 몸이 구멍 나기 시작했다. 불안했다. 기포들이 내 몸에서 일제히 쏟아져나왔다. 물방울은 아우성치며 내 몸 여기저기로 흘러다녔다. 몸 곳곳이 팼다. 내 가슴에 커다란 구멍이 만져졌다. 온몸에 힘이 빠지고 어지러워 금방이라도 쓰러질 것 같았다. 구멍난 내 육체에 다시 새로운 기포가 만들어졌다. 다리에 힘이 없었다. 정신을 차리기 위해 발을 움직였다. 물속을 달렸지만, 안으로 더 끌려들어갔다. 나는 스펀지 같은 상태로 피를 흘리며 뛰었다. 그러다 서서히 줄어들어 물 위에 한 점 티끌로 떠다녔다. 나는 이제 곧 사라질 것이다. 그러나 아직 살아 있었다. 공기 방울이 물 밖으로 나오자 일제히 터졌다. 아내가 있으면 참 좋겠다고 생각했다. 고개를 돌리며 둘러봐도 어디에도 아내는 보이지 않았다.

한때 보리밥 뷔페 식당은 장사가 잘됐다. 개업한 지 3년이 지나자 손님은 바깥에까지 줄을 서서 기다렸다. 나는 다른 곳에 체인점을 내기 시작하면서 기쁨에 한껏 부풀었다. 그러나 아내는 이미 한물간 식당이라며 반대했다. 웰빙음식도 달라져 월남쌈과 샤브샤브 같은 고기에 야채를 많이 먹을 수 있는 메뉴를 원한다고 했다. 이제 사람들은 음식으로 병을 치료하기도 하는 고급 약식식단에 관심을 두고 있다고 했다. 체인점을 접기에는 이미 투자한 돈이 너무 많았다.

우리 뷔페 가게 도로 건너편에 새 공설운동장이 생겼다. 그 운동장 내에 한식 뷔페가 개업을 했다. 손님이 줄자 우리 식당은 자잘한 것에서부터 구멍이 나기 시작했다. 냉장고에는 오래된 음식 재료가 냄새를 풍겼고 아내와 나는 결제 대금 문제로 매일 수십 통의 전화를 받았다. 나는 어찌할 바를 몰랐다. 늦은 밤 아내는 눈이 충혈되어 허탈한 모습으로 집에 돌아왔다. 그러면서도 다음 날이면 동분서주하며 구멍을 막기에 바빴다.

따닥따닥 지나가는 발걸음 소리가 창으로 들려왔다. 귓가가 윙윙거렸다. 가슴이 뛰었다. 아내는 지금도 어딘가를 돌아다니고 있을까? 트임벨 사무실에 우두커니 서 있는 나를 발견했다. 겨우 서너 평이 될까 말까 한 지하의 좁은 공간은 답답하기 그지없었다. 문 옆으로 복사기 하나와 정수기, 소형 냉장고가 있고 그 위에 커피를 타서 마실 수 있는 컵과 티스푼이 있었다. 그 앞으로 십 자로 연결된 네 개의 책상 위에는 구멍이 뚫린 아크릴 유리가 서로를 막고 있었다. 처음 의자에 앉았을 때 독서실에 있는 느낌이 들었지만, 시간이 지날수록 익숙해졌다. 아크릴 유리는 옆 사람과 외따로 떨어진 기분이 들게 했다. 나는 책상에 앉아 전화로 상담한 손님의 명단과 입금 내역을 작성하고는 맥주병 운운한 여자의 번호를 봤다. 이상하게 붙은 습관에 나도 외로운가보다 생각하며 휴대폰을 덮었다.

조금 전 김과 박이 퇴근 안 하냐며 아크릴 유리를 두들겼다. 같이 퇴근하여 술이라도 한잔하자는 말이었다. 나는 엄지를 치켜들며 뒤쪽 문을 가리켰다. 새벽 4시 30분이었다. 박이 김을 따르며 내게 인사를 했다.

술집에 오자 맥주 대여섯 병은 벌써 동이 나 있었다. 김이 열을 올렸다. 술집 종업원이 들어와 맥주를 더 내놓았다. 냉장고에서 갓 나온 맥주병은 물방울을 흘렸다. 나는 매끄러운 유리를 손가락으로 훑어보았다.

삼십대 초반의 박이 내 어깨를 쳤다. 그는 평소 자신의 얘기를 전혀 하지 않았다. 김이 내게 어울리길 권했으나 나는 아랫배를 만지며 손사래를 쳤다. 그는 소장이긴 하지만 자기 입장이 있었다. 그는 내일 줄 월급을 두세 번으로 나눠서 줄 수밖에 없는 사정을 말할 것이다. 임대료와 사무실 집기 할부금이며 그 유지비에 대한 내용을 늘어놓을 게 뻔했다. 우리는 그가 늘어놓는 말에 대꾸도 못하고 술자리는 끝나리라. 동료들에게 계속 끌려다니자니 가슴이 터지고 직장을 그만두자니 갈 곳이 없어 막막했다. 밥은 먹고 다니는 거야, 잠을 못 자는데도 얼굴은 좋네, 라며 김은 나름대로 직원들을 걱정해주기도 했다. 그가 내 어깨를 눌러 앉히며 아래로 손을 뻗어왔다.

나는 배를 쥐고 화장실에 가야겠다며 일어섰다. 그들보다 두어 살 나이 많은 내가 술값을 계산하는 것이 마땅하지만 돈 몇 푼을 두고 얼마를 보태야 할지 망설이는 걸 몇 번이나 경험했다. 나는 눈을 딱 감고 술집을 빠져나왔다.

지하도를 건너 계단을 올라오는데 빗방울이 떨어졌다. 손으로 이마를 가리고 을지로 변을 걷다가 포장마차가 비닐천을 접으며 파하는 것을 보고 고시원 골목으로 들어섰다. 김과 박은 술집에서 일어나면 어디 모텔에라도 들어가 퍼질 것이 분명했다. 그들의 말은 늘 성적인 내용으로 일관되어 있었다. 나는 상담할 때 손님이 야한 말을 건네오면 반응을 안 할 수도 없고 해서 그냥 멋쩍게 얼버무리다 그들의 내면의 상처에 귀를 기울였다. 이것 또한 트임벨에 손님이 끊어지지 않게 하는 나름의 방법이었다. 나도 처음에는 김과 박처럼 모텔을 드나들기도 했다. 아내가 떠나자 밤에 잠을 이루지 못했다. 시간이 지날수록 고아가 된 듯 허전했다. 혼자 뻣뻣해져 밤새 방황하는 몸에 사탕을 물리듯 나는 여자를 찾았다. 행위의 끝은 몹시 허탈했다. 아내를 잊을 수만 있다면 무엇이든 하려 했다. 마약주사라도 맞고 싶었지만 그건 돈이 너무 많이 들었다. 갈증의 끝은 더 깊은 갈증을 몰고 왔다. 나는 아내를 찾기로 했다. 그녀가 어디에 있든 살아만 있다면 만나서 용서를 빌 작정이었다.

집 나간 아내를 찾기 위해 나는 대전에서 광주로 인천으로 원주로 떠돌았다. 돈이 궁해져 여인숙에서 몇 달을 버티기도 했다. 일주일이든 한 달이든 아내의 다음 행선지가 어디인지 소식이 들려올 때까지 한 곳에서 죽치고 있었다. 나중에는 돈이 떨어져 여러 날 밥을 굶기도 했다.

대학 때 한동안 청소년상담 자원봉사를 하던 김을 만났다. 나는 아버지와 새엄마 사이에서 학교를 그만둘까 고민하다 한때 김과 상담 공부를 했다. 나는 두 해 늦게 대학에 입학하였으므로 김은 나를 형이라 불렀다. 작년 여름, 내가 서울역에서 무료급식을 받기 위해 노숙자들 틈에 끼여 있을 때였다. 김을 만난 나는 소리를 지르며 그를 얼싸안았다. 김은 식당과 내가 전혀 어울리지 않는다고 했다. 그는 트임벨 사무실을 열 계획으로 들떠 있었다. 나는 트임벨에 첫 출근을 하며 헤어진 아내가 돌아와 나와 화해하게 될지도 모른다는 한 가닥 희망을 가졌다. 상담 일을 하며 상처받은 나를 스스로 위로해주고도 싶었다.

오후 3시. 토요일이었다. 목이 제법 부어 있었다. 나는 기침을 하며 부엌으로 갔다. 아무래도 병원에 가서 감기 처방을 받아야겠다고 생각했다. 전기밥솥을 열었다. 밥이 없었다. 누런 밥 냄새만 감돌았다. 밥통에 붙은 밥알을 모으자 겨우 한 숟갈 정도였다. 연속적으로 기침이 났다. 방으로 부리나케 돌아와 휴지에 코를 풀었다. 비닐봉지에 휴지를 넣으며 이게 원래 더러웠던 것이었나, 생각해봤다. 휴지도 누런 콧물도 처음엔 그렇지 않았다.

'더러운 것.'

혼자 분을 삭이던 내 입에서 그런 말이 나왔다. 파김치가 되어 현관문을 여는 아내에게 결국 더럽다는 말이 나오고야 말았다. 아내가 입술을 파르르 떨며 나를 노려보았다.

"당신 지금 무슨 소릴 하는 거야. 어떻게 내게 그런 말을…."

아내는 나를 죽일 듯이 노려보았다. 나는 밤새 방문을 노려보며 아내를 기다렸다. 그녀에게 무엇을 기대하고 있었던 것일까. 과연 내가 기다린 것은 아내가 맞기나 한 걸까.

그때 아내의 웃음소리를 들었다. 정신이 번쩍 들었다.

"어떻게든 일을 성사시키라고 보냈던 거 아니었어?"

"…."

"노래주점에 한번 가준 것뿐이었어. 그러라고 나를 보냈던 거 아니었나. 내가 밤새 얼마나 수치와 모욕을 당했는지 당신은 상상도 못할 거야."

아내는 정신나간 사람처럼 비웃음을 띤 얼굴로 소릴 질렀다.

"뭐 날 보내놓고 뭐 더러운 것?"

피가 머리로 치솟았다. 채권자인 K 사장이 노래주점에서 기다리겠다고 연락이 왔었다. 나는 마음이 복잡했다. 가게 하나라도 건져야 한다는 것도 모르지는 않았다. 채무자이긴 하지만 같이 사업을 하다보면 그럴 수도 있는 것 아니냐며 K 사장에게 협박도 사정도 해보고 싶었다. 우리의 상태가 얼마나 심각한지 알면서도 그들에게 당했다는 억울한 마음 때문에 감정이 몹시 상해 있었다. 아내를 나 대신 나가라고 등을 떠민 것은 아니었다. 나는 결코 그러지 않았다. 그만 간다며 걸려온 K 사장의 전화를 아내가 받았다. 나는 전화를 끊으라고 했지만 아내가 나 대신 나가리라는 것, 나갈 수밖에 없는 상황이라는 것을 알고 있었다. 변명하자면 나는 아내를 업무 파트너로 잠시 생각했을지도 모른다. 그러나 아내의 입에서 '나를 보내놓고'라는 말이 나왔을 때, 그 말이 날카로운 날이 되어 내 얼굴을 향해 다가왔다.

아내는 내게 지지리도 못난 놈임을 인정하라는 말이었다. 세상 사람들 모두가 아내의 편으로 여겨졌다. 그들이 모두 나를 몰아세우는 것 같았다.

나는 아내를 용서할 수 없었다. 방을 장식하던 물건들이 방바닥으로 벽으로 하나하나 날아가 부서졌다. 아내가 흐느껴 울었다. 우리가 쌓아온 믿음들이 깨지고 있었다. 그것이 더 아팠다. 자신을 정당화시키기 위해 나를 모욕한 아내를 용서할 수 없었다. 나를 정당화시키기 위해 아내를 모욕한 나를 결코 이해할 수 없었다. 갈비뼈가 으스러지기라도 한 듯 나는 가슴을 움켜쥐었다. 못난 나를 견딜 수 없었다. 일을 이렇게 만들어버린 세상을, 받아들일 수 없었다. 방안은 금세 난장판이 되었다.

그 후 일주일 동안 아내는 누워 있었다. 그녀가 방 안에 누워 있는 동안 보리밥 뷔페 체인점은 더 채권단에게 협박을 당하지 않았다. 가게는 하나하나 처분되었다. 채무도 해결되었다. 나는 아내와 다시 일을 시작할 수 있으리라 기대했다.

'날 찾지 마. 어떤 이유에서든…. 당신은 내게 지워버리고 싶은 과거니까.'

나는 아내가 남긴 메모 쪽지를 구겨 호주머니에 넣었다. 아내는 아침까지 집에 있었으니 두어 시간 동안 멀리 가진 못했을 것이다. 나는 옷을 주워 입고 가까운 고속터미널과 기차역을 둘러보았다. 그녀는 어디에도 보이지 않았다. M 시외버스터미널로 달려갔다. 아내는 목포행 매표소 근처 의자에 허탈하게 앉아 있었다. 내가 가까이 다가

가는 것도 모르고 멍하니 더러운 바닥에 눈을 주었다. 나는 아내에게 살그머니 다가가 가방을 빼앗았다. 아내는 길길이 날뛰었다. 우리가 서로를 때리고 밀치며 몸싸움을 벌이는 사이 사람들이 몰려들었다. 아내는 뜻대로 되지 않자 휴지통 근처에 있던 소주병을 주워들었다. 병으로 내 머리를 친 아내는 사람들이 말리는 틈을 타 달아났다. 아내의 가방은 내가 가지고 있었지만, 지갑은 들어 있지 않았다. 그녀는 돌아오지 않았다. 나는 밤 12시가 넘고 새벽이 될 때까지 터미널 의자에 앉아 바닥만 내려다보고 있었다.

전기밥솥의 스위치를 빼고, 식탁의 빈 그릇과 흰 접시를 한참 쳐다봤다. 접시에 음식을 담을 때면 처음 아내와 뷔페식당을 차릴 때가 생각났다. '먹어봐. 어때?' 아내는 부추잡채를 만들어서 내 앞에 내놓았다. 커다란 눈이 답을 기다렸다. 나는 천천히 음식을 씹으며 고개를 갸웃했다. '어때, 맛있어?' 아내가 다시 나를 보았다. '양념이 진해서 맛깔스럽지 못해.' 나는 매번 트집을 잡았다. 짜다거나 맛이 없다거나. 음식을 맛을 본 후면 따분한 얼굴로 말했다. '맛의 추억을 빼고 나면 인생에서 남는 게 뭐 있나? 매콤한 맛, 달짝지근한 맛, 새콤하고 짭짜름한 맛 말이야.' 아내는 인내심을 갖고 하얀 접시 위에 새로운 음식을 만들어 왔다. '오늘은 어때?' 아내의 커다란 검은 눈 속에 믿음과 기대가 나타났다 사라졌다. 어딘가에서 나를 생각하고 있을 아내. 아니 결코 아내가 나를 원하지 않는다면…. 그런 생각을 하자 가슴 한쪽이 저릿했다. 이제는 아내가 잠시라도 편하게 웃을 수 있는 시간이 주어지길 바라야 하리라. 그렇게 생각하자 마음이 한결 가벼워졌다.

오늘은 한 시간 일찍 저녁 5시에 출근했다. 열 십 자로 반듯한 네 개의 책상은 조용했다. 나는 컵라면을 뜯어 뜨거운 물을 부었다. 김의 책상에는 상담자의 예약시간과 번호가 적혀 있었다. 다리를 책상 위에 올려 내담자의 말을 경청하던 자리에 묻은 흙이 보였다. 박의 책상은 말끔했다. 아크릴로 된 서류꽂이에 인쇄된 유인물 두어 장과 물휴지가 있을 뿐이었다. 나는 물휴지를 뽑아 김의 책상을 닦았다. 항상 누군가의 아래에서 그가 지시하는 일만 할 수는 없지 않은가. 어깨가 으스스 시리고 참을 수 없이 기침이 났다. 나무젓가락을 쥔 채 떨며 컵라면을 먹었다. 따끈한 국물을 훌훌 마시자 땀이 났다. 가끔 이런 시간이 행복했다. 오늘은 토요일이라 손님이 가장 적은 날이기도 했다. 밤새 영화나 음악도 마음에 들어오지 않는 사람들. 사람의 목소리가 그리운 사람들은 트임벨에 전화를 건다. 자기의 존재를 확인하고 싶은 사람들이기도 했다. 그들은 똑같은 얘기를 했다. 파트너 때문에 속상해요. 생각할수록 답답해요. 죽고 싶을 만큼 우울해요. 하지만 그들은 자신의 주관적인 감정에서 벗어날 줄을 몰랐다. 나는 '예. 그러셨군요. 참으로 속상하시겠습니다'라며 마음을 다독여주었다. 그러면 손님은 자신의 파트너를 나쁜 사람으로 각인해버리는 경우가 많았다. 상담자가 어느 순간부터 손님에게 상처를 준 사람의 입장을 얘기해주면 손님은 저항하기 시작한다. '그렇지 않아요. 그는 정말 나쁜 사람이에요'라며 강하게 거부했다. 그러다 상담을 끊는 경우가 대부분이었다. 그래서 문제의 답은 지금, 즉 현재의 모습인 것이다. 내가 전화를 몇 통 받는 사이 김과 박은 언제 왔는지 다리를 책상 위에 올려 고개를 옆으로 기울인 채 손님의 말을 경청하고 있었다.

마스크를 쓰자 기침이 더 심했다. 여자에게서는 전화가 올 리 없는데도 나는 습관적으로 휴대폰을 봤다. 기도로 맥주병이 깨지지 않기를 염원하는 것처럼 나의 온기로 추위를 이겨내야 한다고 생각하던 여자. 그녀는 이미 깨진 자신의 무언가를 처음으로 되돌리고 싶어했다. '저녁 드셨나요?' 여자가 물어온다면, 은색 쌀이 새로 나왔다는 것 모르죠? 오늘은 그 은색 쌀밥을 먹었소. 뜸이 들 때의 밥 냄새가 나를 따라다니고 있어요, 라고 대답해줄 것이다. 그러나 여자는 오늘도 전화도 문자도 없었다. 한기가 들었다. 기침이 심해 도저히 전화 상담을 할 수가 없었다. 나는 새벽 2시에 박에게 상담 체크리스트를 보여주며 나머지 일을 부탁했다. 트임벨 문을 나서며 박과 김을 쳐다보았다. 윙크하며 손을 흔들자 그들은 어서 가라는 손짓을 했다.

조금 전 몇 숟갈의 밥과 함께 컵라면으로 속을 다독였다. 나는 눈을 붙이려 누웠지만 잠이 오지 않았다. 몸이 불덩이 같았다. 일어나 웃옷을 벗고 찬 수건을 목덜미와 이마에 연거푸 댔다. 해열제를 찾아 방 구석구석을 뒤지다 잠을 청했다. 식은땀이 흐르고 한기가 몰려왔다. 추위에 얼어죽은 사람은 얼마나 될까. 혼자 유서도 남기지 못하고 입마저 물고기처럼 얼어붙어버린 사람. 내가 유서를 남긴다면 무슨 말을 쓸까. 친척들과 연락을 끊은 지도 오래였다. 오들오들 떨다 TV를 켰다. 잘 있어. 외국영화 속의 남자가 가방을 들고 어디론가 떠나려 했다. 차를 기다리던 긴머리의 그녀가 남자에게 다가가 팔짱을 꼈다. 그녀의 어깨와 눈동자가 떨고 있었다.

휴대폰을 들었다. 여자는 지금 무엇을 하고 있을까. 전화를 걸어 봤지만, 휴대폰은 여전히 꺼져 있었다. 여자가 집을 나갔거나 분에 못 이겨 맥주병 조각으로 그를 찌르기라도 했을까. 나는 천장을 한참 바다보다 TV 채널을 돌렸다. 남녀가 알몸으로 뒤엉켜 있었다. 꺼버렸다. 전에 여자와 통화할 때 저녁은 먹었느냐고 내가 물었다. 그건 왜 물어요, 라고 퉁명스럽게 대답하던 여자의 어감이 좋았다. 그때의 기분을 다시 느끼고 싶었다. 책상 위의 조그만 햄을 까서 먹은 후 휴대폰에 문자를 적었다.

'나의 기대는 언제나 무너지지만 두 손을 모아 정성을 다해 기도하지요. 안으로, 안으로. 금이 가지 않도록. 이미 깨져버린 맥주병 조각을 다시 붙여야만 한다는 생각으로요. 그걸 붙이는 것은 어쩌면 가능할지도 몰라요.' 이번에는 문자를 여자가 보내듯 내게로 전송했다.

혹 그 사이에 여자에게서 전화가 오지 않았나 휴대폰을 다시 들여다봤다. 전송 버튼을 터치한 후 문자를 다시 읽으며 잠이 들었다. 여자는 하얀 종이에 유리 조각을 모자이크처럼 하나하나 붙이고 있었다. 유리 조각을 붙이는 손가락은 피투성이었다. 그림 위로 붉은 피가 한 방울씩 떨어졌다. 그러지 말아요. 손가락이 다 망가져요. 여자에게 말했지만 나의 말은 전달되지 않았다. 여자를 비웃듯 날카로운 조각들은 그녀의 살갗을 파고들며 그림을 방해했다. 그녀는 피를 흘리면서도 집요하게 그림을 완성해나갔다. 마음이 저렸다. 나는 자다 일어나 술을 마셨고 다시 잠이 들었다.

수요일이었다. 3월로 향하고 있지만, 아직 추운 날씨였다. 속이 쓰렸다. 위염에는 죽염을 먹으면 치료가 된다는 김의 조언을 듣기로 했다. 양치용이지만 따뜻한 물에 타서 마셨다. 꿈속의 그림이 손에 잡힐 듯 선명하게 떠올랐다. 어쩐지 유리 조각으로 모자이크를 완성하는 모습은 전화 속의 여자가 아니라 아내인 듯했다. 아내는 나와 살아오는 동안 몇 번이나 유리 조각을 붙이듯 아픔을 참으며 가정을 껴안아왔던 것이다.

세면대 아래로 물이 흥건히 고여 있었다. 굵은 철사를 찾아 세면대 아래 U자 관을 분리하여 철사로 안을 후벼냈다. 안에서 온갖 머리카락과 찌꺼기들이 나왔다. 냄새가 고약했다. 타일 바닥의 하수구 구멍에 모인 찌꺼기까지 걷어내 변기통에 버렸다. 세면대에 물을 붓자 거짓말처럼 기포 소리를 내며 막힌 하수구가 시원하게 뚫렸다. 나는 고인 물이 사라진 구멍을 한참 내려다봤다.

화장실 창문에 아무렇게나 접힌 신문지가 보였다. 나는 무심코 신문지를 집어 훑어보았다. '물의 분자형태'라는 헤드라인이 눈에 들어왔다. 0도에서 물이 얼 때 얼음의 분자 간격을 줄이는 새로운 모양의 얼음을 여러 사람이 연구 중이라는 기사였다. 눈이 번쩍 뜨였다. 새로운 형태의 얼음. 오각형으로 만들어진 얼음이라고 했다. 나는 분자의 간격을 인위적으로 좁힌 얼음을 생각했다. 그러자 믿음은 전혀 다른 형태의 얼음을 만들어낸다는 강렬한 느낌이 고개를 들었다. 깨진다는 것도 굳건한 믿음이 만들어낸 창조의 한 형태인 것이다.

인간관계에서는 서로의 믿음에 의해 관계가 유지된다. 마이너스 0도의 냉동실에서도 결코 깨지지 않는 맥주병처럼 어떤 상황에서도 서로 흐트러지지 않는 인간관계를 나는 원했다. 여자가 원하는 것도 바로 그런 것이라는 확신이 들었다. 그래서 여자는 기도 같은 말로 새벽마다 내게 전화를 걸었던 것이 아닐까. 그렇게 생각하자 그녀가 건넨 끈을 결코 놓지 말아야 한다는 강렬한 욕구가 솟구쳤다. 나는 아까 냉동실에 넣어둔 맥주병이 떠올랐다. 한나절이면 이미 깨졌을 것이다. 키를 돌려 방문을 잠그고 아래층으로 내려왔다.

샤워기를 틀어 붉은 고무욕조에 뜨듯한 물을 받았다. 이곳은 16명이 사용하는 공간이었다. 수도꼭지를 돌리자 공기와 함께 물이 쏟아져 나왔다. 열에 들뜬 몸을 참으며 오늘은 기필코 샤워하기 위해 2시간을 기다린 것이다. 나는 욕조에 맥주를 들이부었다. 기포가 빠져나가자 맥주의 특이한 냄새가 신선하게 느껴졌다. 편의점에서 사온 맥주 캔을 두 개 더 부었다. 냄새가 향긋했다. 옷을 벗고 고무욕조 속에 들어가 앉아 두 다리를 펴고 눈을 감았다. 기분이 좋았다. 나는 태아가 되어 양수 속에 유유히 떠 있는 것만 같았다. 습기가 코로 가슴으로 다가왔다. 몸을 씻고 나오자 개운했다.

잠이 들기 전이 제일 두려웠다. 혼자 잠들어야 한다는 것. 그것이 나를 힘들게 했다. 몸은 피곤한데 정신은 말짱했다. 눈을 떴다. 고시원, 방 안이었다. 아무렇게나 벗은 옷이 방바닥에 뒹굴고 있었다. 시계는 정오를 지났다. 휴대폰에는 여자의 번호가 찍혀 있었다. 나는 전화를 걸어볼까하다 그만두었다. 다시 눈을 감았다. 문자 오는 소리가 났다. 무심코 휴대폰을 열었다.

"저는 미얀마에 있어요. 어린 비구니들을 봅니다. 여기에서는 어렸을 때 누구나 한 번씩 성인식을 한다는군요. 탁발하고 스님이 되어 생활해본답니다. 분홍색 가사를 걸친 아이들이 너무 귀여워요. 이곳의 아이들은 어렸을 때부터 마음을 바라보는 연습을 해요."

나는 아내가 문자를 보낸 거라고 생각했다. 그녀가 어렸을 때 가보았다던 절을 떠올려보았으나 아무런 기억도 나지 않았다. 다만 아내가 편안한 마음으로 TV에서 보던 사원을 돌며 다니는 모습이 연상되었다. 어쩌면 아내는 여행 중 잠시 내게 전화를 걸어보았을 수도 있었다. 먼 과거… 잊어버리고 싶다던 그때로 아내는 돌아가고 싶었던 건지도….

몸을 돌려 눕자 창이 희끄무레했다. 얼핏 빗소리가 들리는 것 같았는데 나는 파도 치는 바닷가에 서 있었다. 그곳에서 아내를 보았다. 그녀는 물 위로 솟아올랐다 다시 물속으로 내려갔다. 이제 그녀는 물고기가 되어 물속을 헤엄쳐 다녔다. 아내의 손과 발은 상처투성이로 피에 물들어 있었다. 나는 아내에게 다가갔다. 그런데 그녀가 나를 보며 환하게 웃었다. '많이 힘들었지? 미안해. 그 동안 나 때문에 고생 많았어.' 손을 뻗자 웃고 있던 아내가 허물거리며 사라졌고 손바닥에는 바닷물만 흘러내렸다. 돌아보니 해변이었다. 얼굴 위로 햇볕이 쏟아졌다. 뜨거웠다. 피부가 달아오르고 기운이 빠졌다. 몸의 수분이 모두 빠져나가는 것 같았다. 그때 거센 파도가 순식간에 몰려왔다. 등에 파도가 부딪치자 등뼈가 휘어지며 내 몸이 두 개로 갈라졌다. 집채만 한 파도는 계속 몰려와 나를 때렸다. 나는 여러 개로 분리되어 물고기들과 함께 헤엄쳐 다녔다. 자세히 보니 그 가운데 여자가 보였다. 내가 여자 주위로 다가가자 여자가 나를 보고 미소 지었다. 내 주위에 있던 물고기들이 꼬리를 흔들며 살랑거렸다. 나는 그들 속에서 강해져 세상 사람들을 깜짝 놀라게 해주고 싶었다. 해변 쪽으로 헤엄쳐갔다. 가는 동안 살펴보니 물속을 유유히 헤엄쳐 다니던 사람은 아내가 아니라 나였다. 여자도 다시 보니 내 얼굴이었다. 내 몸속의 기포들이 빠지기 시작했다. 내가 알던 사람들인, 여러 얼굴의 물고기들이 내게 와 붙었다. 나는 더 단단해지며 하나로 이어졌다. 파도에 휩쓸릴 때마다 물속의 소금을 흡수하며 점점 커졌다. 크고 웅장한 파도를 만나자 나는 하늘에 닿을 만큼 거대한 소금기둥이 되어 솟아올랐다. 기분이 매우 좋았다. 나는 만족스럽게 웃었다.

오랜만에 푹 잠을 잤다. 나는 벌떡 일어나 화장실로 가서 맥주 거품이 일제히 올라오듯 시원하게 오줌을 누었다.

이미 오후 3시였다. 문자를 보았다. 번호는 아내의 번호가 아니라 여자의 번호였다. 냉장고 문을 열었다. 맥주병은 매끄러운 얼굴로 태연하게 누워 있었다. 감동이 일었다. 맥주병을 들고 살펴보았다. 동전만한 뚜껑이 약간 꺾여 있었다. 아마 내가 맥주를 한 모금 마신 후 병뚜껑을 닫고 조심스럽게 눕혀놓았던 모양이었다. 그림처럼 내 마음 깊은 곳에 머물다간 아내와 나를 스쳐간 여러 가지 일들. 냉장고 바닥에는 눈물 같은 누런 액체가 얼어 있었다. 나는 신문에서 보았던, 낮은 온도에서도 팽창하지 않을 새로운 물 분자의 형태를 생각해보았다. 나도 모르게 습관적으로 하게 되는 행동들. 이런 나를 제어하고 변화시킬 강한 모습의 나를 상상했다. 맥주병이 일어서듯 우뚝 선 내가 걸어가는 모습도 그렸다. 냉동실처럼 차가운 곳에서도 온기를 잃지 않기 위해 안간힘을 쓴다던 여자. 나는 행주로 냉동실 바닥을 닦으며 여자의 번호를 외워보았다.

그녀는 오늘 오후에 서울에 도착한다고 했다. 바로 오늘이었다. 여자를 만나면 나는 무슨 말부터 꺼내야 할까. 가슴이 두근거렸다.

내 마음의 렌즈

서울역 게시판에 출발시간과 도착역이 적힌 글귀가 깜빡였다. 17시, 부산. 2분 전이었다. 부산행 화살표가 6번 출구를 가리켰다. 정거장 아래로 긴 레일에 오른 고속열차가 눈에 들어왔다. 나는 종종걸음으로 계단을 뛰어내려갔다. 마치 공중의 우주도시에서 지상으로 내려가는 기분이었다. 붉은 숫자가 종착역 부산이라는 글자와 함께 계단을 따라 내려왔다.

KTX에 오르는 순간, 등 뒤에서 문 닫히는 소리가 들렸다. 쾅! 철문이 닫히는 걸 눈으로 확인하고 나서야 열차에 탔다는 사실을 실감했다. 나는 안도의 숨을 몰아쉬었다. 손수건을 꺼내 얼굴과 목 언저리의 땀을 닦았다.

삼십 분 전 나는 서울 본사 투자고객 관리사들의 단합모임에서 서둘러 일어섰다. 급하게 회의실을 빠져나오는데 팀장이 나를 붙잡았다. 제가 중요한 일이 좀 있어서요, 라며 다급하게 말했으나 그는 막무가내로 내 팔을 놓지 않았다.

제임스 김은 비밀스럽게 말했었다.

"특히 이번 만남을 팀장과 상무에게는 말하지 않는 게 낫겠소. 실없는 사람 되고 싶지 않아서 그래요. 내 방 실장에게 긴히 의논할 얘기가 있어서…."

나는 제임스 김과의 비밀스런 만남에 대해 핑계를 대야 했지만 둘러댈 말이 떠오르지 않았다. 팀장은 다짜고짜 나를 본사 직원들의 단합대회장으로 안내했다. 시계를 보았다. 고속열차가 출발하기 삼십 분 전이었다. 팀장은 아바타의 화장에 관한 한 알아주는 실력자라며 나를 치켜세웠다. 특히 캐릭터 포비치의 감정을 코믹하게 잘 그려내므로 인기가 많다고 말했다. 고개를 숙이고 살짝 나가려는데 팀장이 내 팔을 잡으며 자기 소개를 하라고 재촉했다. 나는 태연한 척 미소 지었지만 참을 수 없을 만큼 조바심이 일었다. 나는 멈칫거리며 일어섰다.

“이름난 SNS 기업 투자회사에서 일하게 되어 기쁩니다. 방수현입니다. 열심히 일하겠습니다.”

나를 바라보는 직원들의 얼굴에 복잡미묘한 표정이 엿보였다. 아바타의 비아냥거리는 모습이 떠올랐다. 그들 속에 있는 것이 답답했다. 큰 회사에서 인정받으며 일하고 싶은 소망이 솟구쳤다.

내 앞으로 무언가가 빠르게 달려가는 소리가 나는 것 같았다. 미칠 것 같았다. 나는 안간힘을 다해 다리에 힘을 주었다.

“저기 KTX를 타야 해서요.”

나는 벌떡 일어나 부리나케 밖으로 나왔다. 기분이 통쾌했다. 어둡고 답답한 감옥을 빠져나온 기분이었다.

표를 들고 두리번거리며 자리를 찾았다. 내 좌석에 한 청년이 X 표시가 그려진 검은 마스크를 쓰고 앉아 있었다. 그 앞에 서서 그를 째

려보았지만, 휴대폰을 들여다보느라 녀석은 나를 전혀 눈치를 채지 못했다.

"저기요…."

검은 마스크에게 말을 건넸지만, 그는 손바닥 크기의 화면에 눈을 박고 있었다. 나는 싱거워졌다. 녀석의 화면을 바라봤다. 영화 속에서 풀숲에 숨은 사자가 기분 좋게 잠을 자는 치타를 노리고 있었다. 사자가 한발 다가서면 치타는 눈을 뜨고 파리를 쫓았다. 사자가 발톱이 가려운 듯 바닥을 살살 긁더니 입을 벌려 날카로운 어금니를 드러냈다.

머리카락이 희끗희끗한 키 작은 승무원이 출입문을 나가며 허리 굽혀 절했다. 나는 그에게 다가가 승차권을 보이고는 검은 마스크가 앉은 자리를 가리켰다. 승무원이 청년에게 좌석표를 보자고 말했다. 청년은 승무원과 나를 일별한 후 마스크를 여미더니 다시 영화를 봤다.

승무원이 검은 마스크에게 내 승차권을 보였다. 그는 짜증스러운 얼굴로 동영상을 닫고 온라인 승차권을 띄운 화면을 승무원에게 내밀었다. 승무원이 검은 마스크의 승차권과 내 것을 번갈아 쳐다보았다.

"십 분 일찍 타셨군요. 이 열차는 17시 10분 출발 부산행 열찹니다."

승무원이 안타깝다는 듯이 내 얼굴에 대고 말했다. 나는 승차권에 적힌 시간을 확인했다. 17시 10분, 서울 출발. 도착지는 밀양으로 찍혀 있었다. 나는 눈을 비비고 다시 보았지만 틀림없었다. 예리한 모서리에 머리를 부딪치기라도 한 듯 멍해졌다. 게다가 승무원은 이 고속열차는 밀양에 정차하지 않는다고 알려주었다. 그렇다면 어쩔 수 없이 이 열차를 타고 부산역까지 가야 한단 말인가. 어이가 없었다. 의자에 앉은 사람들은 멍한 얼굴로 나와 승무원을 바라봤다. 나를 바라보는 표정 없는 얼굴들이 낯익었다. 자신들은 뒤로 빠지면서 뭔가를 보여달라는 뻔뻔한 얼굴들, 상무의 얼굴, 팀장의 얼굴이었다.

상무는 제임스 김이 이번 건을 계기로 더 많은 돈을 신탁할 것이라고 했다.

"이유가 뭘까요? 우리 회사에 투자하려는 특별한 이유 말예요. 큰 득이 있어야 투자를 제대로 하는 게 아닐까 싶어서요."

상무는 비밀을 알려주기라도 하듯 목소리를 낮췄다.

"그래서 내가 정보를 제대로 파서 알아봤는데…. 제임스 김은 우리나라 게임업체의 숨은 대주주지. 그는 미래의 최고 유망주라고 할 수 있어."

나는 고개를 끄덕였다.

"제임스 김을 잡아야 돼. SNS도 머지않아 줄어들 테고 앞으로는 가상의 공간에서 서로 만나 온라인 게임도 하고, 쇼핑도 하며 문화생활을 즐기는 거지. 우리 회사가 유망 미래업종으로 진출할 좋은 기회라고 봐."

상무는 제임스의 주변 상황에 대해 넌지시 알려주었다. 정확하게 그걸 지시라고 할 수는 없었지만 넓게 보면 업무의 영역과 관련된 일이기도 했다. 제임스의 생모는 노량진시장에서 큰 횟집을 경영하고 있다고 말했다. 그 사람에 대한 얘기를 듣자 그의 어두운 표정이 떠올랐다.

어제 오후에 제임스의 전화를 받았을 때는 뭔가 잘못을 하다 들키기라도 한 듯 가슴이 떨렸다. 그는 밀양에 볼일이 있다고 했다. 그와 관련이 있는지 모르겠지만, 옴니버스 게임업체 신축 현장이라는 현수막을 본 적이 있긴 했다. 나는 한때 밀양에서 잠시 머물렀고 지금도 밀양지사에 들락거리고 있었으므로 그곳이 고향이라고 말해버렸다. 밀양에는 무엇이 있을까. 강이 흐르고 있다는 것 외에 특산물과 관광지에 대해 생각해보았지만, 떠오르지 않았다. 나는 내일 일을 마치고 그곳 사무실에 들를지도 모른다고 말해버렸다.

"투자에 대해 구체적인 얘기를 나누고 싶소."

내가 밀양사무실로 간다고 하자 제임스는 중후한 톤으로 말했다. 그는 내일 외국으로 잠시 출국할 예정이니 그 전에 시간이 난다면서 저녁 여덟 시 삼십 분에 '내 마음의 렌즈' 카페에서 만나자고 했다. 그는 단순히 투자에 대해서만 대화를 나누고 싶어하는 것은 아닌 듯했다. 뜸을 들이던 제임스가 내일 꼭 만나고 싶소, 라고 단호하게 말했을 때 약간의 긴장감이 느껴졌다.

나는 그가 말하는 조건을 맞춰주는 방법만이 제임스의 투자유치를 확실하게 보장받는 길이라고 생각했다. 제임스가 어떻게 밀양까지 가는지도 궁금했다. 그가 타고 다니는 테슬라의 주행속도는 시속 이백 킬로미터에서 사백 킬로미터까지 달릴 수 있었다. 그러나 제한속도를 지켜야 하는 도로에서 최고속도로 달릴 수는 없는 것이다. 그가 어떤 교통수단으로 가는지 궁금했지만 이미 전화가 끊겨버린 뒤였다. 제임스 김이 테슬라를 타고 갔다면 그는 이미 출발을 했을 가능성이 높았다.

나는 고속열차보다 더 빨리 밀양에 당도할 방법이 있는지 가늠해봤다. 부산역에서 김해공항으로, 김해에서 다시 밀양으로 오는 경로…. 어느 것을 타더라도 걸리는 시간은 큰 차이가 없을 것 같았다.

기차가 밀양역에 서지 않는다면 부산역에 내려 어떻게 가야 할지 막막했다. 지갑에 든 현금은 얼마 되지 않았다. 카드도 묶여 있었다. 제임스는 휴대폰을 들고 다니지 않으므로 전화가 오기 전에는 연락할 방법이 없었다. 답답하고 난감했다.

내 돈은 이미 주식을 사느라 남은 게 없었다. 한때 잘나갔던 주식은 끝도 없이 하향곡선을 그렸다. 더 이상 그것을 팔 수 없을 만큼 내려갔으므로 회사가 망할 경우 주식이 폐기처분될 것이 염려되었다. 나는 눈물을 머금으며 칠천만 원 정도의 주식을 원래 샀던 가격의 삼분의 일 가격에 팔았다. 속이 쓰렸다. 나머지는 이미 바닥을 쳤다. 눈을 뜨면 코스닥 지수가 얼마나 떨어졌는지에만 관심이 집중되었다. 내가 산 주식은 신규업종의 상장주식이었으므로 처음에는 제법 올랐다. 내게도 앞날이 열리리라는 기쁨도 잠시 갑자기 주식의 곡선이 꺾여버린 것이다.

"상장주식은 오르면 두 달 안에 무조건 팔아야 해. 세계 경제를 봐. 이렇게 불경기가 이어지는데 잘 되는 회사가 몇이나 되겠어."

새 회사는 탄탄한 회사라는 이미지를 주기 위해 처음에는 의도적으로 주가를 잠시 올린다고 했다. 상무는 나와 식사하면서 종이에 그래프를 그리며 설명했다. 나는 모래를 씹는 기분이었다. 집으로 돌아오면서 한강변의 포장마차에서 소주를 마시며 생각해봤다.

내 인생에서 기회가 몇 번이나 왔던가. 십 년 전 결혼을 했을 때, 행운이라고 생각했지만 삼 년을 넘기지 못했다. 결혼 후 얼마 못 가 남편의 회사는 거래처를 잃고 휘청거렸다. 남편은 매사에 예민했다. 한번 입은 옷은 다시 입지 않았다. 빨래통에 때 묻은 옷이 쌓여 있어도 바라만 봤다. 그는 일감을 집으로 가지고 와서 밤 늦게까지 컴퓨터 작업을 하며 줄담배를 피웠다. 나는 담배연기에 기겁하며 얼굴을 찌푸렸다. 내가 K 성우를 대신하여 방송국에 다섯 번째 녹음하러 간 날이었다. 국화축제 기간이었으므로 나는 방송국 주변을 몇 바퀴 돈 후 꽃향기에 취해 집으로 돌아왔다. 현관문을 연 남편은 어딜 싸돌아다니느냐고 나를 추궁했다.

그때 TV에 출연했다는 것이 큰 행운의 기회였는데도 나는 그 사실을 알지 못했다. 그 다음 주 녹화하러 가는 날, 남편은 아침부터 음식냄새가 난다며 창문을 열어젖혔다. 나는 속옷을 입은 채 창문을 닫으며 소릴 질렀다. 그것을 계기로 봇물이 터지듯 참았던 화가 터져버렸다.

그날 녹화 장소에 늦게 도착하는 바람에 TV 출연은 그곳에 대기하고 있던 다른 캐스터에게 넘어갔다. 그때부터 우리 부부는 서로 말을 하지 않았다. 생활비를 벌기 위해 나는 중고생 과외지도를 하러 가면서 여느 방송국 아나운서처럼 옷차림을 하고 다녔다. 남들에게 뒤지지 않기 위해서는 활기차고 세련된 분위기가 필요했다.

나이든 승무원이 무전기를 들고 다가왔다. 승무원은 내게 대전역에서 내린 후 십 분을 기다렸다가 다음 고속열차로 갈아타라고 조언했다. 무작정 나락으로 떨어져 내리라는 법은 없는 것이다. 고속열차는 시간의 수레바퀴 속에서 움직이는 모든 것들을 추월하여 달려갔다. 차창 너머로 불빛이 하나둘 켜지더니 어느새 어둠이 주위를 에워싸고 있었다. 열차에 앉은 사람들은 무표정하게 서로를 쳐다봤다. 그런데 이상했다. 주변 풍경이 천천히 지나가고 있었다. 고속열차가 느리게 움직였다. 한 승무원이 무전기에다 대고 긴급, 긴급, 소리치며 뛰어갔다. 나는 놀라 창밖을 내다보았다. 기차가 끼익, 하더니 뒤로 조금 흔들렸다. 고속열차가 멈춰버린 것이다.

입이 딱 벌어졌다. 제자리에 붙박인 듯 움직이지 않던 사람들이 하나둘 일어나 웅성거리기 시작했다. 방송이 나왔다.

"지금 우리 고속열차는 앞 기차가 광명에서 사고가 난 관계로 정차하고 있습니다. 승객 여러분들께서는 안전한 객실에서 기다려주기 바랍니다."

나는 자리를 박차고 일어났다. 지나가는 젊은 승무원을 붙들고 빠르게 말했다.

"죄송합니다. 긴급 호출이 와서요."

승무원이 급하게 가버렸다. 나는 발을 동동 굴렀다. 사람들은 불안한 얼굴로 휴대폰으로 철도청에 전화하여 소리를 질렀다.

나는 다음 열차시간을 검색해봤다. 두 시간 후 출발 예정이었으나 좌석표는 만석이었다. 손바닥에 땀이 났다. 대전역에 내려서 다음 기차를 탈 가능성은 거의 없어져 갔다. 나는 누군가의 멱살이라도 붙잡고 싸우고 싶은 심정이었다. 승무원들은 무전기를 들고 기차 안을 재빠르게 오갔다. 열차 안은 화난 사람들의 열기로 가득했다. 교통사고나 재해 같은 일은 있을 수 있다고 생각했으나 이런 일을 상상해본 적이 없었다. 다시 안내방송이 흘러나왔다.

"앞 기차가 사고가 난 관계로 우리 고속열차가 연착되고 있습니다. 승객 여러분께 다시 한번 사과의 말씀을 드리며 잠시 기다려주면 감사하겠습니다."

기다려달라니. 말이 안 되는 소리였다.

문제는 제임스도 나를 믿고 기다려줄 수 있는가, 그것이 문제였다.

출입구 문을 열고 승강구로 나왔다. 볼에 작은 흉터가 있는 키 작은 승무원이 기관차의 벽 모서리 문을 열쇠로 열더니 동전 같은 여러 개의 버튼 중 몇 개를 눌렀다. 그 승무원을 붙잡고 내 사정을 얘기해 보기 위해 다가갔으나 그는 들은 척도 않고 땀을 흘리며 버튼을 이리저리 누르기만 했다.

이미 십 분이 지나버렸다. 승강장 창에 머리를 기댔다. 나는 대전에서 탈 기차를 놓친 것이다. 허탈했다. 목이 뻐근해지며 통증이 몰려왔다. 손바닥을 펴서 손금을 들여다보았다. 새끼손가락 아래에서 시작한 부富의 눈금은 손바닥 한가운데를 지나 엄지 쪽에서 끊어졌다. 손바닥을 접어보았다. 살점 때문에 부의 눈금은 막혀버렸다. 검지 손톱으로 끊어진 눈금을 살이 패도록 세게 그었다. 가슴속에서 무언가가 꿈틀거렸다. 나는 결코 그것을 포기할 수 없다고 말하고 있었다.

휴대폰을 켜서 KTX 역무원 사무실에 전화를 걸었다. 열 번쯤 신호가 간 뒤에 받았다. 나는 소리를 지르며 내가 처한 상황의 요점을 또박또박 말했다. 역무원은 흠, 하더니 컴퓨터를 두들겼다. 우리 열차 뒤에 오는 고속열차가 지연된다면 십 분 후에 다음 역에서 그 열차를 갈아탈 수 있다고 말했다. 방법은 있었다. 결국 약속 시간을 어길 수밖에 없는 사정을 어떻게든 제임스에게 알려야 했다. 제임스와 연락이 닿을 수 있는 사람을 생각해봤다.

노량진에서 횟집을 한다는 제임스의 생모는 내가 그와 잘 알고 지내던 사이라고 하자 나를 쳐다보며 고개를 주억거렸다. 무슨 뜻으로 그러는지 알 수가 없었다. 나는 제임스 김과 꼭 만나서 할 얘기가 있다고, 그런데 어디로 연락해야 할지 몰라 찾아왔다고 솔직하게 말했다.

“오면 온다 소릴 하나, 가면 간다 소리를 하나. 이놈이 홍길동이여.”

제임스 김의 생모는 그 말만 하고는 카운트로 갔다. 거기서 열 살쯤으로 보이는, 긴 머리카락을 뒤통수에 달랑 묶은 소년을 불러주었다. 소년은 나를 보자마자 제임스의 여자 친구냐고 물었다. 나는 엷게 미소지었다. 그의 연락처를 알려달라고 사정하자, 제임스는 휴대폰을 들고 다니지 않는다고 단호하게 말했다.

고속열차가 정차한 지 이미 사십 분을 지나고 있었다. 승객 두어 명이 고속열차의 지연에 대해 불평하며 열차 승무원을 찾고 있었다. 제임스는 이미 도착했을까? 아니면 테슬라에 올라 자율주행을 맡긴 채 업무를 보거나 영화를 즐기고 있을까. 어쩌면 그는 비행기를 타고 날아가 밀양에 이미 도착했을 수도 있었다.

제임스와의 첫 만남은 63빌딩 레스토랑에서였다. 내가 유리문을 열고 들어서자 훤칠한 키의 제임스가 일어났다. 나이는 오십대 초반으로 보였다. 그는 밝게 웃으며 나를 바라보았다. 물방울무늬 원피스와 펌프스로 화사하게 차려 입은 나와 달리 그는 뻣뻣한 가죽점퍼를 입고 있었다. 탈색된 가죽점퍼라니. 쌀랑하긴 했으나 봄이었다. 검은 상의가 조명을 받아 번들거렸다. 그의 눈빛이 바닥을 향했을 때 이마에 주름살이 두어 개 접혔다. 제임스의 미소가 내 얼굴에 잠시 머물렀다.

"내가 무엇이든 묶여 있는 걸 싫어해서 휴대폰도 갖고 다니지 않아요. 이해해줘요. 그런데 말이요. 사실은 내가 오늘 자율주행차를 타고 왔소."

제임스의 얼굴은 들떠 있었다. 테슬라 같은 자율주행차에 대해 들어보긴 했다.

"차 안에서 개인적인 업무도 볼 수 있고, 아무런 방해도 받지 않고 회사 사람들과 화상회의도 할 수 있소. 같이 타볼래요? 주행은 차에 맡기고 우리는 차 안에서 칵테일이나 마시며 투자에 대해 진지하게 얘기를 나눠보도록 해요."

나는 걱정스러운 듯 말했다.

"그렇지만 달리는 차 앞으로 돌발상황이 발생하거나 앞차와의 간격이 좁아져 부딪치기라도 하면…."

나는 재임스에게 믿음을 주기 위해 수더분한 분위기를 연출했다. 그의 눈빛이 내 눈 언저리와 이마, 그리고 맞잡은 두 손까지 바라봤다. 교활한 사람은 아닌지 살피는 기류가 느껴졌다.

"녀석은 스스로 알아서 조종해요. 앞차와의 간격이 좁혀지면 속도를 줄이고 돌발상황이 발생하면 충격이 가장 적게 가는 선에서 차를 세우도록 설계되었소. 주차할 때도 버튼만 누르며 빈자리를 감지하여 알아서 주차해준다오. 신기하지 않아요? 같이 타보고 싶은데…. 나는 오늘 우주여행을 위한 비행접시를 얻은 기분이오."

제임스가 테이블 위에 손을 올렸다. 큼지막한 손등이 따스해보였다. 그가 손등을 뒤집어 손바닥을 내보였다. 나도 그런 부를 누릴 수만 있다면 무엇이든 하고 싶었다. 그는 하룻밤의 잠자리를 위해 나를 필요로 하는 것일까? 그건 아니다. 직감이 그렇게 말하고 있었다. 직원들 몰래 굳이 먼 곳에서 나를 만나려는 이유는 무엇일까?

"사실 나는 테슬라에 큰 돈을 투자했소. 앞으로는 우주여행을 위해 미국 R사에도 돈을 투자할 예정이오. 그리고 내가 방수현 씨가 다니는 회사에 투자하려는 이유는…."

그가 목소리를 낮췄다.

"아니, 이건 다음에 설명하는 게 낫겠군. 아, 그보다 수현 씨는 고향에서 만난 이웃 같은 푸근한 느낌이랄까. 아무튼 설명되지 않소. 당신도 알다시피 밀양에 메타버스가 올라갈 거요. 나는 수현 씨의 재능에 관심이 많아요. 인터넷에 올린 일러스트 그림을 죽 봤는데 독특하고 좋더군요.

나는 그의 갑작스러운 칭찬에 당황했다. 물론 기쁘기도 했다.

"사실 아마추어로 오랫동안 올렸지 비즈니스로 일한 지는 얼마 되지 않아요."

"알아요. 중요한 건 그걸 회사 이름으로 올린다는 거죠. 그런데 정작 본인은 뒤에서 그늘처럼 숨어 있죠. 그 재능을 메타버스 같은 큰 회사에서 발휘할 기회를 준다면 어떨 것 같소?"

그때 레스토랑 종업원이 매우 급하게 무선 수화기를 들고 왔다.

"제임스 님!"

종업원이 그에게 무선 수화기를 주었다. 무선 수화기를 귀에 갖다 댄 그의 얼굴이 갑자기 차가워졌다.

"뭐라고! 언제?"

제임스 김의 목소리가 올라갔다. 휴대폰에서 말이 밖으로 흘러나왔으나 무슨 말인지 알아들을 수 없었다.

"알았어. 곧 가지."

전화기를 돌려받은 레스토랑 종업원이 허리를 숙이고 나갔다. 제임스 김이 다급하게 말했다.

"사고요. 가봐야 해요. 방수현 씨 얼굴을 봐서라도 앞으로 기간을 정해 투자를 약속하도록 하겠소. 구체적인 내용은 다음에 만나서 얘기하도록 합시다."

그가 한 말이 공중에 떠돌았다.

'방수현 씨 얼굴을 봐서라도 투자를 약속하도록 하겠소.'

그의 목소리는 사라져가는 발소리와 함께 울렸다. 원피스 치맛자락을 잠시 만지작거렸는데 제임스 김은 이미 사라지고 없었다. 나는 바닥의 빗금무늬에 눈을 주다 통유리 밖을 바라봤다. 하늘에는 김포공항에서 이륙하는 비행기가 날고 있었다. 나의 눈은 비행기의 움직임을 따라가다 땅을 내려다보았다. 하늘로 솟은 빌딩 아래를 오가는 차들은 딱정벌레처럼 작았다. 그 모습을 보며 제임스가 말한 우주여행을 하는 차는 어떤 모양일까 생각해보았다. 도넛 같은 비행접시? 그런 생각을 하고 있을 때 종업원이 와서 유리컵과 식은 음식을 가져갔다. 나는 종업원에게 물었다.

"혹시 제임스 김을 알아요? 아까 무선 전화기를 바꿔준?"

"아, 그 검은 가죽점퍼를 입었던 분 말이죠? 유명한 분이죠. 인터넷상에서 하마라 불리죠. 삼킬 수 있는 건 다 삼킨다고…. 작은 회사들을 찍기만 하면 무조건 그의 입으로 쓸려들어간다고 하니까 대단한 하마죠."

웨이터는 다소 머뭇거리며 말했다. 내가 놀란 눈으로 쳐다보자 괜한 말을 쏟아냈다고 생각했는지 흠흠, 고개를 갸웃하고는 컵을 쟁반에 담아 서둘러 가버렸다.

나는 그날 만났던 종업원과 제임스 김을 떠올리며 지루한 시간을 버티고 있었다. 열차는 아직 땅에 붙박인 채 서 있었다. 밖은 이미 어두워져 고양이 눈처럼 불빛이 곳곳에 켜져 있었다. 자그마한 빛이 선을 만들며 빠르게 어둠 속으로 날아가다 사라졌다.

열차는 조금도 움직일 기미를 보이지 않았다. 제자리에 고정된 것처럼 가만히 있다는 건 견딜 수 없는 고문이다. 이대로 고속열차 안에서 밤을 새우기라도 한다면. 이 자리가 그대로 정지해버린다면. 고개를 흔들었다. 그것은 나의 삶이 매장되는 거나 다름없었다.

저녁 일곱 시 십 분이었다. 나는 카트를 밀고 가는 열차 판매원에게 컴퓨터 카드를 샀다. 어떻게든 제임스와 접속할 수 있는 방법을 찾아야 했다. 컴퓨터가 있는 객실로 갔으나 컴퓨터는 느렸고 인터넷 접속은 자주 끊겼다. 나는 인터넷이 끊길 때마다 컴퓨터 바닥을 치다 소년에게 전화를 걸었다.

"동문회에 큰일이 생겼는데 제임스에게 연락을 할 수 없어서 말이지."

제임스의 이복동생으로 짐작되는 소년이 전화기 속에서 머뭇거렸다.

"저기 그럼, 형의 연락처는 모르지만…."

제임스가 자신의 신상을 비밀에 부쳐놓은 데는 어떤 사정이 있는 것이다. 그의 생모와 소년에게서 알아낸 것은 내가 아는 것과 별반 다르지 않았다. 나는 불안한 마음으로 소년의 답을 기다렸다.

"제임스 형과 대화하는 사이트가 있어요. 형은 사이트에서 만나면 꼭 내 안부를 물어요."

소년도 먼저 연락할 수 있는 것은 아니라고 했다.

"대화라니."

"채팅해요. 제임스 형은 우리 통바 회원이걸랑요. 거기에서 자주 만나요. 오늘도 퉁바에서 만나기로 했어요."

나는 소년이 가입한 '칼춤나라 퉁바'에 들어가 회원가입을 했다. 대화창이 떴다. 숲속의 미녀라고 하자 그는 아, 아까 그 아줌마라며 대뜸 놀렸다.

"참 좋은 사람인데 말이야. 그런데 제임스는 왜 연락처를 비밀로 할까?"

"당근. 에버리바디. 근데 이건 비밀인데요. 형은 교도소에도 있었대요. 그렇게 좋은 형이, 믿어지지 않아요."

나는 깜짝 놀랐다. 교도소라니 어떻게…. 정말 믿어도 되는 사람일까. 그런 생각이 스쳤지만 나는 고개를 저었다. 인상이나 분위기로 봐서 험악한 짓을 할 사람은 아니었다. 나는 소년에게 편안한 목소리로 말했다.

"그렇구나. 여러 가지 복잡한 사정이 있었나보네."

소년은 순진하게도 나와 만난 지 며칠 되지 않았다는 사실을 잊은 것 같았다. 그는 제임스에게 방수현이라는 여자가 KTX 고장으로 밀양에 많이 늦게 도착한다는 사실을 사이트의 쪽지에 적어 보내주겠다고 약속했다. 급한 불은 끈 셈인지도 몰랐다. 그러나 할 수 있는 한 최선을 다해봐야 했다.

어떻게든 제임스를 만나려면 부산역까지 가서 다시 밀양으로 갈 수밖에 없었다. 주머니에는 카드가 세 개, 돈은 오만 원이 있었다. 부산에서 택시를 탄다면 밀양까지 적어도 십만 원은 있어야 한다.

기차가 광명에 정차한 지 한 시간이나 지났다. 방송이 흘러나왔다. 고속열차는 다시 처음 출발지였던 서울역을 지나 영등포역으로 간 다음 다른 선로로 바꿔 부산으로 갈 거라고 했다. 그래야 다른 열차와 충돌하지 않는다는 것이다. 서울까지 가는 길은 오던 것과는 반대 방향이므로 천천히 달릴 수밖에 없다며 사과했다. 또한, 불의의 사고로 연착된 점 양해바란다며 환불 규정을 말했다.

"씨펄 뭔 지랄이야."

한 중년 아저씨가 승무원이 드나들던 문을 향해 삿대질을 하며 욕지거리를 퍼부었다. 나도 그러고 싶었지만 그런다고 상황이 나아지는 게 아니었다. 그나저나 나는 오늘 제임스 김과의 미팅에 늦으면 직장에서 내 자리를 보장받을 수 없을지도 몰랐다. 상무는 무슨 짓을 해서라도 꼭 일을 성사시키라고 했다. 이번 기회에 수현 씨도 승진할 기회가 될 것 같다면서. 물론 내 승진보다 자신의 승진이 우선일 것이다.

의자가 뒤뚱거리듯 움직였다. 기차는 왔던 길을 돌아 거꾸로 가기 시작했다. 역주행하는 열차가 참으로 기이했다. 의자에 앉은 사람들이 어이없다는 표정으로 창밖을 내다보았다. 이상했다. 열차는 잘못 채운 단추를 풀어 다시 끼우듯 출발했던 원래의 장소로 되돌아가고 있었다. 기차가 과거로 돌아가는 것만 같았다. 그러니까 과거가 현재가 되고 있었다.

시간은 이미 밤 여덟 시 삼십 분을 지나고 있었다. 제임스와 내가 만나야 할 시간이었다. 그는 이미 구름다리 빌딩에 도착했을지도 몰랐다. 제임스는 소년이 보낸 카페 쪽지를 보고 '내 마음의 렌즈' 스카이라운지에 앉아 나를 기다리다 가버릴지도 모를 일이었다. 휴대폰으로 장소를 검색해보기 위해 화면을 터치했다. 휴대폰은 배터리가 다 돼 꺼져 있었다.

옆 좌석의 중년 여자에게 부탁하여 '내 마음의 렌즈' 카페에 전화했다. 마른 목소리의 끝이 갈라지는 여자가 전화를 받았다. 나는 방수현을 찾는 사람이 없었느냐고 물어보았다. 전화 속 여자는 그런 사람은 없다고 말했다. 십 분 간격으로 카페에 두 번 더 전화해봤지만 같은 말만 되풀이했다.

'제임스와 이대로 못 만나게 된다면…. 설마 그럴 리가.'

고속열차는 스쳐가는 어떤 것에도 머무를 수 없을 만큼 빨리 달려갔다. 나는 손을 불끈 움켜쥐었다. 이미 지나온 시간은 그리 큰 의미가 없다고 생각했다. 견고하고 멋진 미래의 성을 만들기 위해 현재의 나를 희생하는 게 낫지 않을까. 목표 지점으로 달려가는 것에 에너지를 쏟는 것만이 유일하게 나를 구제하는 일이라 생각해왔다. 그런데 현재만 있고 미래는 없는 것이라는 생각이 불현듯 드는 것이다.

나는 미래를 위해 할 수 있는 모든 투자를 했다. 마흔이었지만 일을 하려면 삼십대 초반으로 보이는 것이 유리했다.

"인형처럼 표나게 해주시면 안 되고요, 싱그러운 느낌이 나게, 자연스럽게 만들어주세요."

성형외과 의사는 고개를 숙이고 조금 웃더니 사진 속의 모델 중 하나를 택하라고 했다. 나는 통통한 볼을 가진 귀여운 소녀에게 눈이 갔다. 다음 얼굴은 보조개가 들어간 청순해 뵈는 여자가 인상적이었다. 얼굴에 시술을 한 후 나는 매일 헬스를 다녔고 주말에는 골프연습장에 나갔다. 이혼한 남편이 거래처 여자와 웃으며 거리를 활보하던 모습이 떠올랐다. 인생의 타깃을 잡을 시기가 내게도 오리라 확신했다. 기회는 앞으로의 길 위에 점점이 뿌려져 있을 터였다.

휴대폰이 꺼져 있는 동안 어쩌면 그는 내게 전화를 걸어왔을지도 몰랐다. 그의 이름은 제임스라고 했으나 실제 이름은 한상식이었다. 어디를 가든 본명을 쓰고 있지도 않을 터였다. 50억. 이 돈을 신탁하는 것에 성공하면 평생 상사에게 인정받으며 안정된 생활을 보장받게 될 것이다. 하지만 이르다. 욕심에 집착하면 일을 그르친다.

밤 9시가 지났다. 이제 천안이었다. 나는 역무원에게 전화하여 열차를 갈아타는 방법을 확인했다. 그는 대전에 내려서 이십 분 기다린 후 밀양을 거쳐 부산으로 가는 열차로 갈아타라고 말했다. 늦어도 밀양에 두 시간 이상은 늦게 도착할 것이었다. 충전시키고 있던 휴대폰을 꺼내 '내 마음의 렌즈' 카페 전화번호를 눌렀다. 훤칠한 키에 호리호리한 오십대 초반의 남자. 나는 상의의 검은 가죽점퍼만 떠올렸다.

"혹 방수현 씨 찾는 사람은 없었나요?"

전화를 받은 카페 여자는 잠시 시간을 두더니 혼자 앉아 있는 남자는 없다고 차갑게 말했다. 수화기 속에서 사람들의 시끄러운 소리가 들렸고 잠시 후 전화가 끊겨버렸다. 제임스는 어떻게 된 걸까.

제임스의 이마에 접힌 주름과 어두운 느낌이 배어나던 광대뼈를 그려봤다. 내가 알고 있는 그는 껍데기에 불과했다. 실제의 그는 어떤 셈법으로 내게 접근해오고 있는지 모른다.

휴대폰을 켰다. 코스닥지수는 어느새 3200포인트로 올라가 있었다. 야호! 나는 파이팅을 외쳤다. 그런데 내가 산 상장주식을 찾아보았지만 보이지 않았다. 어찌된 일일까. 주식거래소는 대체 뭘 한단 말인가. 설마 휴지조각으로 폐기하지는 않았겠지. 이상하게 불안했다.

안내방송이 이어졌다.

"선로사고로 인한 고속열차의 지연에 대해 다시 사죄의 말씀을 드립니다. 밀양으로 가시는 분은 대전에서 내려 이십 분 후에 출발하는 부산행 열차로 갈아타시기 바랍니다."

대전역은 휑했다. 비가 쏟아졌다. 역의 레일 가에 켜진 등이 빗줄기를 비추었다. 그 속에서 누군가 내게 다가오는 것 같았지만 정신을 차려보면 아무도 없었다. 텅 빈 허공에 무언가가 바람과 함께 움직이고 있었다. 이것이 실제 세계가 아닐까. 세상이 이렇게 텅 비어 있고 모든 것은 차창에 비친 그림자처럼 지나가는 것인지도 모른다.

이십 분을 기다려 고속열차를 탔다. 열차 칸 대부분이 비어 있었다. 나는 눈을 감았다. 수많은 사람의 얼굴이 어른거렸다. 제임스도 살아오는 동안 험한 굴곡들을 수없이 거쳐왔을 것이다. 나 역시 마찬가지였다. 흘러간 과거는 돌아보는 것만큼 손해였다. 머리를 흔들었다. 지금은 일이 중요했다.

"우…려어… 되는 건 말이야."

그저께 지사로 내려온 상무는 점심 때 나를 불러 식사를 같이했다.

내가 얼마나 중요한 일을 맡게 됐는지 입에 침이 마르도록 얘기하며, 담배에 불을 붙였다.

"그 자가 손을 털면 곤란해. 그럴 가능성은 충분히 있어. 더군다나 휴대폰까지 들고 다니질 않으니 말이야. 우리 회사가 메타버스 사업에 발을 걸치지 못하면 우리는 주저앉을 수 있어. 회사가 잘못되면 자네나 나나 모두 실직자가 되는 거야."

상무의 눈이 나를 보았다. 그는 라이터를 켜 담배에 갖다댔다.

"물론 방 실장이 있으니 크게 걱정할 일은 아니지만."

상무는 필요할 경우 아가씨든 뭐든 배치해주라며 눈을 찡긋했다. 제임스가 원하는 것이 무엇인지 정확하게 알게 될 때까지 앞질러 먼저 다가가서도 안 되고 우리의 목적을 드러내서도 안 된다고 당부했다.

방송이 나왔다.

"잊으신 물건이 없는지 확인하고…"

나는 감고 있던 눈을 번쩍 떴다.

"고객 여러분 안녕히 가십시오."

밀양역이었다. 비는 그쳐 있었다. 밤 열 시 이십 분이었다. 건물 너머 구름다리 빌딩의 글자가 하늘로 치솟아 있었다. 가까운 거리지만 나는 택시를 탔다. 택시에서 내리자 멀리 공중에 현수막이 걸려 있고 팻말이 붙은 공사현장 사무실 앞에 한눈에 번쩍이는 고급 승용차가 보였다. 한 남자가 올라타자 차의 시동이 걸렸다. 차에 오르는 남자는 멀리서도 멋졌다.

오렌지색의 부드러운 조명이 건물을 비추었다. 곧 만나게 될 제임스를 생각하며 '내 마음의 렌즈' 빌딩에 들어섰다. 둥근 유리문을 밀자 안에는 정교한 인형이 고개 숙여 인사했다. 엘리베이터에 올라 팔층을 눌렀다.

제임스의 눈에 비친 나는 어떤 모습일까. 물론 일 때문이었지만 가끔 전화해서 이런저런 이야기로 내게 관심을 보였던 남자. 내 앞으로 펼쳐질 먼 미래의 레일은 투자와 그 투자의 변수 속에서 손가락 하나로 번호를 택하느라 고심하게 될 것이다. 나는 그런 고민 속에서 잠깐씩 기지개를 켜게 되리라.

카페 입구에는 카메라의 렌즈를 바라보는 눈이 있고 반대쪽에서 그것을 바라보는 또다른 눈이 겹쳐진 모형이 공중에 걸려 있었다. 카메라 렌즈는 세상을 있는 그대로 보고 있지만 나는 카메라를 끊임없이 의식하며 더 우아하고 멋있게 찍히길 바랐다.

출입문을 열고 나는 숨을 깊이 들이마셨다. 카페 안 군데군데 놓인 안락한 쇼파 의자 어디에도 제임스 김은 보이지 않았다.

창가 쪽으로 칸막이를 한 몇 개의 룸이 있었다. 나는 남자 웨이터에게 내 이름을 말하고 두 시간 전부터 나를 찾는 전화가 없었는지 물었다.

"맞아요, 방수현 씨 찾는 전화, 아까 왔었어요. 중년 남자였는데 넉넉히 두 시간은 늦는다고 했어요."

속으로 쾌재를 불렀다. 분명 제임스일 것이었다. 스카이라운지 안을 둘러보니 오른쪽 구석에 여자 두 명이 얼굴을 맞대고 앉아 있었다.

내가 먼저 도착한 것이다. 안도의 숨이 나왔다. 나는 입구에서 가장 잘 보이는 창가 쪽으로 가 앉았다. 창문 밖으로 침묵하고 있는 어두운 밤이 고즈넉했다. 마치 우주선을 타고 밖을 내려다보고 있는 듯했다. 저 속으로 우주선을 타고 여행하는 제임스를 그려보았다.

그때 누군가가 카페 문을 열고 들어왔다. 바바리코트에 선글라스를 쓴 남자였다. 나는 자리에서 벌떡 일어섰다. 호리호리한 모습이 제임스의 키와 비슷했다. 그 뒤에 한 여자가 조그만 트렁크를 들고 붙어서 있었다. 두 사람은 내 뒤쪽 의자에 가 앉았다. 허탈해졌다. 그가 나를 손바닥 위에 올려놓고 쥐락펴락하며 웃고 있는 기분이 들었다. 제임스는 내게 휴대폰을 쓰지 않는다고 했지만, 연락을 할 가치가 있는 상대에게는 어떤 수단을 써서라도 연락을 할 거였다. 내가 어떻게 하든 그의 답은 정해져 있을 거란 생각이 불현듯 들었다.

정신을 차렸다. 아무 생각도 하지 않을 때가 오히려 마음이 편안했다.

검은 바바리에 같은 색 바지와 구두를 신은 남자가 문을 밀고 들어섰다. 중년 남자는 구둣발 소리를 내며 나를 지나 다른 좌석에 가 앉았다.

주위를 둘러보았다. 동굴 같은 이 카페는 거짓말 같은 시간 속에 걸쳐진 듯 여겨졌다. 그때 내 휴대폰에서 발신인 없음의 전화가 울렸다. 나는 화들짝 놀라 전화를 받았다. 낮은 목소리의 주인공은 제임스였다.

"역시 나를 찾아오셨군요. 멀리서. 이렇게 늦은 시간에."

제임스는 바로 옆에서 나를 지켜보는 사람처럼 말했다. 약간 감동한 말투였다.

"정말 미안하오. 해외지사에 문제가 생겨서 말이오. 잠시 기다리다 급히 가야 하는 바람에 나왔어요. 그런데 혹시 말이오. 우리 회사로 와서 캐릭터 작업을 해볼 생각은 없소? 전 세계인을 대상으로 대기업에서 일을 하게 될 거요."

제임스는 지금 내가 다니는 회사를 그만두고 새로운 회사로의 스카우트 제의를 하고 있었다. 나는 긴장하여 휴대폰을 바꿔 들었다.

"내일 다시 전화하리다. 약속은 반드시 지키겠소."

그의 목소리가 모래처럼 흘러내렸다. 손에 잡히지 않는 무지개를 진짜라고 생각했던 걸까. 제임스는 내 손에 쥐어져 있다 빠져나가버린 듯했다. 전화는 아직 끊어지지 않고 있었다.

"그럼 약속을 취소하시는 건가요? 나는 투자 서류를 작성하기 위해 내가 할 수 있는 모든 노력을 다해 이렇게 먼 곳까지 달려왔어요.

"내일 다시 전화하겠다잖아요?"

"오늘이 바로 내일의 거울이 아닌가요? 저는 내일 다른 약속이 있어요."

"말했잖소. 사정이…."

"저도 사정이 있었죠. 저는 할 일을 모두 제쳐두고 어떻게든 약속을 지키기 위해 이렇게 열심히 달려왔다구요. 자율주행차 안에서도 얼마든지 일을 할 수 있다고 하셨잖아요. 이제 답을 주시죠. 그게 어떤 답이든."

그가 흠흠, 헛기침을 했다. 나는 빈 손바닥을 쓸었다.

"음… 어쩐다. 아무튼 약속하겠소. 대형 옴니버스에서 새 일러스트 일자리를 마련해주리다. 그럼…. 일단 내가 그쪽 건물로 가리다. 잠시라도 만나 투자에 대해, 그리고 일러스트 일에 대해 구체적인 얘기를 하고 가겠소. 조금만 기다려주시오."

옆 테이블에 마스크를 쓰고 앉았던 남자가 빠르게 입구 쪽으로 가더니 밖으로 나갔다. 밤 늦은 시간이어서인지 스카이라운지 카페에는 아무도 없었다.

"가게 문을 닫을 시간이 지났습니다. 손님."

귀걸이를 한 남자 웨이터가 다가와 말했다. 나는 자신만만한 표정으로 웨이터를 쳐다보다 카페의 문을 열고 나갔다.

아까 들어올 때 보았던 카메라의 렌즈와 그것을 바라보는 또다른 사람의 눈 모형이 나를 보았다. 그것은 내 마음을 바라보는 눈이 자신을 제대로 볼 수 있도록 스스로를 객관화시키는 눈인 것 같았다. 우리는 매일 같은 시간과 공간을 빨리, 더 빨리 외치며 달려가고 있었다.

피곤했다. 일을 위해서는 조금 전 내게 던져진 끈을 제대로 움켜쥐어야 했다. 엘리베이터의 한쪽 벽에 거울이 붙어 있었다. 입꼬리를 올려 웃어보았다. 나를 만나러 올 제임스에게 활기차고 세련된 마스크를 보여주고 싶었다. 고개를 들자, 엘리베이터 밖으로 드넓은 세상이 눈에 들어왔다. 반짝이는 집들은 아련하면서도 멋졌다. 나는 현실 세계로 내려가고 있었다.

휴대전화에서 알림 소리가 났다. 도로를 빠르게 주행하던 테슬라가 빌딩으로 돌진하여 벽을 박았다는 뉴스였다. 차주는 사망했다고 했다. 나는 놀라 건물 밖 도로를 내려다보았다. 멀리서 차 한 대가 부드럽게 달려오더니 빌딩 앞에 멈췄다. 한눈에 제임스가 탄 자율주행차라는 느낌이 왔다. 테슬라 자동차회사의 주식은 내일 아침이면 바닥으로 곤두박질칠 것이다. 그러나 제임스의 회사는 작은 파도에 휘청대는 회사는 아닐 것이었다.

빌딩 아래에서 한 남자가 나를 올려다보았다. 어쩐지 얼굴에 어둠이 깔려 있었다. 나의 아바타는 물거품처럼 사라지는 시간 속에서 유일하게 나라고 느낄 수 있는 일이었다. 제임스 김은 나의 아바타를, 나의 재능을 사겠다고 했다. 그는 나의 실력을 알아주고 존중해주는 사람이었다. 나는 이미 그의 기업에 입사한 사람처럼 엘리베이터를 타고 등을 꼿꼿이 세운 채 구름다리 빌딩 아래로 내려갔다.

말분의 사랑

말분의 사랑

말분은 마분지에 적힌 '벚꽃' 글자를 보며 망설인다. 글의 자음과 모음을 연결하여 컴퓨터 자판을 두드려야 하지만 오늘도 쉽지 않다. '벚'이라는 단어를 만들려면 머릿속에서 'ㅂ'과 'ㅓ', 'ㅈ'을 인지하고 명령을 내려야 한다. 그녀가 머리를 갸웃거리며 컴퓨터 자판을 일별한 후 화면을 바라본다. '벚꽃'이라고 쳐야 하는데 열여덟 살 시절의 한 장면이 떠올랐다.

열여섯 살의 말분은 연분홍 블라우스에 진초록 벨벳 치마를 입고 벚꽃길을 걸어가고 있었다. 머리 위로 만개한 꽃잎이 날렸다. 그때 딸이 목소리를 높인다.

"엄마! 'ㅂ'을 먼저 치고 그 다음에 여기 'ㅓ'를 쳐야지."

정혜가 답답하다는 듯 재촉한다. 말분의 검은 눈이 흔들린다. 엄마의 입장은 안중에도 없다. 한글을 가르쳐주는 건 고맙지만 너무 족친다.

조금 전 말분은 정혜가 잠시 부엌에 간 사이에 장롱에서 진초록 벨벳 치마를 꺼내 입었다. 엄마, 치마 바꿔 입었네. 방문을 열고 들어온 정혜가 몸빼가 한쪽 구석에 던져진 것을 보며 핀잔을 주었다. 말분은 딸의 눈치를 보면서 치맛자락을 잡는다. 그러나 눈은 컴퓨터 자판의 'ㅇ'과 'ㅜ'를 쳐다본다.

정혜가 말분 옆에 붙어 앉으며 '벚꽃'이라고 또박또박 말한다. 그녀는 그 말을 따라 '벚'라고 세게 발음한다. 말분의 입에서 나온 바람에 키보드에 붙여놓은 자음과 모음 종이가 떨어져나간다. 종이 뒷면에는 밥풀이 말라붙어 있다.

열여섯이었던가. 말분은 터미널에서 쌍계사 쪽으로 진우 오빠와 함께 걷고 있었다. 햇살은 이미 누그러졌지만 화창한 오후였다. 벚나무에 활짝 핀 벚꽃을 보니 기분이 좋았다. 이장은 하동터미널에서 신흥까지 벚나무를 도로가에 줄줄이 심어 십리벚꽃길을 조성할 거라는 소문이 있다고 했다. 보릿고개에 굶어죽는 사람도 있는데 꽃나무가 웬 말이냐며 트집잡는 사람도 있었다고 했다. 집집마다 쌀과 보리, 곡식이 모두 떨어져 먹을 게 없었다. 보리는 이제 겨우 푸릇하게 자라나 이삭을 맺었다. 붉은 구두에 치마를 입은 한 여자가 벚나무 앞에서 카메라를 들고 사진을 찍고 있었다. 진우 오빠가 사진 찍는 두 남녀를 일별하더니 바위에 앉아 조금 쉬었다 가자고 했다. 말분이 고개를 끄덕였다.

"집안 사정은 어떠니? 야학을 할까 하는데. 한글 공부 말이야. 다들 농사짓느라 집안일 하느라 바쁘지?"

말분은 글을 깨친다고 생각하자 신이 났다.

"아무리 바빠도 공부는 해야지요. 친구들이 좋아할 거예요."

이른 봄이면 처녀들은 집안일도 해야 했지만 봄나물을 캐거나 나무껍질과 풀뿌리를 채집하러 다니느라 바빴다. 보리는 이제 겨우 푸릇하게 대를 밀며 자라고 있었다. 사람들은 삼월부터 유월까지 보리

익을 때까지가 제일 힘들었다. 소작을 하는 사람들은 대부분 풀뿌리를 삶아 끼니를 연명했다.

서울에서 공부를 하고 내려온 진우 오빠는 어머니가 준 것이라며 가방에서 보자기를 꺼냈다. 안에는 어린 쑥과 쌀가루를 버무려 찐 쑥범벅이 들어 있었다. 쑥향이 향긋했다. 손으로 떼어먹기가 아까울 지경이었다. 진오 오빠가 한 덩이를 떼서 건네주었다. 말분은 쑥범벅을 입에 넣자 목이 멨다. 가족들은 곡식이 떨어져 하루 걸러 하루 끼니를 때웠다. 눈물이 어룽졌다. 고개를 돌리자 벚나무에 별을 달아놓은 것같이 환한 벚꽃이 눈에 들어왔다.

"엄마, 그게 그렇게 힘들어?"

열여섯 말분의 귀에 정혜의 목소리가 날아든다. 말분은 벨벳 치마를 접고 몸을 움츠렸다.

"엄마, 그게 그렇게 힘드냐고."

정혜가 소리치지만 말분의 마음은 여전히 열여섯을 맴돌고 있다. 오빠와 헤어져 벚나무 아래 평상을 지나 집으로 가려는데 갑자기 순덕이가 나타난 것이다. 꼭 어딘가 숨어 있다 나타난 것만 같았다. 그녀는 노란 블라우스에 자주색 벨벳 치마를 입고 있었다. 긴 파마머리와 잘 어울렸다. 신흥 아래 합수장터에 자주 들락거리는 순덕의 옷은 늘 세련되면서도 고즈넉한 느낌을 주었다.

"엄마 무슨 생각을 하는 거야?"

정혜가 말분의 어깨를 잡으며 외쳐보지만, 그녀는 엷은 미소만 지을 뿐 반응이 없다. 말분은 조금 전 장롱에서 꺼내 입은 진초록 벨벳 치마를 만지작거리다 다시 정신을 차린다. 그녀의 손가락이 자판 위에서 떨고 있다.

"엄마! 이게 그렇게 안 돼? 전에는 편지도 쓰고 그랬잖아."

말분은 몹시 자존심이 상한다. 옛날 순덕은 멋있었고 무언가 새로운 것들을 가져다줬다. 그때마다 그녀는 열등감을 느꼈다.

"날 바보축구로 알아? 그런 것도 못할까봐."

말분이 정혜에게 퉁명스럽게 화를 내며 컴퓨터 키워드에 눈을 준다. 검지를 세워 'ㅂ'과 'ㅓ'를 천천히 두드린다. 정혜가 다음 진도를 나가려는데 말분은 이내 순덕 생각에 마음을 뺏긴다.

"그때만 해도 순덕은 제 이름밖에 쓸 줄 몰랐어."

친구들 중에서 말분은 글을 제일 많이 아는 사람으로 통했다. 말분의 집에서 십여 미터 아래에는 오래된 벚나무가 계곡으로 흐드러지게 피어 있었다. 그 아래에 평상이 놓였다. 말분은 그곳에서 열두어 명의 친구들과 함께 진우 오빠에게 한글을 배웠다.

"술도가에서 제 엄마 일을 돕던 순덕은 공부를 마칠 때면 진우 오빠를 보러온 거지."

노란 저고리에 자주색 치마를 입고 얼굴을 내민 순덕은 무릎이 보일 듯 말 듯 짧아서 다른 처녀들의 눈총을 받았다. 코가 오뚝하고 턱이 갸름한 진우 오빠가 말분에게 읽어보라고 시켰다. 말분은 보란 듯이 큰소리로 글을 읽었다. 수업이 끝날 때까지 오빠는 순덕에게 눈 한번 주지 않았다.

정혜는 말분의 중얼거리는 소리를 듣고 있다 컴퓨터에 '벚나무'를 쳐준다. 그러자 말분이 '벚나무'를 따라 치더니 '꽃잎'과 '처녀'를 천천히 검지로 두드린다.

"그때도 내가 순덕의 음침한 마음을 다 알았어. 글은 제 이름밖에 못 써도 노래는 순덕이가 젤로 잘 불렀지."

말분이 컴퓨터의 글자들을 하나하나 중얼거리며 읽더니 노래를 부르기 시작한다. 그때 공부를 마치고 집으로 돌아갈 때면 순덕은 구성지게 목청을 높였다. 큰언니가 가르쳐준 노래라고 했다. 친구들은 어깨쯤에서 머리카락을 잘라 핀으로 앞머리를 고정시킨 그녀를 쳐다보며 노래를 따라 불렀다.

"개나~리 우물~가에 사랑 찾는~ 개나리 처~녀. 종달~새가 울어~ 울어~ 이팔청춘 봄이 가네~"

순덕의 가냘픈 목소리에 모두들 매료됐다. 말분은 순덕의 목울대가 떨며 소리가 빠져나갈 때 가슴이 뻐근했다. 합수장터에서 칠불사 쪽으로 삼백 보쯤 올라가면 순덕의 집이었다. 집 앞에서 순덕은 다시 한번 구성지게 노래를 불러 마지막을 장식했다.

"어허야~ 얼씨구 타는 가슴~ 요놈의 봄바람아~"

말분도 순덕이처럼 예쁜 목소리로 노랫가락을 읊고 싶었다. 말분은 결코 순덕이한테 지고 싶지 않았다. 글공부로 따지면 너보다 내가 훨씬 낫지. 말분은 순덕의 집 앞에 다다르자 담에 또 봐, 한마디 하고는 쌩하니 가버렸다.

한글을 배운 지 채 한 달도 되지 않아 생각지도 못한 일이 생겼다. 늘 함께할 줄 알았던 진우 오빠가 군대에 가버린 것이다. 열두어 명의 처녀들이 모두 편지를 적고 싶어했다. 며칠 후 순덕이 말분을 찾아왔다.

"야, 너의 집 아래, 벚나무 아래 평상에 놀러가지 않을래?"

순덕은 벚나무 아래 평상에 앉아 쉬자고 했다. 벚나무는 짙푸른 가지와 잎을 싱싱하게 뻗어올리고 있었다. 그 아래로 쌍계사 어귀에서 내려온 계곡물이 콸콸콸 흘렀다. 물줄기 사이사이 튀어나온 바위와 풀무더기가 보였다. 계곡을 일별하던 그녀가 종이와 연필을 보자기에서 꺼냈다. 편지를 적을 때 뒤통수가 튀어나온 순덕이 큰소리로 말하면 말분이 받아 적었다.

글 모르는 봉사
눈 뜨게 해져서 너무 감사합니다.
팔자가 바뀌어습니다.

말분은 그런 표현을 쓸 줄 몰랐지만 순덕은 머리 뒤 꼭지에 숨어 있던 좋은 말들을 하나둘 끄집어냈다. 순덕이 다음은 뭐 쓸까, 라고 했다. 그녀도 순덕이한테 지고 싶지 않아 손목을 턱에 괴고 생각에 잠겼다.

정혜는 엄마가 중얼거리는 것을 보며 일어선다.

"순덕의 부탁이었지만 내가 오빠에게 연애편지를 쓰고 있다고 생각했어. 나는 그곳에 모인 동네 처녀 중 젤 먼저 글을 깨쳤으니까. 오빠가 나를 최고로 인정해줄 것을 의심치 않았어. 순덕이가 돈 오 원을 내 손에 쥐어주며 처음 편지를 부탁할 때 거절했어야 했어. 순덕이가 부르는 대로 나는 편지 내용을 받아 적었어."

말분은 무언가를 골똘히 생각하며 중얼거린다.

"그때…."

편지의 마지막 부분에 '말분'이라고 이름을 적으려는 찰나였다. 기어코 쓰던 편지를 뺏어든 순덕은 연필에 침을 발라 삐뚜름하게 자기 이름을 썼다. 그때 왜 순덕이가 자기 이름을 적도록 놓아두었을까. 말분은 지금도 그 사실이 안타깝기만 하다.

"엄마 우리 백숙 시켜먹을까!"

정혜는 망설인다. 말을 해놓고보니 돈이 거의 다 떨어졌다. 그저께 부동산에서 장진우라는 사람 명의로 된 대나무밭에 대해 물었다. 신흥 아래 낮은 언덕에 있는 밭으로 땅이 반반하고 계곡과 벚나무들이 내려다보여 부동산업자들이 눈독을 들이는 곳이었다. 정혜는 글쎄요,라고 했고 그쪽에서는 사정을 알아봐달라고 부탁했었다.

정혜가 방으로 들어오자 말분은 연필을 들고 공책에 무언가를 적으며 중얼거리고 있다.

"엄마, 신흥 아래 언덕배기에 있는 대나무밭 주인 말이야. 장진우라는 사람 맞아?"

"그게 왜."

"아니 부동산에서 물어서."

"뭐라고 했는데."

"아니 땅을 팔지 않겠느냐고 해서."

"엉…. 하필 왜 그 땅을."

말분이 가슴을 움켜쥔다. 갑자기 숨이 끊어질 듯 아프다.

"엄마, 왜 그래?"

놀란 정혜가 엄마의 어깨를 두드린다.

"물. 물."

부엌으로 달려간 정혜가 물을 가져온다. 냉수를 한 모금 마신 말분이 정신을 차린다.

"엄마, 병원에 가보자."

말분이 몇 차례 천천히 숨을 쉰다.

"괜찮아. 엄만 옛날부터 한번씩 이랬어."

마술에서 풀려난 듯 통증이 사라진다.

"정말 괜찮은 거야?"

정혜가 걱정스러운 표정으로 묻는다.

"아무렇지도 않아. 금방 다 나았어."

말분이 정혜를 보며 미소짓는다. 세월의 흔적이 내려앉은 눈가의 주름살이 자글자글하다. 딸은 늘 과거 속에 살아가는 엄마가 불만이다. 말분은 어느새 마음이 팔딱거리던 처자시절로 가 있다. 그녀는 편지의 내용보다는 편지를 쓴 사람이 그날도 자신이었다는 것을 내세우고 싶다.

요는(여기는) 잘 있습니다. 오빠 편지에 벚나무가 웃습니다.

일을 하는데 기분이 좋습니다. 힘들지 않습니다.

걱정 마세요.

밥 많희 드세요.

‘벚나무가 웃읍니다’ 를 적어놓고 생각하니 분명 군에 있던 오빠가 휴가를 나온 것이 분명했다. 말분은 애가 탔다. 순덕은 그 사실을 그녀에게 알려주지 않았다. 문제는 순덕이 진우 오빠에게서 답장을 받았다는 사실이었다. 글을 완전히 읽지도 쓰지도 못하는 그녀에게 비슷한 또래의 어린 삼촌이 편지를 읽어준다는 얘기를 들은 적이 있었다. 말분은 생각할수록 그녀가 괘씸했다. 그런데다 순덕은 집에 찾아갈 때마다 코빼기도 보이지 않았다.

그런데 추석이 다가오던 어느 날, 순덕이가 쑥범벅이 든 소반을 들고 찾아왔다. 얼굴에 기미가 끼어 있었고 몸이 조금 무거워보였다. 말분이 쟁반에 든 쑥범벅을 한 입 베어 물자 쑥향이 나면서 감질나게 맛있었다. 순덕은 연필과 종이를 내밀며 편지를 적어달라고 했다. 연필을 잡은 말분의 손끝이 떨렸다.

‘왜 혼자 오빠를 만나고 다녀. 지가 마누라라도 돼?’

진우 오빠에게 편지를 쓴 건 말분이었다. 순덕이가 돌아간 후 생각해보니 말분은 편지 끝에 순덕의 이름을 쓴 것이 내내 억울했다. 그녀는 다짜고짜 순덕의 집으로 찾아갔다. 양조장에서 쪼그리고 앉아 일을 하던 순덕을 끌어냈다. 윗도리를 잡아당기자 순덕이 말분을 뿌리쳤다. 말분은 집으로 돌아오다 다시 가서 돈 오 원을 던져주고 왔다. 장터에서 돌아온 술도가 아줌마가 무슨 일이냐며 따라나왔다.

"오빠 이름이 뭔데?"

정혜가 말분에게 시치미를 떼고 묻는다. 치매가 부쩍 심해진 그녀가 조금 전에 말한 진우라는 이름을 기억하는가 싶어서다.

정혜는 그저께 하동으로 오는 버스를 타면서 말분의 이런 모습을 예상하긴 했다. 그녀는 정혜가 자주 들르지 못하는 것에 대한 서운함을 어떤 식으로든 표출했다. 자기 인생이 뜻대로 잘 굴러가지 않은 것에 대한 분노까지 더해지면서 증상이 부쩍 심해졌다. 작년, 추석이 며칠 지난 후에 정혜가 치매약을 챙겨 들렀을 때도 말분은 갑자기 달려들어 어깨를 후려쳤다. 정혜는 치매에 걸린 어머니를 어떻게 해야 할 것인지에 대한 답을 구하지 못했다. 말분은 병원에 가려고 하지 않았다. 더더군다나 요양원 시설 같은 얘기는 꺼내지도 못하게 했다. 최근 정혜에게 닥친 가장 큰 문제는 신용불량자가 되지 않는 거였다. 그러려면 하루라도 빨리 가게를 얻어 장사를 해야 했다. 그런 정혜의 사정과는 아랑곳없이 말분이 정혜를 바라보는 눈길은 그녀의 생각을 이미 다 안다는 눈치였다.

정혜는 이번에는 말분을 만나러 가는 김에 컴퓨터를 가르쳐주기로 마음먹었다. 버리려고 내놓았던 오래된 데스크탑 컴퓨터를 가져갔다. 예상대로 말분은 아주 좋아했다.

말분의 관심을 컴퓨터에 쏠리게 해놓고 정혜는 집안을 살핀다. 어디엔가 진우 오빠라는 사람에 대한 흔적이 있을 것이다. 정혜는 작은 방을 둘러보다 말분의 머리 위에 있는 다락을 쳐다본다.

정혜는 벌떡 일어나 다락방에 올라간다. 다락 안은 먼지들로 가득

하다. 다락 구석에 공책을 쌓아놓은 게 눈에 띈다. 그녀가 공책을 뒤적이자 노란 표지의 공책이 대여섯 권이 만져진다. 한때는 빛으로 발했을 순간들이 이제는 먼지에 덮인 채 잠들어 있다. 그것들 중 하나를 펼치자 글씨와 숫자가 두서없이 적혀 있다. 삐뚤삐뚤한 글씨체로 적긴 했어도 읽기에 힘들 정도는 아니다. 보리 판 돈 6,000원, 알 수 없는 전화번호와 주소 따위가 무질서하게 쓰여 있다. 군데군데 일기 같은 글도 있다.

'라면 조아하지요. 오늘 참 맛있는 삼양라멘을 먹었어요. 국수를 넣어니. 신거워 김치를 넣어습니다.'

쓰다만 편지인 것 같다. 주소를 몰라 안 부친 것일 수도 있다.

'진우 오빠. 보고 시퍼요.'

'저도 벚나무 아래에 나갔어요. 저는 연분홍 브라우서 입엇서요. 그러나 오빠는 다시 오지 않핫다.'

마지막 글씨에 눈물을 떨어뜨린 것인지 얼룩이 져 있다. 정혜는 수첩을 덮고 한숨을 쉰다. 알 수 없는 감정이 밀려든다. 책들과 수첩, 말분이 신발가게를 하던 화개시장의 전단지도 보인다. 정혜는 다른 공책을 집어서 겉장을 넘긴다.

'순덕의 아기를 안고 대나무밭으로 갔다.'

공책 첫 페이지 문장이다. 정혜는 숨을 흡 들이킨다. 뭐지. 엄마가 순덕의 아기를 안고 갔다니. 대나무밭은 어떤 의미가 있는 곳일까. 정혜는 계속해서 먼지 속의 누런 메모장과 헤진 공책을 뒤진다.

'오빠가 일 자로 선 벚꽃나무가 보이는 대나무바테 왔다. 거기서

맨날맨날 오빠를 기다렸다.'

말분은 아기를 안고 대나무밭에 갔다. 그런데 왜 오빠를 만나지 못했을까. 먼지가 흩날리고 누런 종잇장 사이에서 진우라는 이름이 반복해서 나온다. 겉표지가 너덜너덜하다. 반쯤 떨어져 나간 공책의 한 귀퉁이에 장진우, 라고 적혔다. 흑백 사진도 있다. 남자는 허리에 양팔을 올린 채 서 있다. 코가 오뚝하고 입을 앙다문 젊은 남자는 군복을 입었다. 얼굴은 진흙을 발랐는지 조금 검다.

'오빠 딸 잘 키울게요. 꼭 돌아오세요. 보고 시퍼요.'

딸이라니. 장진우에게 아기가 있었단 말인가. 오빠의 아기? 말분은 순덕의 아기를 안고 대나무밭으로 갔다고 했다. 아기는 어떻게 됐을까. 그때는 대나무밭이 엄마가 진우 오빠를 만날 수 있는 유일한 장소였을까. 정혜는 공책과 수첩을 간추려 놓아두고 다락방에서 내려온다. 오늘 저녁엔 엄마가 좋아하는 조기를 구워야겠다고 생각한다.

조기를 발라서 말분의 밥그릇에 놓아준다. 저녁밥을 먹다 말고 정혜가 그녀의 눈치를 보며 묻는다.

"진우 씨에게 아기가 있었어요?"

"…."

"그 아기 이름이 뭐예요?"

"네가 그런 거 알아서 뭐할라고."

정혜는 말분에게 쫓겨 부엌으로 왔다. 방안에서는 아무런 기척이 없다. 방문을 열어보니 눈물이라도 흘렸는지 손수건을 얼굴에 꾹꾹 누른다. 말을 걸기가 어색하다. 정혜는 말분을 잠시 내려다보다 방문을 닫고 어제 캐놓은 어린 쑥을 씻는다. 손에 잡히는 보드라운 느낌이 좋다. 물을 한 바가지 더 붓는다. 금세 싱싱해진 푸릇한 잎이 손에 잡힌다. 뿌리 부분의 죽은 잎을 떼어낸다. 부엌 창으로 햇살이 기운다. 앞집 기와 너머로 석양이 석류알처럼 발그레하다.

"쑥범벅 먹고 시퍼."

말분이 어리광을 부린다. 조금 전에 쑥범벅을 해먹자고 자신이 말해놓고 또 잊어버렸나보다.

"오늘은 이걸로 먹고. 담에 백숙 사다줄게요."

정혜는 말분의 등을 쓰다듬으며 구슬린다. 죽통에 빼때기죽을 가득 담아 식힌다. 정혜가 식탁에 앉는 말분 옆으로 다가가 앉는다.

"엄마…. 있잖아. 그 오빠 이름 혹시 진우 씨 아냐? 장진우."

말분의 얼굴이 벌게진다. 정혜는 어제 이장이 그녀의 안부를 물으며 하던 말이 생각난다.

"엄마! 이장이 지나가는 말로 그러던데. 왜 그 신흥 아래 대나무밭 있잖아. 원래 주인이 장진우라는 사람이었다고 하던데, 그 사람에게 아이가 있었어?"

"아니 왜, 네가 그 땅을 넘봐!"

말분이 소릴 지르더니 정혜의 머리채를 휘어잡는다. 어디서 그런 힘이 나왔는지 믿기 어려울 정도다. 정혜는 머리채를 잡힌 채 거실까지 끌려간다. 그녀의 손을 떼고 머리카락을 빼내려하지만 되지 않는다. 정혜가 놔, 라며 말분을 홱 밀친다. 그녀가 벽을 치며 나자빠지더니 한 손으로 바닥을 짚으며 소리친다.

"아이고 허리야. 이년이 사람잡네. 날 살려. 이년이 엄마를 패네."

장골의 사내도 압도할 만큼 쩌렁쩌렁한 목소리다. 엄마의 손아귀는 누구도 감당할 수 없을 만큼 힘이 세다. 말분의 어디에 저런 힘이 숨어 있었을까?

말분은 순덕이 부탁한 편지에 진심을 담아 글을 쓴 건 자신인데 순덕이 오빠를 빼앗았듯 정혜도 그럴 것만 같다. 귀여운 눈매며 사랑스러운 웃음이 하나같이 순덕을 빼닮았다. 거기에다 음식 솜씨. 쑥범벅을 만드는 것까지 그녀를 홀리게 한다. 이제 살면 얼마나 더 살까. 말분은 네 마지기나 되는 논문서를 모두 정혜에게 내주었다. 남은 대나무밭 땅도 제 아버지 것이니 결국 넘겨주어야 할 것이다. 그러나 그 땅을 내어준다면 돈 몇 푼에 금방 남의 땅이 될 것이 분명하다. 그녀는 그것을 용납할 수 없는 것이다.

말분은 가물가물한 기억을 거슬러올라간다. 열여섯 살의 처녀들이 모여 봄쑥을 캤다. 소쿠리에 담긴 수북한 쑥을 들고 순덕의 집으로 갔다. 순덕은 향긋한 쑥을 쳐다보더니 부엌 찬장에서 커피를 내놓았다. 부엌에서 물을 끓이더니 커피잔을 가져왔다. 사기로 된 커피잔은 매끄러우면서도 하얗게 빛났다. 순덕은 앙증맞게도 조그만 숟가락으로 재색 커피를 한 스푼씩 떠서 담더니 끓는 물을 부었다. 거기에 삼양설탕을 한 숟갈 넣어주었다.

모두 입을 쩝쩝거리며 커피를 마셨다. 순덕이 우아하게 웃었다. 자기가 아는 어떤 친구는 돈 벌러 서울로 떠났다고 말했다. 전자회사에 다니면 월급을 제법 받는다고 자랑했다. 한 친구는 집에 돈을 부쳐주었는데, 그녀의 어머니가 텔레비전을 샀다고 했다.

"읍내에 장미다방이 생겼는데. 말분이 너, 한번도 안 가봤지?"

"내가 그런 곳에 왜 가냐?"

"사람을 만날 때는 푹신한 다방 의자에 두 손을 모으고 앉아 이렇게 커피를 마시는 거야."

누가 모르나. 말분은 화가 나 얼굴을 붉혔다. 이장 집 텔레비전 드라마 속에 사람들이 다방에 모여 앉아 음악을 들으며 커피를 마시는 모습을 본 적이 있었다. 우아하게 고데를 하고 얼굴에 화장을 한 여자는 더 멋있어 보였다. 말분도 그런 것을 전혀 모르는 게 아니었다.

'밖에 좀 나돌아다니더니 이게 나를 무엇으로 보나. 여자가 진득하게 참을성도 있고 그래야지.'

말분은 그 생각에 변함이 없었다. 사람에게 가장 필요한 것은 인내라는 것을. 그것을 알아준 사람이 바로 진우 오빠였다.

진우 오빠가 군대에서 월남으로 파병을 나가기 전, 말분은 함께 한글을 배운 친구들의 이름을 적어서 오빠에게 건넨 적이 있었다. 점례, 순자, 영자, 정희, 옥순, 월매, 달순….

"너는 진득하게 속이 깊어서 좋아."

오빠는 볼을 쓰다듬듯 만지더니 손을 잡아주었다. 그의 목소리가 말분의 가슴속에서 우러나오는 듯했다. 푸근한 손길이 그녀를 평생, 참을성이라는 말 하나 안고 살아오게 했다.

그 무렵 진우 오빠는 아버님이 돌아가시는 바람에 경황이 없어서 순덕이 임신한 걸 나중에 알게 되었다.

정혜가 찜솥에 물을 부은 다음 가스레인지에 불을 켠다. 씻어둔 어린 쑥에 쌀가루를 버무리자 잘 들러붙는다. 물이 끓어오르자 구멍이 난 찜기에 천을 깔고 하얗게 버무린 쑥을 찜기에 올려놓는다. 꼭 꽃가루 같다. 정혜가 뚜껑을 덮고 소금과 사카린을 제자리에 둔다. 말분이 식탁에 앉아 입맛을 다시며 쑥범벅을 쳐다본다. 정혜가 얼굴을 돌려 말분의 몸을 살핀다. 어디 다친 곳은 없는지. 찜기가 끓으며 김이 나기 시작한다. 정혜가 그 위에 준비해둔 벚꽃을 몇 개 얹는다. 떼어먹기 쉽게 칼금을 내자 그녀가 박수를 친다. 말분이 막무가내로 솥뚜껑을 열려고 하다 그만 살갗을 덴다.

"앗 뜨거!"

"아~ 엄마, 어쩌려고 그래. 조심해야지."

동네 사람들은 겨우내 농사대금을 갚고나면 보리가 익는 봄이 오기까지 굶는 사람이 많았다. 그때 쌀가루나 밀가루에 쑥을 버무려 쪄서 먹으면 끼니를 때우기에는 그만이었다.

말분은 김이 나는 쑥범벅을 황홀한 듯 쳐다보다 정혜를 본다. 순덕은 광대뼈가 조금 나왔지만, 눈썹은 초승달처럼 가늘다. 말분은 갸름한 얼굴형에 쌍꺼풀이 있었고 순덕은 없었다. 열다섯의 말분에게 미래는 순덕의 고운 볼처럼 탱탱한 시간을 따라 펼쳐질 것 같았다. 가끔 순덕의 손을 잡고 방안에 누워 있으면 가슴이 두근거렸다. 그때 순덕은 놀랍게도 이상한 말을 늘어놓았다.

"만약에 말야. 내가 죽으면 아기를 부탁해."

"무슨 소리야. 죽긴 왜 죽어. 너한테 무슨 아기가 있다고."

"만약이라니까."

"앗 뜨거."

말분이 쑥범벅을 바닥에 떨어뜨린다. 정혜가 새 것을 다시 포크에 찍어 말분에게 건네주었다.

정혜는 한 달 전 급매로 나온 적당한 집을 보아두었다. 그 건물의 앞쪽을 트는 식으로 개조하여 한식점을 열면 그만이다 싶었다. 집주인은 정혜를 알아본 듯 싸게 주겠다고 했다. 옆에는 농협이 있고 그 옆으로 법무사사무소도 여럿 줄지어 있었다. 정혜 앞으로 연체된 카드비와 공공세금고지서가 쌓여갔지만 말분은 돈에 대해서만은 들은 척도 않고 함구한다.

햐! 날씨 한번 좋다, 말분이 대문을 바라보며 말한다. 정혜는 쪄놓은 쑥범벅과 커피, 돗자리를 챙긴다. 말분이 싱크대 위에 올려둔 커피를 가리키며 가져가자고 한다. 병에 든 커피는 오래되어 말라붙어 있다. 정혜가 일회용 커피믹스와 보온병을 꺼낸다. 하늘은 솜사탕 같은 구름을 피워낸다.

골목을 돌아 신흥 근처의 대나무밭으로 가는데 빈집이 많다. 말분과 알고 지내던 동네 사람들은 대부분 죽거나 요양원에서 생활한다. 순덕이 살던 집은 없어지고 휑하니 빈 집터만 남았다. 동네를 돌아나가자 술도가가 보인다. 순덕의 부모가 죽자 그 형제들은 도시로 이사를 갔다. 지금은 사업이 망한 손자가 돌아왔다는 말도 있었으나 사람이 사는 흔적은 없다. 대문 옆 등나무 줄기가 담장을 기어오르고 있다. 말분이 다가가 녹이 슨 철제 대문을 밀어본다. 닫혀 있다. 목을 빼고 담장 너머를 본다.

그때 말분은 순덕을 통해 어렵사리 구한 연분홍 블라우스와 쑥색 벨벳 치마를 꺼냈다. 엄마는 친척 결혼식 준비를 도와주러가고 없었다. 그녀는 거울 앞에서 목을 빼고 몸을 빙빙 돌려보았다. 짙은 쑥색 벨벳 치마에 연분홍 블라우스가 등처럼 환했다. 열흘 전 베트남에서 진우 오빠의 편지가 왔었다. 그는 그녀를 만나러 온다고 했다. 분명 그제 베트남에서 돌아왔을 것이었다.

말분은 처음으로 분홍 블라우스를 입고 화개면사무소 근처 벚나무 입구로 갔다. 그곳에는 벚나무를 구경하러온 사람들이 몇몇 보였다. 터미널을 나와 식당 건물을 지나 벚나무가 늘어선 길로 들어섰다. 벚꽃길은 그야말로 천국이었다. 나무마다 만개한 벚꽃이 길을 밝히고 있었다. 마음이 설렜다. 곧 진우 오빠가 올 것이다. 그녀는 벚나무를 구경하며 천천히 '벚나무 아래 평상'까지 올라갔다. 그러나 오빠는 나타나지 않았다. 말분은 두려워졌다. 그곳에서 몇 시간을 기다렸지만, 차가운 꽃샘바람뿐이었다.

말분이 집으로 돌아왔으나 아무것도 할 수 없었다. 오빠한테 무슨 일이라도 생겼단 말인가. 이상한 일이었다. 긴 시간 속에 대나무 잎이 바람에 사스락 소리를 내며 출렁거렸다. 밤은 깊었고 기다리는 시간은 길었다. 오빠가 베트남에서 돌아오지 않았단 말인가. 있을 수 없는 일이었다. 말분은 날이 새자마자 버스정류소로 달려가 오빠의 부모가 사는 진주행 버스에 올랐다.

짙푸른 대나무가 일정한 간격으로 줄을 선 군인들처럼 하늘을 보고 서 있다. 말분이 정혜에게 누워보라며 웃옷을 깔아준다. 정혜가 눕자 말분은 그녀의 손을 잡는다. 하늘은 시곗바늘처럼 서서히 돌아간다. 말분도 돗자리에 누워 하늘을 본다. 긴 대나무 사이로 햇살이 모녀의 얼굴에 비친다.

정혜가 말분에게 쑥범벅을 한 입 건네준다. 차진 맛이 혀에 감겨든다. 침을 삼키며 말분은 인생이란 힘든 일이 넘어가는 순간이라고 생각해본다. 맛은 넘어가고나면 지나간 시간처럼 사라지고 생각 속에서만 존재한다. 그날 말분은 순덕에게 단호하게 말했다.

"진우 오빠는 이제 너랑은 아무런 관련이 없어."

순덕은 아무 말도 하지 않았다. 어느 날 보니 순덕은 배에 복대를 하고 있었다. 아기가 논다며 손을 자기 배에 가져다댔다. 말분은 순덕의 부른 배를 보고 뭐라고 말해야 할지 난감했다.

"나, 집을 나왔어. 그러니까…."

"아무리 강심장이라도 그렇지. 여자가 혼자 어떻게 살려고. 너 미쳤니?"

"무섭기도 하고, 아무래도 네 도움을 받아야 할 것 같아서 나왔어."

순덕은 말분의 집 옆 동네에 세 들어 살고 있다고 했다. 그녀의 배는 산처럼 부풀었지만, 진우 오빠에게서 답장은 오지 않는다고 했다.

"말분아 날 좀 봐줘."

아기를 낳아야 한다고 했다. 말분은 두려웠다.

"난 그런 것 못해."

"우리 엄마 알면 나 죽어. 그러니까 네가 도와줘. 부탁이야. 진우 오빠를 위해서라도."

키 큰 대나무가 하늘에라도 닿을 듯 팔을 높이 쳐들고 있다. 긴 대에서 쉬잇, 쉬잇, 부딪는 소리가 난다. 하늘은 온통 발그레하다. 골짜기 아래에는 벌써 벚나무에 꽃봉오리가 맺혀 있다.

"엄마 있잖아. 내가 읍내에 옛날 집을 하나 봐두었는데. 집이 아주 멋있어. 그 집을 개조해서 한식당을 하려고 하는데…. 주위에 농협도 있고 법무사사무실도 여럿 있어서 장소가 좋아. 그 근처에는 제대로 된 식당도 하나 없더라고. 지금은 무엇이든 해봐야 해. 그러지 않으면 신용불량자가 될 수도 있어. 어떻게 안 되겠어?"

말분은 못 들은 척 말이 없다.

"엄마 저기 있잖아. 진우 오빠라는 사람?"

정혜가 슬슬 말을 꺼낸다.

"한식집을 내고 싶으면 차라리 내 집을 팔아라. 응?"

말분이 말한다.

"엄마 집은 너무 오래되었어. 집이 없으면 엄마는 어딜 가서 살아?"

정혜가 답답하다는 듯 목소리를 높이지만 말분은 대나무밭을 팔면 절대 안 된다는 것을 강조한다.

"대답해. 절대 대나무밭을 팔지 않겠다고. 대답해. 이년아. 어서."

정혜가 고개를 끄덕인다.

"알았어요. 알았다구요."

말분은 고개를 돌리더니 눈을 감아버린다. 한식당 그게 뭔데, 라고 묻지도 않는다. 그런 건 알 필요도 없다는 표정이다. 말분은 치매이긴 하지만 병원에서 받은 검사에는 중증으로 나오지 않았다. 보건소 직원들이 조사를 나오면 그녀의 정신은 말짱해졌다. 순덕에게 아기가 있었다고 했다. 그녀는 아기를 안고 왜 대나무밭으로 간 걸까? 정혜는 그걸 물어보아야 한다고 생각한다.

사사삭, 바람에 부딪는 듯한 긴 대나무에서 광채가 난다. 대나무 사진을 바탕화면으로 깔아놓은 컴퓨터 화면을 보던 정혜가 벌떡 일어난다. 한밤중인데 말분은 잠이 들 기색을 보이지 않는다. 정혜는 싸인펜으로 종이에 자음과 모음을 일정한 간격으로 적는다. 가위로 잘라 컴퓨터 자판에 다시 붙인다. 정혜가 말분에게 다가가 말한다.

"어제 하던 공부 계속해요."

정혜가 말분의 손가락을 잡고 'ㅂ'과 'ㅗ'를 두드려준다.

"엄마 어서 자판을 쳐봐요. 보고 싶다."

그러나 말분은 연필을 쥐더니 '보고 싶다' 대신 '오빠'라고 종이에 쓴다. 정혜가 컴퓨터에 오빠, 진우 오빠,라고도 찍어준다. 말분은 눈앞이 잘 보이지 않는지 화면 가까이에 얼굴을 대고 눈을 깜박이다 하품을 한다.

잠시 잠이 들었었나. 정혜가 잠결에 눈을 떴다.

"오빠야? 진우 오빠!"

말분이 방문 밖을 내다보며 애타게 부른다. 베개를 비스듬히 베고서 밤새 몸부림을 친 듯 이불이 발끝 한쪽으로 몰려 있다. 가슴이 뻐근하고 통증이 엄습하는지 그녀가 손으로 가슴을 쓸어내린다. 숨을 삼키며 천천히 숨을 쉬고 있다.

말분이 갑자기 일어나 정혜의 얼굴을 보더니 꿈을 꾼 듯 말한다.

"덕이니. 순덕이 온 거야?"

"엄마, 왜 그래요?"

정혜가 말분을 흔들자 그녀는 한기가 드는지 떨고 있다. 정혜가 이불을 어깨까지 끌어올려준다.

"순덕아! 덕아, 네 딸이 정말 잘 자랐어. 보고 있니?"

그날 순덕은 말분을 불렀다. 밤새 그녀는 배를 움켜잡으며 말분에게 어디 가지 말고 자기 옆에 있으라고 신신당부했다. 진통하느라 온몸이 땀으로 흠뻑 젖은 순덕은 새벽이 밝아올 때 딸을 낳았다.

"이름은 벌써 진우 오빠가 지어주었어. 정혜라고."

땀에 흠뻑 젖은 순덕이 기운 없는 목소리로 얘기했다. 갓 태어난 아기를 보더니, 희미하게 미소지었다.

진우 오빠는 그녀가 아기를 가졌다는 것을 알고 심란해했다. 순덕이 마지막으로 진우 오빠를 만났을 때 자신의 손목에 찬 시계를 건네주었다. 순덕은 오빠가 주었다는 시계를 말분에게 주었다. 말분은 순덕이 시키는 대로 가위로 보드라운 탯줄을 끊었다. 하혈을 심하게 한 순덕은 아기를 부탁하고 기절하듯 잠이 들었다. 말분이 아기를 만져보았다. 작은 두 손과 두 발, 입을 벌리고 하품을 하는 모습까지. 주름진 아기는 신비로웠다. 말분은 아기를 자기 집으로 데려갔다.

다음 날 의사가 도착했을 때 순덕의 숨은 멎어 있었다. 그녀의 치마 아래로 검붉은 피가 엉긴 상태였다. 갓난아기를 안은 말분은 경찰서에서 조서 작성을 위한 진술을 했다. 술도가 집 순덕 엄마가 찾아와서 죽은 딸 앞에서 엎드려 울었다. 그녀의 아버지가 주검을 하얀 천에 싸서 가져갔다.

진주에 사는 진우 오빠의 어머니가 찾아왔다. 사대독자인 외동아들의 핏줄이라고 했다. 아기가 딸인데도 반겨주니 고마웠다. 말분은 주인에게 돌려주어야 한다며 시계를 내놓았다. 장진우 어머니는 말분이 아들과 결혼하고 싶어하는 것을 진작부터 알고 있었다. 아기를 빼앗기지 않으려는 그녀에게 아들과 혼인신고를 하라고 했다. 월남에서 소식이 끊어져 행방불명된 오빠와 혼인신고라니. 더군다나 아기는 말분이 낳은 딸이 아니었다. 말분은 아무런 대답도 하지 못했다.

진우 오빠의 어머니는 혹시나 아들이 살아 있을지도 모른다는 생각에 외교부에 모든 수단을 동원하여 연락을 취했지만 결국 찾지 못했다. 진우 어머니는 반드시 아들이 돌아올 것이라며 아기 옷과 기저귀, 미역국을 끓여 말분을 찾아왔다. 그 다음에는 논 네 마지기와 대나무밭 문서를 들고 나타났다.

"너는 내 며느리야. 딸이지만 자식이라곤 하나밖에 없으니 귀하디 귀한 핏줄 아니겠니? 땅을 너 앞으로 이전해줄 테니 우리 집으로 들어와 같이 살자꾸나?"

말분이 잠을 자다 뒤척인다. 그녀의 귀에 시어머니 목소리가 들린다. 그러나 베트남에서 실종된 진우 오빠가 돌아오지 않아 끝내 혼인신고는 하지 못했다. 사대독자라며 눈시울을 적신 시어머니는 논과 대나무밭의 등기부등본을 그녀에게 내놓았다. 진우 오빠의 어머니는 자주 찾아왔다. 고사리 같은 어린 손녀를 쓰다듬으며 옷을 갈아입히기도 했다.

새벽녘 말분은 부엌으로 가 정혜가 쪄놓은 소담스러운 쑥범벅을 바라본다. 쑥범벅 위에 벚꽃이 피어난다. 만개한 벚나무들 사이로 계곡물이 흐르는 소리가 난다. 말분은 진우 오빠와 팔짱을 끼고 걸어가고 있다. 그녀는 신이 나 두어 발짝씩 걸음을 뗐다. 그들 머리 위로 연분홍 꽃잎이 떨어지고 있었다.

초록치마에 분홍저고리를 입은 말분이 방으로 들어와 반듯하게 이불 위에 눕는다. 눈앞에서 길게 자란 대나무들이 공중으로 가지를 뻗고 있다. 그녀의 목에 붉은 무엇이 걸린 것 같다. 대나무의 끝자락은 쉼 없이 부딪친다.

정혜가 방문을 열자 말분이 조용히 누워 있다. 말분이 정혜를 알아채고 손을 잡고 중얼거린다.

"너는… 너는 내 딸이야. 순덕이가 낳았지만 내가 키웠으니 내 자식인 거지."

"뭐라구요. 다시 말해봐 엄마. 순덕이가 낳았다구요. 누구를…. 순덕이가 누구를 낳았는데."

"처음 너를 안았을 때 앙증맞은 모습을 어떻게 잊을 수 있겠니… 사랑스런 우리 아가!"

낮은 듯 알아들을 수 없는 목소리. 그녀는 머리가 환해지고 등줄기에 힘이 빠져나가는 것을 느끼며 눈을 감는다.

말분의 어깨가 늘어진 채 움직이지 않는다. 느낌이 이상하다. 정혜는 말분의 어깨를 세차게 흔든다.

"엄마 왜 많이 아파요? 정신 좀 차려봐요. 엄마! 엄마!"

정혜가 불안한 목소리로 참았던 질문을 한다.

"엄마, 정말 엄마가 나를 결혼도 하지 않고 혼자 키워온 거야?"

엄마는 엷은 미소만 보일 뿐 말이 없다. 분홍저고리가 마구 흔들릴 뿐이다. 정혜는 격렬하게 소리치며 울부짖는다.

정혜는 자신이 순덕의 딸이라는 사실을, 엄마가 지금껏 혼자 키워왔다는 사실을 재차 확인하고 싶었다.

"엄마, 내 엄마."

정혜는 말분을 껴안고 세게 흔들어보지만 그녀의 하얀 팔이 아래로 축 처진다. 눈을 감은 얼굴은 평온한 모습이다. 말분의 베개 옆에는 쑥범벅이 푸릇한 달처럼 접시에 오롯이 담겨 있다.

버킷

버킷

낡은 빌딩은 강철손이 벽을 짚을 때마다 한쪽씩 뜯겨나간다. 몸체가 뜯겨나간 빌딩은 얼마 버티지 못하고 기우뚱거리다 부서진 시멘트 위에 내려앉는다. 뿌연 먼지와 함께 쇠창살을 드러낸 내부는 크고 작은 칸이 질러져 있다. 강철손은 무너진 건물더미에서 생선 뼈 발라내듯이 철근을 골라낸다. 구부러진 쇠꼬챙이가 엿가락처럼 휘어져 끌려나온다. 인간이 만든 건물들은 아무리 웅장하고 견고한 것도 시간이 지나면 폐물이 되어 주저앉는다.

마우스를 옮겨 산산이 조각나 바닥에 주저앉은 건물의 잔해더미를 본다. 웅장해보였던 빌딩은 깨진 시멘트 덩어리와 철골과 가루가 전부다. 나는 직접 그 빌딩을 박살 낸 듯한 흥분감을 느끼며 손가락에 힘을 준다. 마우스를 쥔 손이 신이라도 된 듯 긴장한다. 나는 강철손을 웅장하게 확대할 수도, 점처럼 보잘것없게 조작할 수도 있다. 또한 굴착기를 변형시켜 괴력의 중장비로 만들 수도 있다.

화면을 되돌려 박살난 시멘트 덩어리를 원래의 모습으로 붙여본다. 건물은 천천히 하나씩 붙더니 처음의 푸릇한 빌딩으로 되돌아간다. 나는 강철손이 결코 해낼 수 없는 예리하고 신비한 손을 가졌다.

다음 화면은 굴착기가 팔을 접었다 올리며 산을 깎는 장면이다. 굴착기의 버킷은 무너진 흙을 덤프트럭에 담아 다른 장소로 옮긴다. 깨진 시멘트에서 먼지가 물씬 일어나며 컴퓨터 화면이 흐려진다. 시간은 어떤 견고한 것도 마모시키고 부서져 나가게 하고 흐리게 한다. 내 손이 마우스를 움직이자 굴착기의 버킷이 선명해지며 점점 커진다. 나는 손가락의 섬세함으로 화면 속 세상을 완전히 다르게 바꾼다. 굴착기의 모습을 어떻게 변경시킬까 고심한다. 눈이 피곤하다. 두 팔을 올려 만세를 한 다음 컴퓨터 화면을 끈다.

새벽이 밝아온다. 식탁에는 말라비틀어진 김치와 멸치볶음이 놓여 있다. 생수를 커피포트에 붓고 스위치를 올린다. 쐐— 하는 소리를 들으며 커피 분말을 컵에 옮겨 담아 커피를 탄다.

커피를 들고 베란다 밖을 내다본다. 무너진 건물의 하천 뒤쪽으로 호텔과 주변 빌딩이 화려하다. 건물들은 자본주의의 힘을 자랑하듯 새벽인데도 빛을 발한다. 커피를 한 모금 마시자 밤새 찌들었던 위장은 열기를 피운다. 작업복을 입고 밤새워 일한 사람들이 피곤한 눈을 비비며 집으로 돌아가고, 아침에 빌딩으로 출근한 종업원들이 하루에도 수백만 원의 돈을 뿌리는 고객들에게 허리 굽혀 인사하는 모습이 눈에 선하다.

거실 안으로 눈길을 보낸다. 접이식 소파 위로 던져진 신문들, 뒤집힌 채 뒹구는 운동복 바지와 스타킹과 속옷들, 먹다 남긴 컵라면. 거실 풍경은 내 머릿속처럼 어수선하다. 비닐봉지에 잡다한 것들을 담은 후 진공청소기로 구석구석 먼지를 털어낸다. 옷가지를 모아 베란다에 놓인 소형 세탁기에 던져넣는다.

두 평 남짓한 거실 베란다에는 무거운 역기와 실린더, 조그만 아령

두 개가 있다. 아버지의 유품은 오래 전 모두 버렸지만 유독, 이 운동 기구만은 그대로 두었다. 역기는 이미 붉은 녹이 내려앉았다. 손가락으로 먼지를 털어낸다. 아버지는 힘줄이 불끈거리도록 역기를 들어올리기를 반복했다. 역기가 아버지 팔에 올려질 때면 어깨와 팔뚝이 볼록하게 부풀어올랐다. 땀방울이 맺힌 아버지의 얼굴은 세상을 들어올린 듯 환했다.

식탁 위에는 오래 전에 나온 L중공업 전단이 보인다. 청색의 굴착기 세 종류가 소개되어 있다. 삼면으로 된 우중충하고 너덜너덜한 마지막 부분에 부사장의 젊은 얼굴이 활짝 웃는다. 일주일 전 광고 계약 건으로 만났을 때 그는 나를 알아보지 못했다. 얼굴은 젊었을 때의 윤곽 그대로였으나 하얀 머리카락에 눈가가 쳐졌다. 그러나 눈빛만은 강해서 반짝이는 눈동자가 그의 얼굴 주위로 떠다녔다.

휴대폰이 울린다. 디자인팀 소속의 주경이다. 그녀는 L사 디자인 출고 마감일이 사흘 남았는데, 진척이 어느 정도 됐는지 궁금해서 전화했다고 한다. 부사장이 전화해보라고 시켰겠지. 맡겼으면 알아서 할 텐데.

"언니, 광고 작업 잘 되어가고 있어?"

나는 솔직하게 아직 시작도 못했다고 답한다.

"어쩌니, 어느 구멍을 파야 할지 찾고 있다."

"무슨 일 있어?"

"나도 왜 이러는지 모르겠다. 계속 버벅거리고만 있으니."

"회사에서 재택근무에다 자유시간까지 허락해줬는데…. 무슨 일이든 밀고 나가는 언니가 어쩐 일이야?"

주경은 대학 후배다. 그녀는 광고 디자인을 전공했지만, 나중에 직업훈련원으로 가서 자격증을 땄다.

"마감일 전까지는 어떻게든 해봐야지."

"그런데 언니 목소리가 영 기운이 없네. 치킨 날개라도 부칠까?"

"됐네요. 너나 잘 지내."

신발장 위에 놓인 우편물이 눈에 들어온다. 제일 위의 봉투에 반드시 '본인 개봉'이라는 붉은 글자가 찍혔다. 신발장 안에는 이 아파트도 곧 넘어갈 것이라는 노란 봉투가 있다. 이 아파트는 아버지가 돌아가시며 유산으로 남겨준 마지막 나의 보루다.

부사장을 만나러 가기 위해 옷장 문을 연다. 옷장에서 자주색 원피스를 꺼내다가 남색의 얇은 투피스로 바꿔 입는다. 청색 망사 목도리를 두른다면 시원한 여름을 떠올리게 해주리라. 화장이 짙지 않은지 주의한다. 서른 초반의 나이이니 최대한 없어 보이지 않도록 세련미를 갖춘 모습이어야 부사장의 마음을 붙잡을 수 있을 것이다. 짧게 깎은 머리에 혈색이 좋은 L건설사 부사장의 인상은 나쁘지 않았다. 강한 눈빛에 다소 논리적이면서도 차가운 느낌이었다. 그는 쥐색 양복을 입어서인지 나보다 스무 살 정도 나이가 많아 보였다. 커피숍에 도착하자 소파 끝에 앉아 있던 주경이 내게 윙크를 했다.

부사장의 손가락 끝이 허공으로 솟았다 옆으로 가로질러 위로 뻗었다. 그는 이번 기업 이미지 광고가 몇 번의 사고로 실추된 회사 이미지를 업그레이드시켜준다면 더할 나위가 없겠다고 말했다. 주경이 고개를 끄덕였다. 열린 창으로 바람이 불어왔다. 레스토랑에는 손님이 거의 없었다. 그는 내 어깨와 가슴에 눈을 주다 카운트 쪽을 바라봤다.

"지난 십 년, 우리 회사는 많은 어려움을 딛고 이 업계의 선두 레벨에 들어섰어요. 여러 중장비회사의 굴착기 수출은 유럽과 중국뿐 아니라 한국 계열사 간의 경쟁도 만만치 않아요. 우리 회사는 어떤 위험한 곳에도 날렵하게 장착하여 신속하게 작업해낼 수 있는 제품을 개발하고 있어요. 말하자면 AI 중장비를 준비 중이지요. 그러려면 이번 광고 건으로 우리 회사 이미지가 크게 부각되어야 한다고 봐요. 재경 씨가 그 중심에서 오른팔 역할을 해줘요."

그의 눈빛이 내 눈을 응시했다. 그리곤 나를 향해 미소지었다. 부담스러웠다. 어쩌다 이런 중장비, 프로젝트를 맡게 됐을까? 부사장은 독일 유학에서 공부한 이론과 현장경험을 바탕으로 내년에는『굴삭기 인생, 유압의 미래』라는 책을 낼 예정이라고도 했다. 주경 말로는 굴착기에 대한 그의 사랑은 꽤 열정적이어서 매일 아침 조그만 굴착기를 쳐다보며 하루를 시작한다고 했다. 갑자기 주경이 내 칭찬을 늘어놓기 시작했다.

"기업 이미지 광고는 우리 팀장인 재경 언니를 당할 인재가 없어요. 언니는 청소년과 여성의 심리부터 젊은 직장인의 구매심리까지 훤하게 파악하고 있으니까요."

나는 그녀의 칭찬이 내키지 않았지만 어색하게 미소지었다. L부사장은 반복해서 말했다.

"하여튼 구매자들의 손을 꽉 움켜잡아주세요. 이번 건으로 윤 실장에 대한 개인 특별 보너스까지 챙겨드릴 생각입니다. 일이 잘 진행되면 좋은 곳에서 한번 만납시다."

의외의 말에 나는 놀랐다. 주경이 부러운 듯 나를 돌아보았다.

"팀장님이 근래 힘든 일을 많이 겪으시더니…. 어머~ 특별 보너스라니. 부러워요."

사전에 두 사람은 무슨 얘기가 있었던 듯 부사장이 고개를 끄덕였다. 그는 자기 회사가 중소기업에서 대기업으로 발돋움하는 단계이며 이번 광고가 자기 회사의 운명을 좌우하게 될 거라고 말했다. 그만큼 이 광고에 기대를 걸고 있다는 뜻이었다. 나는 얼떨결에 일을 받아오긴 했으나 쉽게 마음이 당기지 않았다. 또한 건설업 쪽의 이미지 광고는 처음이었다. 나는 일의 특성상 중공업 일이라 그런 것이라고 단순하게 넘겼다.

헤어질 때 부사장의 가슴에 찍힌 Y가 눈에 들어왔다. 그것은 아버지가 가슴에 달고 다니던 배지 '유압'이라는 뜻의 Y와 같은 것이었다. 하필이면 그 회사가 아버지가 사고를 당했던 회사라니. 8년 전 L건설사는 굴착기의 추락사고를 아버지의 실수로 단정 지었다. 나는 작업을 위해 자료를 찾고 공사현장을 둘러보며 여러 가지 사진을 찍었다. 그것들을 다시 그림으로 단순화시키고 컨셉을 부분적으로 강조하여 배치해보았지만 일은 일주일째 제자리걸음이었다. 무엇보다 전체적인 그림이 떠오르지 않았다.

집에서 가까운 B은행에 들러 신용대출을 받을 수 있는지 알아본다. 신용등급이 너무 낮아 대출이 불가능하다며 과장은 싸늘하게 고개를 젓는다. 그는 연금이니 신탁투자니 하는 것들을 권유하기 시작한다. 나는 전단 두어 개만 들고 밖으로 나온다.

B은행 건물 뒤로 화려한 C투자회사가 웅장하다. 이 건물 아래를 걸어가면 내가 개미 같다고 생각하게 된다. 아무리 열심히 달려가도 도착하는 곳은 미미하다. 그 사이에 건물들은 헐리고 다시 지어졌다. 이제 아버지가 살던 집과 아파트도 그 투자회사의 입에 들어갈 것이다.

K시립도서관 휴게실 의자에 앉는다. 매점은 썰렁하다. 파마 머리카락이 푸석한 뚱뚱한 아줌마가 앉아 졸고 있다. TV에서는 차세대 중장비를 소개한다. 미래의 굴착기는 로봇형이다. 한쪽 버킷이 땅을 짚고 굴착기를 들어올린다. 버킷은 위험한 위치의 어디에나 갖다대 몸체를 옮긴다. 굴착기의 버킷과 지지대가 오징어 다리처럼 늘어났다 줄어들며 기계의 움직임을 조종하고 있다.

아줌마가 TV를 꺼버린다. 자동판매기에서 커피를 가져와 마신다. 휴대폰을 켜 다시 차세대 중장비에 대한 영상을 보고 있는데 휴대폰이 울린다. L사 부사장이다.

"바쁘실 텐데…, 광고 작업은 잘 되어가나요?"

"네…. 최선을 다해 볼게요."

"까다로운 일을 맡았는데 격려하는 의미로 저녁이라도 대접하고 싶은데."

"한창 일하는 중이라서요. 하루가 48시간이라 해도 시간이 모자랄 지경이에요."

부사장은 뜸을 들어다가 천천히 입을 열었다.

"사실은… 일은 핑계고… 재경 씨가 보고 싶어서… 허허."

어이가 없었다. 그는 일을 잘해달라고 부탁하는 의미에서 그런 농담을 던질 수는 있으나 이건 아니었다. 부사장은 막무가내로 B레스토랑으로 오후 다섯 시에 나오라고 했다.

"다섯 시면 한참 일을 하는 시간이라…, 일을 끝내고 만나죠. 오늘은 죄송해요."

"그럼, 기다리고 있겠습니다. 오후 다섯 시에 만나는 걸로."

L사 부사장의 목소리가 머리를 어지럽힌다. 그는 나의 직장 상사라도 되는 것처럼 자신의 제안을 거절하지 못하게 했다.

"약속은 꼭 지켜야 해요. 사흘 후 오후 여섯 시까지. 사례는 충분히 할 것이오. 나는 그런 사람이오."

전화는 이미 끊겼다. 아버지에게 있어서도 약속은 목숨과도 같은 것이었다. 죽기 전 마지막으로 아버지는 가슴 속에 쌓였던 말을 했다.

"나는 내 손이 세상을 창조한다고 생각했다. 착각이었다. 사고가 난 그날 만사를 제치고 네 엄마에게 달려왔더라면 그녀를 살릴 수 있었을지도 몰라. 전날 밤 네 엄마는 공사현장에 가지 말라고 나를 끝까지 말렸다. 그러나 나는 빨리 일을 끝내야만 기한 안에 도로가 개통될 수 있다고, 그렇게 해줘야 연말정산과 맞물린, 큰 회사에 딸린 작은 회사 간의 수금 문제에 차질이 없을 거라 소리쳤다. 나는 돈이 문제가 아니라 제 날짜에 일해주고 싶었다. 한평생 살아오면서 그런 마음가짐으로 묵묵히 걸어왔으니까. 그러나 지금은 무엇보다 내 바짓가랑이를 잡던 그 손길이 그립구나."

병실에 누워 있던 아버지의 거친 손이 힘없이 처졌다. 링거 주사도 도움이 되지 못했다. 다만 투박한 손이 아버지의 목소리와 함께 내 주변을 감돌았다. 그 목소리를 뚫고 부사장의 강철 같은 목소리가 끼어들었다.

'약속은 지켜요. 사례는 충분히….'

택시에 앉아 머리를 흔든다. 요즘은 부쩍 아버지가 자주 떠오른다. 아파트 계단을 올라온다. 부사장이 차갑고 거만하게 말할 때면, 나를 지켜보는 눈길과 표정이 또 다른 말을 하는 것 같다. 그럴 때 나는 자신에게 단호하게 타이른다. 부사장은 내게 지나가는 그림이다. 나의 거래처일 뿐이다. 어서 일을 마무리지어야 한다. 공룡해변으로 가봐야겠다.

벌써 아파트 앞이다. 택시에서 내린다. 지하 주차장에 오래 처박아둔 아반떼를 몰고 나온다. 공룡해변은 여기서 한 시간 거리다. 그곳에 가면 무슨 해답이 있을 것처럼 나는 액셀러레이터를 세게 밟는다. 차가 달려가는 쾌감이 머릿속을 시원하게 한다. K신도시 해양공원 공사현장에는 해가 기울고 있다. 정부에서 미래의 '해양 로봇랜드' 발표 이후 지금까지 공사는 중단과 재개를 반복하면서 건설업체는 세 번이나 바뀌었다. 흙이 파헤쳐진 산 입구에는 '땅. 부동산 컨설턴트' '부동산114' 플래카드가 두어 개의 나무에 걸려 있다. 해안 안쪽은 부동산업자들이 하도 찾는 바람에 땅값만 올려놨다고 몇 번 방송에도 나왔던 곳이다.

그런 뉴스를 볼 때면 아버지는 병원에 누워서도 끊임없이 장난감 굴착기 레버를 움켜쥐고 조작했다. 잠을 자면서도 산을 깎고 바다를 메우고 길을 내는 꿈을 꿨다. 아버지는 의사에게 완치될 수 있는지, 다시 걸을 수 있는지 묻고 또 물었다. 가끔 헛소리도 했다. 그러나 아버지의 두 다리는 완전히 골절됐다.

"그만하시라고요."

나는 참다못해 말했다. 그러나 아버지를 만류할 수는 없었다.

"이 손을 봐라. 게으르게 살 수는 없다. 땀보다 더 소중한 건 없어. 내가 건너가야 하는 길 역시 내 손으로 만들어야 해. 이 손이 바로 삽이잖니?"

아버지는 자신의 거친 손을 내보이며 말했다.

"내가 어릴 때 할아버지는 삽으로 동네 길을 낸다고 했어. 종일 부역을 나간 아버지는 삽으로 흙을 파 등으로 져다 부었지. 그래서 만든 것이 고향의 둑이야. 장마가 계속돼 그 둑이 무너지면 논은 강물로 넘쳐났었지. 그걸 만드는 데 딱 삼 년이 걸렸다."

대퇴부 골절, 1급 지체장애인이 된 아버지는 전동 휠체어를 샀다. 어느 날부터 전동 휠체어를 타고 밖으로 나가 이곳을 찾았다. 아버지는 공사장을 하염없이 돌아다니다가 돌아가곤 했다. 고개를 수그린 듯 버킷을 접은 굴착기가 보인다. 아암과 버킷의 곳곳이 녹슬어 있다. 나는 차에서 내려 흙더미에 올라선다. 양손으로 손잡이를 잡고 굴착기 위로 오른다. 유리벽 밖으로 보이는 세상은 하나의 캔버스 같다. 어렸을 때 아버지는 가끔 나를 굴착기에 태워 하나하나 설명해주었다.

운전석에 앉아본다. 열쇠가 꽂혀 있다. 나는 아버지가 가르쳐준 대로 열쇠를 돌려 시동을 켠다. 오른쪽 잠금 레버를 아래로 내린다. 6번의 좌우측 레버를 조종하여 내가 앉은 의자를 돌린다. 의자가 좌우로 회전을 한다. 왼쪽을 본다. 트럭도 비어 있다. 기사는 근처 화장실에 갔거나 트럭 기사와 잠시 무얼 먹으러 갔을 수도 있다. 10번 레버를 움직이자 앞부분이 덜컹, 하며 위로 솟았다 내려온다. 5번 레버를 앞뒤로 조종하자 앞쪽에 붙어 있던 버킷이 공중으로 튀어오른다. 나는 깜짝 놀란다.

아버지의 손과 버킷이 거대한 산을 깎아 길을 내고 산과 산 사이를 잘라 고속도로를 냈다. 아버지는 굴착기의 버킷을 조종하며 바다를 메우고 산을 깎았다. 그는 어려운 작업을 해낼 때마다 무한한 힘을 가진, 절대자가 된 기분이었을 것 같다. 당신의 손이 직접 세상을 창조하는 느낌이었을 것이다.

인간은 죽지만 그 손은 대를 이어 끝없이 성장해간다.

그런 생각을 하고 있을 때 기사가 달려왔다. 나는 놀라 굴착기에서 내려온다. 죄송하다고 거듭 사과를 하지만 기사는 화를 풀지 않는다. 기사에게 신분증까지 보여준 다음에야 나는 겨우 자리를 떠날 수 있었다.

휴대폰에 여러 가지 그림들을 찾아 저장하고 터치펜으로 메모한다. 아버지는 여길 오면 꼭 예전의 동네를 돌아보았다. 잊어버리려 애썼던 그림. 그곳에는 밤마다 떠오르는 희미한 기억들이 있다. 나는 이미 그곳에서 나왔으니 의미 없다고 무시해버렸던 것들이다.

무심코 핸들을 돌린다. 어린 시절 우리 집이 있던 다정동 삼십이 번지. 큰 도로를 지나며 여기가 어디더라, 하고 생각했지만 떠오르지 않는다. 지금은 나지막한 슬레이트 대신에 아파트 건물들이 빽빽하게 들어섰다. 화려한 상가와 백화점과 병원, 헬스클럽과 안마시술소와 학원도 생겼다. 수영장과 최고의 찜질방까지 두루 갖추어졌다. 차로 이십 분 거리 안에 생태공원도 만들어졌다. 인공 강 주변에서 사람들은 산책하고 사진을 찍는다. 밤이면 이름 모를 가수들이 노래를 부르고 공연을 펼치기도 한다.

중학생이었던 내가 버스에서 내려 동네 어귀에 들어서면 개울이 흐르고 그 길을 따라 채송화와 맨드라미와 달리아가 피어 있었다. 그때의 것들은 모두 사라졌다. 나는 낯선 주차타워를 보고야 그 자리가 동네 어귀의 하천이었음을 기억해낸다.

오후 네 시였다. 점심시간이 한참 지났다. 나는 K터널을 지나 이십여 분을 달린 후에 차를 세운다. 그곳에는 바다를 메워 만든 선착장 가까이에 중공업회사가 있다. 선착장 앞에 축구장 열 배 크기의 대형 선박에 수천 대의 굴착기가 실린 것이 보인다. 줄지은 굴착기 뒤쪽에는 아파트를 한 채 옮겨놓은 듯 배 내부가 꽉 차 있다. 남미로 떠날 엄청난 양의 굴착기가 출항을 기다린다. 나는 군대에서 군인들이 사열하듯 굴착기가 한꺼번에 버킷을 들어올리고 내리는 모습을 상상한다. 수많은 굴착기 뒤로 바닷바람이 선선하게 불어왔다.

이어폰으로 광고에 삽입하려던 음악을 들어본다. 고요함 속에서 바다가 길을 내고 언덕과 산이 분리된다. 램프를 든 거인의 손이 산과 집을 옮긴다. 그 손은 버킷이다. 해변은 공원으로 정돈된 오른쪽과 한창 공사 중인 왼쪽 모습이 서로 대조적이다. 나는 휴대폰으로 어제 작업한 배처럼 떠오르는 거대한 손 모형 그림을 찾는다. 음악을 고른다. 모차르트의 〈천지창조〉로 할까. 자연의 소리가 좋을 것 같다. 바닷소리. 파헤쳐진 산과 흙더미와 자갈로 채워진 공사현장에 굴착기 여러 대가 수많은 공룡처럼 서 있다. 내일은 작업을 완성해서 L사에 보내고 부사장을 만나기로 한 날이다.

25시편의점에 들어간다. 낚시하러온 듯한 아저씨가 캔 맥주를 사서 계산을 하고 있다. 나는 의자에 앉아 노트북을 열어 영상 편집을 위해 프리미어 프로그램으로 들어갔다. 전주곡을 잘라내고 바로 도입으로 들어가게 한다. 바닷물이 쏴쏴 철썩이는 소리가 좋다. 〈천지창조〉를 틀었다. 굴착기가 움직이는 모습과 음악이 버무려진다. 음악이 흐르면서 사진이 움직이게 해본다. 독특하다. 이상하게 동영상보다 더 눈길을 끈다. 포토샵 프로그램을 열어 작업하던 사진을 꺼낸다. 바다 한가운데 대형의 배가 떠 있고 그 안에 굴착기가 접혔던 아암을 펴는 사진이다.

집으로 돌아오자 싸늘한 거실 벽과 어두컴컴한 방문들이 우두커니 나를 본다. 나는 식탁에 혼자 앉아 햇반을 뜯어 먹는다. 그 끝에 부사장의 차가운 표정이 말을 걸어온다. 그 얼굴을 스크린 캡처하여 새로운 이미지로 바꿔버릴까, 생각하자 웃음이 난다. 끓는 물을 햇반에 붓는다. 오늘이 작업 마지막 날이다.

기지개를 켜며 베란다로 나간다. 아버지처럼 러닝과 핫팬츠 차림에 손가락 장갑도 껴본다. 두 개의 둥근 철제판을 끼운 긴 쇠막대가 힘을 자랑하며 위용을 떨치듯 내 앞에 버티고 있다. 나는 두 팔로 역기를 들어올려보려 하지만 역부족이다. 수건으로 먼지를 닦는다. 붉은 녹이 짙게 묻어난다. 양판 두 짝과 긴 대를 분리해 아버지의 살갗이기라도 하듯 닦았다. 아버지는 힘줄이 불끈거리도록 역기 들어올리기를 반복했다. 그의 표정은 세상의 누구도 제압할 수 있는 강한 힘이 서려 있었다. 아버지의 삶이 묵묵하게 매일 이어진 것처럼. 몇십 년 동안 한번도 내려놓은 적이 없는 듯 아버지는 오랜 시간이 흐른 후에도 영원히 그럴 것만 같았다. 어린 내가 조그만 아령을 들고 아버지처럼 따라하자 내 머리를 쓰다듬었다. 아버지는 주사위 모양의 긴 실린더를 내 앞에 가져왔다. 손으로 그것을 눌렀다 잡아늘였다 했다.

"이게 우리 손목의 근육과 같아."

"버킷 실린더 상단부에 작동유가 공급되면 피스톤이 하강하게 된다. 그러면 실린더의 로드가 빠져나오기 때문에 버킷이 안쪽으로 움직이게 되는 거란다. 그때 엄청난 힘이 생기게 돼."

나는 아버지의 팔을 볼 때마다 누구보다 강한 팔이라는 느낌이 들었고 굴착기의 버킷이 바로 아버지의 손이라는 생각을 했다. 아버지가 조정하는 굴착기는 대구에서 광주로 강릉으로 공사현장을 오갔다. 한번은 텔레비전에 아버지의 얼굴이 잠시 나타났다. 그는 줄지은 굴착기에 올라 시범을 보이고 있었는데, 1, 2초 정도의 아주 짧은 시간이었지만 나는 단번에 아버지를 알아보았다. 그때 아버지의 손이 세상을 움직이고 있었다.

'모든 것을 움직이는 손.' 이미지가 떠오른다. 그냥 손이 아니라 엄청나게 큰 손이다. 강철로 된 손에는 핏줄이 있다. 사람의 손처럼 선홍색 피가 흐르는 손. 아버지는 지구를 들어올릴 수 있는 어마어마하게 큰 손을 가졌다.

마침내 이미지를 찾았다. 터치펜으로 휴대폰에 메모하고 내가 찾던 그림을 캡처하여 저장한다. 노트북을 꺼낼까 하다 그만둔다. 굴착기의 버킷이 지구를 들어올리는 모습으로 해야겠다. 일러스트 프로그램으로 들어가 지구 안에 아파트와 놀이공원과 다리를 그려넣는다. 굴착기 일러스트에서 버킷을 더 크게 확대한다. 각각의 사진에 버킷이 움직이는 효과를 준다. 광고의 배경 이미지에 섬세하고 예리한 손을 희미하게 깐다. 나는 심호흡을 하며 그 손을 자세히 본다. 굳건한 손에서 뻗어나온 다섯 손가락 끝이 세상의 소리에 귀 기울이며 미래를 예측하고 있다.

결국에는 내 손이 패권을 결정한다.

나는 어떤 높은 장벽도 뛰어넘는 예리한 손가락을 생각한다.

휴대폰에서 문자 알림음이 울린다. 주경이다.

'언니 아버지가 일할 당시 감독관이 바로 부사장, 김승현이래. 그가 사고 당시 현장감독이야. 그들이 언니에게 일을 맡긴 목적은 아버지의 사고를 은폐시키기 위해서래. 부사장 그 자가 언니 아버지한테 위험한 일을 하도록 종용했던 거야.

'그래. 알았어.'

답을 보낸다. 이미 알고 있는 내용이다. 걱정되었는지 주경에게서 다시 문자가 온다.

'언니, 이제 자유롭게 살아. 어둠 속에서 갇혀 살지 말고. 지나온 길은 결코 뒤돌아보지 말아야 해. 그냥 다 털어버려야 새 길도 나타나지.'

주경은 비록 대학을 졸업하지 못했지만, 인간관계가 좋았고 거래를 해야 할 때와 돌아서야 할 때를 알았다. 그녀는 막다른 골목에서 늘 새로운 길을 열었다.

나는 광고주 회사의 의견을 묻겠다는 식으로 광고 그림의 시안을 L사 메일로 띄운다. 그동안 고심해 작업한 내용과 마지막 수정 요구가 있으면 조정작업을 하겠다는 의미다. 컴퓨터에서 시안을 첨부 파일에 담아보내기 버튼을 클릭한다. 손가락과 목덜미, 어깨가 뻐근하다. 손목을 돌려본다. 지난 시간은 다시는 돌아오지 않을 것이다. 내게 남은 것이라곤 이제 컴퓨터와 손가락이 움직이는 힘이다.

손으로 옷매무새를 마무리하며 K호텔로 들어선다. 레스토랑 문을 밀고 들어가자 둥근 테이블의 군데군데 사람들이 앉아 있다. 웨이터가 지나가며 허리 굽혀 인사한다. 테이블 앞쪽에는 무대가 있다. 그 가운데 바이올린과 첼로 등을 켜는 악단이 보인다. 〈구름 걷기 Walking on the cloud〉 음악이 흐른다. 창가로 눈을 돌리자 L사 부사장 김승현이 일어난다. 나는 두 시간 전, 정확하게 오후 여섯 시에 작품을 보냈다.

나를 보자 그의 얼굴은 굳어진다. 순간 조금 당황한다. 그는 이내 미소를 지으며 다른 얼굴이 됐다.

"번득이는 아이디어를 낸 재경 씨가 보고 싶어서 단숨에 달려왔어요. 광고 디자인을 보고 우리 임원진이 모두 박수를 쳤지요…."

김승현은 내게 깍듯하게 감사의 인사를 건넨다. 나는 조금 도도한 표정을 지으며 푸근한 미소로 답한다.

"오늘은 저녁 식사보다 술이나 한잔하려고 좀 편한 곳으로 불렀소."

"…."

나는 호주머니에 든 아버지의 사진을 꺼내 그에게 보여주며 단도직입적으로 따져 묻고 싶다. 그러나 그는 활짝 웃고 있다.

"일만 하다보니 청춘이 다 지나버렸어. 옆에서 대화 상대가 되어주던 여동생이 작년에 미국으로 시집가버렸지. 애인에게 버림받은 것처럼 얼마나 쓸쓸하던지. 가끔은 혼자라는 느낌에 멍해질 때가 있어요."

나는 살짝 웃어주다 창가로 눈길을 돌린다. 만화 주인공의 캐릭터를 본뜬 조그마한 로봇이 있다. 로봇이 찌그러진 얼굴로 웃고 있다. 김승현은 우스꽝스러운 표정을 지으며 미소를 날린다. 웨이터가 다가와 허리를 접어 고개를 숙이더니 주문을 받는다. 김승현이 프랑스산 고급 와인 '스칼라로 브라켓도 다큐멘터리'를 주문한다.

"시저가 클레오파트라의 마음을 사기 위해 대접한 와인이지요."

나는 꼿꼿하면서도 담담한 표정을 유지한다.

"하하 그동안 수고가 많았어요. 잘하리라 믿었지만, 광고 시안은 기대 이상입니다. 앞으로 몇 년쯤은 재경 씨가 만든 이미지를 그대로 쓸 것 같습니다. 물론 이삼 년 안에 내가 대표를 맡겠지만 말입니다."

나는 무덤덤하게 대하려 애썼지만, 그의 권유에 못 이겨 포도주를 너덧 잔 마셨다.

김승현은 막 큰일을 치러낸 사람처럼 안도하는 얼굴이다.

"이곳은 밥도 먹고 술도 마시고 춤도 출 수 있는 곳입니다. 느긋하고 편안하게 즐기셔도 돼요."

술기운이 감돈다. 무대에서 남녀 두어 쌍이 스텝을 밟고 있다. 사람들은 스텝에 맞춰 오른쪽 왼쪽으로 몸을 돌려서 손을 잡는다. 그들은 타협에 능숙한 사람들 같다. 색색의 조명이 그들의 표정을 숨긴다.

"당신이 굴착기가 되어 나를 도와줘요."

플라시도 도밍고와 존 덴버의 〈퍼햅스 러브Perhaps love〉가 흘러나온다. 물방울 조명이 무대를 돈다. 김승현이 손바닥을 내민다. 나는 그의 손을 잡으며 무대 앞으로 나간다. 음악에 맞추어 세련되게 발을 움직이는 김승현은 웃고 있다. 나는 리듬을 타는 척하며 발을 옮긴다. 김승현이 손을 내 어깨에 얹는다. 손가락에 힘이 느껴진다. 그의 갈고리 같은 손이 내 몸을 착 감아 끌어올려서 흔적도 없이 삼켜버릴 수도 있다.

미래는 힘센 손이 아니라 예리하고 섬세한 손이 패권을 결정한다.

나는 칡덩굴처럼 상대의 몸통을 서서히 휘감으며 오르다 마지막에 숨을 단번에 꺾는 모습을 떠올린다. 어느새 김승현의 손이 내 등을 감싸더니 허리를 끌어안는다. 나는 오른손을 서서히 쳐든다. 붉고 파란 조명이 원을 그리며 부사장과 나를 비춘다. 그의 몸이 껴안을 듯 밀착한다. 그가 어떤 패를 숨기고 있는지 알 수가 없다. 나는 불안한 마음에 L사 부사장을 뿌리치고 나와버린다. 문을 열고 나가자 미세한 바람이 불어온다.

유리문 밖으로 테라스 쪽에 벤치가 있다. 벤치에 앉아 붉어진 얼굴을 의식하며 호주머니에 손을 넣는다. 까칠한 종이쪽지 같은 것이 잡힌다. 꺼내보니 슬픈 표정을 짓는 아버지 사진이다. 검소하고 성실하게 한평생을 살아온 얼굴에서 나는 어떤 어둠을 읽는다.

어느새 부사장이 옆에 와서 허리를 숙이고 내 손에 든 사진을 본다. 그는 누구냐고 묻는 듯 능청스럽게 나를 보았다. 나는 모른 척 그를 올려다보며 천천히 말한다.

"친구의 아버지인데 저를 많이 보살펴주셨죠. 친구가 외국으로 떠나며 사진을 주고 갔어요. 오래 전 어떤 회사에서 사고를 당했다는데 마음이 아프네요."

그의 얼굴이 차갑게 굳더니 말한다. 입을 열었다.

"독일에서 유학생활을 하는 동안 힘든 일이 있을 때마다 나는 일하다 사고를 당한 나이 든 동료를 떠올리며 힘든 시간을 이겨냈어요. 하하하 오늘 따라 그분이 생각나는군요. 어쨌거나 윤 실장이 친구 아버지의 사진을 가지고 있다니…, 의외로군요."

부사장은 표정 하나 바꾸지 않고 내 눈을 쳐다본다. 너도 알고 있는 사실을 왜 모른 척 묻고 있느냐고. 나도 그의 눈을 똑바로 노려본다. 너는 내 아버지의 사고를 묻어버리고 독일 유학까지 갔다. 남은 가족은 생각이라도 해봤니? 불행하게 죽은 내 엄마는? 고아가 되어버린 나는?

부사장이 긴 한숨을 내뱉더니 눈을 내리깔고 팔짱을 낀다. 그의 머릿속에는 어떤 패를 가지고 있을까. 그가 나직하게 다시 입을 연다.

"이봐요, 아가씨. 세상은 빠르게 변하고 있어요. 세상을 움직이는 건 대기업의 손이오. 당신이 말하는 신의 손 말이오. 굴착기, 앞으로 엑스커베이터도 리모컨으로 밖에서 조종이 가능해졌소. 얼마 안 가 AI 로봇이 일하는 시대를 맞을 거요. 중요한 것은 이미 변해버린 현실을 받아들이느냐 마느냐예요. 난 그쪽이 마음에 들어요. 마지막 선택은 윤 실장에게 맡기죠."

그가 웃옷 안쪽에서 노란 봉투를 꺼내 들더니 내 앞에 내놓자마자 문을 열고 사라진다.

봉투 안에는 그가 약속한 추가 액수의 현금이 들어 있다. 화가 치솟았으나 나는 천천히 심호흡을 하고 일어선다. 더 그에게 흔들리고 싶지 않다. 제복 차림의 직원이 다가와 내 앞을 막아선다.

"다 준비됐습니다."

호텔 직원은 두 손을 모으고 고개를 숙인다.

"무슨…."

"부사장님이 VIP 505호 특실을 준비하라고 하셨는데, 입실이 가능합니다. 지금 올라가셔도 됩니다."

군청색 바탕에 붉은 테를 두른 제복의 직원이 내게 키를 쥐어주고 가버린다.

나는 다리가 후들거려 나는 넘어질 뻔한다.

'나는 괜찮다. 그러니 쓸데없이 지난 일에 신경쓰지 말고 재밌게 살아가도록 노력해.'

아버지의 목소리가 들리는 듯하다. '맞아요, 아버지.' 그러나 처리해야 할 게 있다. 찬 공기가 나를 호텔 객실이 있는 곳으로 이끈다. 나는 엘리베이터에서 내려 복도를 돌아나가 코너의 오른쪽 방으로 걸음을 옮긴다. 방문을 열면 깔끔한 침대와 하늘이 내다보이는 통유리, 그 너머로 세상이 훤히 열려 있으리라. 패권은 섬세하고 예리한 손에 쥐어져 있다. 나는 주먹을 쥐고 마술을 부리는 손을 정비하듯 가느다란 손가락을 하나하나 움직여본다.

노크한 후 나는 방안에 귀를 기울인다.

"어서 들어와요."

경쾌하게 들뜬 부사장의 목소리가 들린다. 나는 키 카드를 문에 대고 손잡이를 힘껏 돌린다. 내 손으로 부사장의 단단한 몸을 휘감다 어느 순간 급소를 단번에 찌르는 상상을 하며.

성숙한 시선, 삶의 성찰

— 홍혜문 소설집 『나는 안미자입니다』

김나정/ 소설가

서글프고 답답하다. 더는 이렇게 못 살겠는데, 앞으로 어떻게 살아야 할지도 잡히지 않는다. 소설은 실패한 사람들의 기록이다. 홍혜문의 소설은 삶과 씨름하는 인물들을 담아낸다. 막다른 골목에서 놓인 인물의 상황을 성실한 묘사로 생생하게 그려내고, 인물의 내면을 깊숙이 들여다보고 묘파한다. 소설의 미덕인 사실성은 인물의 직업이나 하는 일, 그들이 놓인 낯선 세계를 그려내는 솜씨에서 확보된다. 해저터널을 뚫는 남자, 화가, 조각가, 전화로 낯선 사람과 대화를 나누는 일을 하는 남자, 일러스트 작가, 광고 디자이너 등 다양한 직업군이 등장하여 현실감을 확보한다. 또한 인물들이 종사하는 직업들은 주로 '만드는 것'이란 공통분모를 지닌다. 창작의 난관은 삶의 궁지와 맞물리며 문제의 해결 국면은 창작의 성취와 자연스럽게 연결된다.

인물의 상황을 적절한 비유나 소재로 함축적으로 담아내는 면이 돋보인다. 냉동실에서 얼어가는 맥주, 바다 밑 해저터널, 진흙에 뿌리박은 수초, 골방에 갇힌 이름을 빼앗긴 여자, 봄을 뜻하는 새 '바하아', 쑥범벅, 포클레인의 '버킷' 등 다채롭고 신선한 소재로 분위기를 형성하고 소설이 말하고자 하는 바를 응결시킨다.

소설은 사후 진술로, 지나간 일의 복기하고 의미를 부여한다는 특성을 지닌다. 삶에 덜미를 잡히고 사람에게 치인 인물들은 살 길을 모색한다. 그 첫 발자국은 '회상'이다. 도대체 어쩌다 이렇게 잘못된 길에 들어섰을까를 짚어보는 것이다. 현재의 상황이 얼마나 팍팍한지 그려주고, 그와 연관된 과거사를 복기한다. 삶이 반드시 인과관계로 풀리는 건 아니지만 소설은 과거와 현재의 연관성을 찾고자 한다. 그것이 해법의 단초를 제공하기 때문이다. 함께 오래 시간을 보내주지 못했기에 사이가 벌어졌고, 욕망을 다스리지 못했기에 나락에 굴러떨어졌으며, 진심을 말하지 못했으니 뜻대로 살질 못했다.

홍혜문의 소설은 인물이 놓인 상황을 드러내며 이러한 난국을 어떻게 헤쳐나갈 것인가라는 문제로 요약된다. 진단과 처방으로 갈음해도 무방하다. 어떻게 살아야 할 것인가라는 누구나 붙들고 있는 힘겨운 화두와 씨름한다. 소설 속 인물은 우리만큼 고민하며 우리처럼 몸부림친다. 우리 대신 삶을 앓는 사람들의 투병기를 통해, 우리는 생의 면역력을 얻게 된다.

얽힘과 풀어냄

인물이 놓인 고난은 주로 '인간관계'에서 비롯된다. 사람만큼 사람을 섭섭하게 만들고 서글프게 하는 것이 드물다. 소설의 진행은 이런 삐걱거리는 관계의 해법을 찾는 일과 맞물린다. 홍혜문의 소설은 관계의 엇나감을 주로 '가족'이라는 친밀한 관계로 한정지어 세밀하게 탐구한다. 믿었기에 더욱 뼈아프고 기대했기에 한층 절망시키는 것이 가족이란 친밀한 인간관계의 그늘이다. 「트임벨」의 남자는 아내를 떠나보냈고, 「워터 히아신스」의 여자는 남편의 배신으로 휘청거린다.

「해저터널」에서 태국의 아내는 죽음을 앞뒀다. 사이가 원만하지 못했던 아내의 중병은 화자에게 압력으로 작용한다. '어떻게 해야 하는지 몰랐던 거야. 당신을 이 지경으로 만들 생각은 전혀 없었어. 이렇게 될 줄 정말 몰랐어.' 아내와의 사이는 바다를 사이에 둔 섬과 섬처럼 까마득하기만 하다. 작별인사를 건너야 하는데 다시 다가갈 길은 보이지 않는다. 그는 자신과 아내 사이의 일을 되짚는다. 어쩌다 이 지경까지 오게 되었을까. 아내는 일에만 매달리는 남편의 '지나친 완벽'을 집착이라 성토했고, 화자는 자신의 일을 이해하지 못하는 아내가 섭섭했다. '인간이 산을 뚫고 바다에 길을 내면서 한 뼘밖에 안 되는 서로의 가슴속에도 이르지 못하는 것은 무슨 이유일까?' 섬과 섬을 잇는 해저터널을 화자의 뚫는 일과 아내의 마음에 가닿은 길을 내는 일을 맞물린다. 열 길 물속은 알아도 한 길 사람 속은 오리무중이다. 물 아래 터널 뚫기라는 난제보다 아내와 이어지는 길을 내는 것이 더 요원하다.

하지만 회상을 통해 그는 아내와의 갈등의 상황을 다시 치러낸다.

그 전에는 보이지 않던 것들이 보이기 시작한다. 시간의 확보는 국면을 새롭게 바라볼 거리를 제공한다. 상대가 아니라 자신의 문제가 보이기 시작한다. 상대를 자신의 입장에서만 단정짓지 않게 된다. 하여 그는 "하나 마음이 이어지려면 서로의 입장을 이해해야만 가능하다는 생각이 이제야 든다. 사람이 서로를 이해하기 위해 갈등을 거쳐 건너가는 길이란 얼마나 어렵고 긴 길인가"란 결론에 이른다. 터널은 양쪽 방향에서 파고들어가는 것이다. 태국과 아내는 서로에게 통하는 길을 냈던 것이다. 태국은 투병 중인 아내가 자신을 찾아왔었다는 걸 알게 된다. "아내는 점점 늘어나는 암세포를 의식하며 자신의 이기심을 하나씩 하나씩 내려놓았다는 생각이 든다. 그녀가 병원 창가를 바라보며 그렸던 그림. 그것은 그녀의 조각난 마음을 하나로 연결하고 보듬으려는 애틋한 마음이 아니었을까." 해저터널은 완성되고, 아내와 태국의 마음은 뒤늦게나마 이어진다.

나를 괴롭게 했던 상대를 '제대로' 봐준다는 것은 쉬운 일은 아니다. 「트임벨」의 한 대목을 빌리자면 사람은 상대에 대한 원망을 자신을 합리화하고 위로하는 수단으로 삼기 쉽기 때문이다. 이런 면을 인식하면 자신의 상황을 자신을 객관적으로 바라보고 상대를 비난하는 일을 멈추게 된다.

사람의 목소리가 그리운 사람들은 트임벨에 전화를 건다. 자기의 존재를 확인하고 싶은 사람들이기도 했다. 그들은 똑 같은 얘기를 했다. 파트너 때문에 속상해요. 생각할수록 답답해요. 죽고 싶을 만큼 우울

해요. 하지만 그들은 자신의 주관적인 감정에서 벗어날 줄을 몰랐다. 나는 '예. 그러셨군요. 참으로 속상하시겠습니다'라며 마음을 다독여주게 되면 손님은 자신에게 상처를 준 상대를 나쁜 사람으로 각인해버리는 경우가 많았다. 상담자가 어느 순간부터 손님에게 상처를 준 사람의 입장을 얘기해주면 손님은 저항하기 시작한다. '그렇지 않아요. 그는 정말 나쁜 사람이에요'라며 강하게 거부했다.

「트임벨」의 남자는 사업에 실패하고 아내마저 잃었다. 생의 끄트머리에 내몰렸다. 지금은 익명의 상대와 대화를 나누는 '트임벨'에 근무하며 겨우 생활을 꾸려간다. 남자는 트임벨을 통해 이야기를 늘어놓는 고객들에게 마음이 가질 않는다. 그네들은 "좁은 제 생각에 갇혀 가까운 사람을 원망하거나 서운해하는 것"에 불과하다고 여긴다. 특히 냉동실에 맥주를 넣어둔 이야기를 늘어놓는 여자가 마뜩찮다. 따지고 보면, 자신과 다를 바 없기 때문이다.

폭발 직전의 아슬아슬한 상황에 놓여 있기는 화자도 매한가지다. 고시원에서 추운 나날을 보내는 화자는 다른 사람과의 소통과 단절되었다. 그의 속에는 거품처럼 분노와 회한이 들끓는다. 야심차게 열었던 보리밥 뷔페집이 문을 닫고 아내는 생계를 위해 노래주점에 나갔다. 화자는 아내를 용서할 수 없었고, 아내는 자신을 그 지경까지 내몬 남편을 견딜 수 없었다. "우리가 쌓아온 믿음들이 하나하나 깨지고 있었다. 그것이 더 아팠다. 자신을 정당화시키기 위해 나를 모욕한 아내를 용서할 수 없었다. 나를 정당화시키기 위해 아내를 모욕한 나를 결코 이해할 수 없었다." 하지만 남자는 전화통화를 계속 하면서 얼굴도 모르는 사람들에게서 자신을 발견한다. 맥주를 냉동실에 넣어둔 여자와 냉동실 속에서 얼어터지는 맥주병에서 자신을 본다. 전화를 걸어 하소연하는 사람들과 자신이 별다를 게 없다는 걸 발견한 순간, 거울 속에 내 얼굴이 떠오르기 시작한다. 갇힌 방에서 듣는 타인의 목소리가 내 속의 목소리를 끌어낸다. 현실 인식과 회상과 후회, 객관적으로 자신을 들여다보는 과정을 거쳐 인물은 회복에 이르게 되는 것이다. 인물이 치러내는 이런 지난한 자기 모색의 과정은 삶이란 난제의 해법을 제시한다.

「내 마음의 렌즈」은 자신을 객관적으로 바라보고자 하는 인물의 자기 인식을 적극적으로 담아낸다. 거래를 성사시키기 위해 약속시간에 맞춰서 가야 한다. 테슬라를 타고 달리는 남자의 속도에 맞추려면 고속열차에 올라타야 한다. 하지만 열차는 사고로 멈추고 다른 열차를 갈아타려고 했지만 실수로 엉뚱한 역에 가게 된다. 마음은 급한데 뜻대로 되는 일이 없다. 하지만 이 시간의 틈새는 화자가 자신을 들여다볼 거리를 만들어준다.

> 고속열차는 스쳐가는 어떤 것에도 머무를 수 없을 만큼 빨리 달려갔다. 나는 손을 불끈 움켜쥐었다. 이미 지나온 시간은 그리 큰 의미가 없다고 생각했다. 견고하고 멋진 미래의 성을 만들기 위해 현재의 나를 희생하는 게 낫지 않을까. 목표 지점으로 달려가는 것에 에너지를 쏟는 것만이 유일하게 나를 구제하는 일이라 생각해왔다. 그런데 현재만

있고 미래는 없는 것이라는 생각이 불현듯 드는 것이다.

빠른 교통수단은 목적지에 닿은 것만을 중시한다. 풍경은 지워버린다. 지나온 길은 그저 스쳐지나가는 통로에 불과하다. 화자는 그렇게 자신을 다그치며 달려왔다. 의도하지 않는 '느림'은 생각의 자리를 만든다. 또한 약속장소인 카페에 걸린 모형이 눈길을 잡아끈다. "아까 들어올 때 보았던 카메라의 렌즈와 그것을 바라보는 사람의 눈 모형이 보였다. 저 '내 마음의 렌즈'와 그것을 바라보는 눈은 사람들이 자신을 제대로 볼 수 있도록 스스로를 객관화하는 눈인 것 같았다. 우리는 매일 같은 시간과 공간을 빨리, 더 빨리 외치며 달려가고 있었다. 피곤했다." 시간에 쫓기고 현재에 매몰되어 살아가는 자신의 모습을 발견하게 해준다. 그런 깨달음 뒤에야 진정으로 자신이 원하는 자기 모습을 찾을 수 있다. 떠밀려가는 것이 아니라 쫓기는 것이 아니라 내 발로 내 속도를 되찾는 일이 가능하다.

빌딩 아래에서 한 남자가 나를 올려다보고 있었다. 어쩐지 얼굴에 어둠이 깔려 있었다. 나의 아바타는 물거품처럼 사라지는 시간 속에서 유일하게 나라고 느낄 수 있는 일이었다. 제임스 김은 나의 아바타를, 나의 재능을 사겠다고 했다. 그는 나의 실력을 알아주고 존중해주는 사람이었다. 나는 이미 그의 기업에 입사한 사람처럼 엘리베이터를 타고 등을 꼿꼿이 세운 채 구름다리 빌딩 아래로 내려갔다.

―「내 마음의 렌즈」 중에서

「바하아」의 주인공 이안은 목각새 '바하아'를 찾으러 터키에서 한국까지 왔다. 나무 조각을 하는 이안에게 바하아가 지닌 의미는 각별했다. '긴 겨울을 지나면 만나게 되는 눈부신 봄'이란 뜻을 지닌 바하아는 이안이 가장 어두운 시절을 보낼 때 빛이 되어주었다. 하지만 그는 바하아를 찾는 대신, '샤를'이란 여자를 만난다. 두 사람의 삼성궁 산책은 시간과 공간의 접점을 찾는 결말로 귀결된다. 그들은 원하던 새를 찾진 못했지만 더 너른 시간과 공간 속을 노닐게 된 것이다. 새를 찾는 과정에서 그들은 하늘을 누리는 새가 된다.

복기와 복귀

홍혜문의 소설에는 화자가 과거를 회상하는 과정이 찬찬히 펼쳐진다. 마치 예전에 둔 바둑을 복기하듯, 무엇이 문제였으며 어디서 막혔는지를 출발점부터 되짚어보는 보는 것이다. 괴롭다고 망각하면 문제는 반복된다. 「버킷」의 화자가 "나는 괜찮다. 그러니 쓸데없이 지난 일에 신경 쓰지 말고 재밌게 살아가도록 노력해"라는 아버지의 말대로 살기 위해 과거에 벌어진 일을 가리려고 마음먹었듯이 말이다. 다만 묻고 잊는 것만으로 새로운 삶은 열리지 않는다. 언제까지나 과거에 덜미를 잡혀 종종걸음 칠 뿐이다.

「나는 안미자입니다」의 화자 안미자는 치매를 앓는다. 검은 늪 속을 혼자 기어가는 꿈을 꾼다. 아무도 모르게 죽어갈까 두렵다. 하지만 가물거리는 기억보다 화자를 괴롭게 하는 것은 소외감이다. 아프고 늙은 미자는 집안 구석에 퇴물 장롱처럼 버려졌고, 딸은 어머니인 자신보다 간병인 '안미자'를 더 살갑게 대한다. 간병인이 단 둘이 남으면 안미자를 홀대한다는 사실은 알지 못한다. 미자는 어머니의 자리뿐만 아니라 정체성을 상징하는 이름마저 빼앗긴 것 같다. 인생을 결산하는 노년에 이르러 살아온 나날들이 송두리째 허무해진다.

어쩌다 이 지경에 이르렀을까. 이런 후회는 '과거'로의 탐색으로 이어진다. 힘들게 간신히 살아온 나날이었다. 중풍에 걸린 시어머니를 챙기질 못했다. 이제야 새삼 "그때 말갛게 바라보던 시어머니의 서글픈 눈이 생각난다" 시어머니의 자리에 자신을 놓아본다. 살기에 바빠서 딸을 살뜰히 챙겨주지 못했다. 자신의 이름을 잃고 '역할'을 수행하는 데만 바빴다. 그러다가 종국엔 이름으로 상징되는 정체성마저 빼앗긴 것 같다.

이제 죽음으로 떠밀려간다. 이런 삶의 의미는 무엇일까. 결국 남은 것은 무엇일까. 소설의 말미에서 화자는 어두운 방에서 홀로 죽는다. 안미자는 유언처럼 삶의 끝자락에서 내뱉는다. "나는… 아안미자임니다.… 안미이자 여사라고 불러주세에요. 미자라고 불러도 댐니다… 내 이름은…." 비록 안타까운 죽음으로 마무리되었지만, 화자의 회상은 삶에서 놓치지 말아야 할 것이 무엇인지를 우리에게 알려준다. 마지막에 그녀에게 그토록 간절했던 것은 자신의 '이름'이었다. 복기는 같은 실수를 되풀이하지 않으려는 의지의 산물이다.

「말분의 사랑」은 치매에 걸린 노인 말분의 내면을 들여다본다. 딸인 정혜는 그렇게 과거 속에서만 살아가는 엄마를 보는 것이 마뜩치 않다. 하지만 노인의 기억은 가슴 뛰던 열여섯 무렵을 맴돈다. "열여섯 살의 말분은 연분홍 블라우스에 진초록 벨벳 치마를 입고 벚꽃 길을 걸어가고 있었다.” 아름답고 설레던 시절로 자꾸 돌아간다. 하지만 그 시절이 온통 찬란하지만은 않았다. 한 사람을 사랑했지만 놓쳤다. 그런 엇나감은 비극을 불러왔다. 사랑을 놓치고 그 사랑을 양보해준 친구마저 아이를 낳다가 숨졌다. 말분은 베트남 전쟁에 참전하여 행방불명이 된 남자와 혼인신고를 하고, 친구가 낳은 딸을 걷어들인다.

말분의 과거는 아름답지만은 않다. 꽃이 활짝 피던 시절에서 꽃이 진 자리까지 아우른다. 하지만 그 모든 것이 꽃의 계절이었다. 엄마의 이야기를 들은 정혜는 진실을 알려달라고 채근한다. “정혜는 자신이 순덕의 딸이라는 사실을, 엄마가 결혼도 하지 않고 자신을 키워주었다는 사실을 듣고 싶었다.” 하지만 말분은 평온한 얼굴로 눈을 감는다. 열여섯 시절의 사랑은 그렇게 결실을 남기고 조용히 진다. 되살아보니, 아무것도 남기지 않고 떠난 것은 아니었다.

과거를 회상한다는 것은 지난 시간의 의미를 길어내는 일과 맞물린다. 시간을 돌릴 수는 없지만, 그 시간들에게 ‘다른’ 의미를 부여할 순 있다.

상실을 받아들이고 새로운 단계로 나아가려면, 절절한 애도 과정이 필요하다. 슬픔은 마음의 상태이고 애도는 그것을 표현하는 마음의 과정을 뜻한다. 이 과정을 통해 주체는 상실을 받아들이고 비로소 새롭게 나아갈 수 있다. 자신을 흔들었던 충격경험을 형상화하고 또한 상실의 원인에 대해 묻고 답하기를 반복함으로써 수동적으로 충격을 받아들이는 상태에서, 그 충격을 자신의 내면적인 현실로 만드는 일이 중요하다. 그래야만 새로운 출발이 가능하다.

자신을 억누르던 과거와 마주한 순간, 그것의 의미를 받아들인 순간, 새로운 삶이 열린다. 과거를 자신의 것으로, 의미화하는 작업은 인물들이 자신의 맡은 일을 해내는 장면으로 갈무리된다.

> 시간은 어떤 견고한 것도 마모시키고 부서져 나가게 하고 흐리게 한다. 내 손이 마우스에 힘을 가하자 굴삭기의 버킷이 선명해지며 점점 커진다. 마음먹기에 따라 세상의 모습이 달라지듯 나는 손가락의 섬세함으로 화면 속 세상을 완전히 다르게 바꿀 수 있다. 나는 며칠 동안 굴착기의 웅장한 모습을 어떻게 그려낼지 고심하고 있었다.
>
> —「버킷」 중에서

물의 말

삶의 다른 국면은 무거움에서 벗어나 가벼움을 성취하는 과정으로 이어진다. 가벼움은 '비어냄'에서 얻어진다. 「바하아」에서 주인공 "이안은 시공을 초월해 순식간에 먼 곳으로 건너가는 새를 상상했다. 현재는 끊임없이 과거로 사라지고 있었으므로 그 속도만큼 그가 가진 모든 것을 비워야 한다".

「워터 히야신스」의 만희는 물을 찾아서 미얀마로 불쑥 떠난다. 미얀마의 띠잔 축제 영상에는 온몸이 물범벅이 된 상태로 환호성을 지르며 웃던 사람들이 등장한다. 그 물에 끌렸다. 만희는 남편의 배신을 겪고 유산했으며 남편의 여자에 대한 살인미수로 나락에 떨어졌다. 게다가 팔이 굳어 그림마저 그리지 못한다. 만희는 진흙탕에 버려졌다. 너무 깊은 수렁이라 빠져나올 길이 없었으며, 온몸에 묻은 진흙을 떨쳐낼 기력이 없었다. 과거는 치욕과 슬픔이며 캄캄한 구렁텅이였다. 여기서 어떻게 빠져나갈까, 어떻게 다시 숨쉴 수 있을까. 만희는 자연스럽게 물에 이끌린다.

미얀마에서 만희는 한 소년의 집에 머물며 물을 배우고 삶을 다스리는 법칙을 배워간다. 물에 빠지면 버둥거리면 안 된다. 버둥거리면 바닥에 깔린 수초 뿌리가 사람을 더 단단하게 옭아매기 때문이다. 소년의 말을 통해 만희는 "살기 위해 미친 듯 발버둥치면 숨이 멎게 될 수 있다"는 역설을 깨닫는다. 만희의 붓끝에서 태어나는 히아신스는 덧칠 때문에 망가지곤 했다. 지워내고 덜어내야만 히아신스는 온전히 피어난다. 덧칠을 지워내고 중심을 찾는다. 연꽃밭에 대를 바로 세워야만 배가 흔들리지 않는다. "제대로 선다는 것은 뿌리를 내리는 일이다. 시간 속 한 지점에 깊이 자신을 내주는 일이다." 만희는 수초를 보며 과거에서 놓여나는 법을 알게 된다. "진흙을 기분 좋게 받아들인 수초는 그것을 거름 삼아 쑥쑥 성장했다. 땀이 흐르는 만희의 눈에 수초들이 키우는 열매가 어른거렸다."

이 작품의 제목이자 중심 소재인 '워터 히아신스'는 텅 빈 공기주머니를 달고 있기에 살아갈 수 있다. "모든 것을 비운 가벼운 공기주머니가 수초를 가볍게 살게 하는 것이다." 아이를 잃은 만희의 허전한 아랫배가 어떤 숭고함 같은 걸로 채워지는 것 같다. 이 작품은 뿌리를 내려 중심을 세우고 어두운 과거를 자양분 삼아, 열매를 맺는 히아신스의 한살이를 따라간다. 작품의 마지막에서 만희는 붓을 들고 히아신스를 그린다. 예전에는 덧칠을 했지만 이제 줄기와 잎을 따버리듯 색을 덜어낸다. "수초는 보이지 않지만 겨우내 잠을 자며 뿌리에 양분을 저장한 듯 강물 아래의 뿌리만 탄탄했다."

이 소설집에 빈번하게 등장하는 '물'은 현실의 압력과 치유의 힘이란 이중적 의미를 내포한다. 나를 둘러싼 환경의 압박, 조여든다. 숨이 막힌다. 「해저터널」에서 물 한 방울은 터널을 붕괴시킬 만큼의 위력을 지녔다. 「트임벨」에서 병에 갇힌 물은 제 안에서 얼어터지기 직전이다. 물은 사람을 둘러싼 환경의 압박, 조여들어 숨이 막히게 하는 것들을 의미하기도 한다.

반면 물은 흐르고 감싸는, 모든 것을 섞이게 하는 힘을 지녔다. 물은 관계를 이어주는 윤활유 역할을 한다. 삶에 부대껴 메말랐던 민희의 마음은 자신을 걱정해주는 소년의 말에 누그러든다. 그에 답하듯 '눈물'이 흐른다.

「트임벨」의 화자는 마지막에 자신을 풀어주듯, 욕조에 맥주를 들이붓는다.

> 나는 욕조에 맥주를 들이부었다. 기포가 빠져나가자 맥주의 특이한 냄새가 신선하게 느껴졌다. 편의점에서 사온 맥 주 캔을 두 개 더 부었다. 냄새가 향긋했다. 옷을 벗고 고무욕조 속에 들어가 앉아 두 다리를 펴고 눈을 감았다. 기분이 좋았다. 나는 태아 가 되어 양수 속에 유유

히 떠 있는 것만 같았다. 습기가 코로 가슴으 로 다가왔다. 몸을 씻고 나오자 개운했다.

물이 주는 자유로움은 감정의 해방이며 갇힌 말을 풀어주는 것과 통한다. 「나는 안미자입니다」의 화자는 애타게 말하기를 원했다. "누구하고라도 얘기를 좀 해보"기를 갈망했다. 하지만 누구도 화자의 말을 듣지 않았다. 말이 막히자 화자는 요강을 던지며 고함을 친다. 세 음절인 제 이름을 부르고, 듣고 싶었지만 이루지 못했다. 「트임벨」은 얼굴을 모르는 타인이래도 대화하려는 사람들이 등장한다. 이야기의 물꼬가 트이는 순간, 마음을 옥죄던 것들이 풀려나온다. 혼자서 터져버리지 않기 위해, 외따로 쓸쓸히 죽지 않기 위해 타인에게로 흐르는 물길을 내고자 한다. 물은 생명체의 삶을 지탱하는 근간이다. 생명활동에 필요한 모든 화학반응은 물 없이 불가능하다. 사람이란 알고 보면, 물주머니와 다를 바 없다. 생명체는 물에서 생겨났다. 살아 있는 모든 것을 살게 하는 물, 홍혜문의 소설은 그 따뜻하고 자유로운 물의 말을 담아내는 그릇이다.

홍혜문 소설집
나는 안미자입니다

지은이_ 홍혜문
펴낸이_ 조현석
펴낸곳_ 북인
디자인_ 푸른영토

1판 1쇄_ 2022년 01월 31일
출판등록번호_ 313 - 2004 - 000111
주소_ 121 - 842 서울 마포구 서교동 467 - 4, 301호
전화_ 02 - 323 - 7767
팩스_ 02 - 323 - 7845

ISBN 979 - 11 - 6512 - 043 - 6 03810

이 책은 경남문화예술진흥원의
문화예술지원을 보조받아 발간되었습니다.